Wanderpfad
Wasserstelle
Gewitterbaum
Tal

PROLOG

NOCH WAR DAS WASSER STILL UND GRÜN, die Oberfläche von den sich jagenden Schatten überhängender Zweige gesprenkelt. Schluckmaul, der weiße Pelikan, paddelte träge durch die Untiefen und hielt Ausschau nach Bewegungen unter ihm. Seine Brüder und Schwestern waren eifrig am Fressen, steckten ihre Köpfe unter Wasser und schaufelten Fische in ihre Schnäbel. Schluckmaul erspähte im düsteren Wasser einen silbrigen Fisch, spreizte seine Flügel und tauchte nun ebenfalls mit dem Kopf unter.

Er hatte einen dicken, köstlichen Fisch gefangen. Schluckmaul warf seinen Kopf nach hinten und schluckte ihn herunter, ließ dabei aber das Ufer wegen möglicher Gefahren nicht aus den Augen. Alles blieb still. Was für ein schöner Tag: Die Sonne schien heiß aus dem beinahe wolkenlosen Himmel auf die Wasserstelle, eine sanfte Brise kitzelte ihn unter den Federn. Am Ufer grasten Weidetiere. Sie wühlten den Schlamm auf, schnippten mit ihren Schwänzen und verscheuchten die Fliegen von ihren Augen. Zwei Zebrastuten kratzten sich mit den Zähnen gegenseitig über den Rücken und putzten einander. Ein Büffel tapste träge schenkeltief ins Wasser und genoss die wohltuende Kühle. Ein Stückchen weiter, dort, wo das Wasser etwas tiefer war, suhlte sich eine Herde von Flusspferden. Sie entblößten gähnend ihre Zähne und tauchten hin und wieder unter, um auf dem Grund des Sees zu weiden.

Eigentlich hatte Schluckmaul keine Angst vor Großtieren, trotzdem hielten er und die Seinen Abstand von den Flusspferden. Und vor den Krokodilen mussten sie sich wirklich in Acht nehmen. Am nahen Ufer sonnten sich ein paar dieser großschuppigen Raubtiere und suchten mit ihren kalten Augen den See nach unachtsamer Beute ab. Schluckmaul hatte mehr als einmal zusehen müssen, wie ein Pelikan von einem Krokodil geschnappt, unter Wasser gezogen und gefressen worden war. Er streckte seine Flügel aus, tauchte nach einem weiteren Fisch und sah beim Auftauchen wieder zu den Krokodilen hinüber.

Plötzlich wurde er von einem hohen Dreiklang abgelenkt, er schaute nach oben, das Wasser rann in kleinen Bächen von seinem Gefieder. Eine kleine, pfeifende Ente flatterte über ihm. Sie hatte sich aus ihrer Schar gelöst und näherte sich den Pelikanen. Ihr weißes Gesicht leuchtete hell.

»Habt ihr es schon gehört?«, quakte sie. »Es gibt einen neuen Großen Vater!«

Schluckmauls Herz klopfte aufgeregt, sein Geschwader versammelte sich um ihn und alle starrten zu der Ente hinauf. Bravelands hatte schon so lange keinen Großen Anführer mehr gehabt. Seit dem Tod der Großen Elefantenmutter hatte es nur Falsche Anführer gegeben – erst das Nashorn Dickhaut, dann der böse Pavian Stachel, der Dickhaut betrogen und vernichtet und sich dann selbst zum Großen Vater gemacht hatte.

Sollte endlich ein wahrer Großer Vater gefunden worden

sein, der den Geist von Bravelands in sich trug? Schluckmaul wagte kaum, daran zu glauben.

»Wirklich? Bist du sicher?«, rief er nach oben.

»Es ist wahr, wahr, wahr!«, pfiff die kleine Ente. »Wir haben es von einem Storch erfahren!«

»Einem Storch?« Schluckmauls Freund Kelle legte zweifelnd den Kopf auf die Seite. »Einem Storch würde ich nicht trauen.«

»Das wäre ein Fehler!«, trillerte die Ente. »Der Storch hat es von einem Milan und der von einem Geier und Geier lügen niemals!«

»Da hast du recht«, erwiderte Schluckmaul und sah Kelle aufgeregt an. »Geier lügen niemals!«

»Dann ist es also wahr!«, rief Kelle. »Nach so langer Zeit!«

»Wahr, wahr, wahr«, quakte die Ente und flatterte in einer Wolke aus Flügeln mit ihrer Schar davon, um anderen Vögeln die Nachricht zu überbringen. »Sagt es weiter!«

»Das ist zu schön, um wahr zu sein«, rief Kelle aus. »Ein neuer Großer Vater!«

»Ich glaube den Enten«, erklärte Schluckmaul fröhlich. »Wenn die Nachricht von den Geiern stammt, sollten wir feiern.«

»Hoffentlich stimmt das auch«, sagte der kleine Schöpfling. »Ich kann mich nicht einmal mehr erinnern, dass wir jemals von einem Großen Anführer geleitet wurden. Ist das denn so wichtig?«

»Es verändert das ganze Leben!«, erwiderte Schluckmaul. »Ein Großer Anführer leitet, gibt Rat und schlichtet Auseinandersetzungen. Bravelands wäre alle Probleme auf einen Schlag los!« Er wühlte die Wasseroberfläche mit seinem riesigen Schnabel auf. »In der letzten Zeit ist alles in Unruhe geraten. Du wirst sehen, Schöpfling, dass wir ...«

»Schluckmaul! Pass auf!« Kelle richtete sich auf und schlug wild mit den Flügeln.

Schluckmaul sah sich aufgeregt um, ein riesiger, schuppiger Rücken trieb auf ihn zu. Hektisch ruderte er davon, schlug kräftig mit seinen Flügeln und erhob sich, Warnschreie ausstoßend, aus dem Wasser.

Doch das Krokodil tauchte nicht unter, um hinterrücks anzugreifen, und es schoss auch nicht aus dem Wasser, um zuzuschlagen. Als die verängstigten Pelikane in einem Gestöber aus weißen Flügeln in sicherem Abstand auf das Krokodil hinabblickten, schwamm es einfach ziellos weiter.

»Seht nur! Seine Augen!«, krächzte Kelle erschrocken.

Schluckmaul glitt wieder ins Wasser und paddelte vorsichtig näher. Kelle hatte richtig beobachtet. Jetzt, da das Krokodil im seichteren Wasser trieb, konnte Schluckmaul sehen, dass seine Augen milchig und leblos waren. Die kurzen Beine hingen leblos im dunklen Wasser.

»Es ist tot.« Erleichtert klapperte er mit seinem Schnabel, als der Krokodilkadaver an das Ufer stieß.

Nun kamen auch die anderen Pelikane neugierig näher. Ein Pelikan würde niemals ein totes Krokodil betrauern, trotzdem fragte sich Schluckmaul, wodurch es zu Tode gekommen war. Das Krokodil sah noch jung aus, und es war ziemlich groß, in der Blüte seines Lebens. Vorsichtig stupste er mit seinem Schnabel den harten Schuppenpanzer an, aber es rührte sich nicht.

»Ich habe noch nie ein so großes Krokodil gesehen«, bemerkte Kelle ängstlich.

»Ich fürchte mich nicht«, krähte der kleine Schöpfling und schwang sich in die Luft. Triumphierend landete er auf dem gezackten Rücken des Krokodils, schwankte aber etwas unsicher auf seinen Schwimmfüßen.

Unter seinem Vogelgewicht kam der tote Körper in Bewegung und drehte sich auf den Rücken, sodass der Unterbauch frei lag. Mit einem entsetzten Krächzen hob Schöpfling wieder ab, aber Schluckmaul achtete nicht auf ihn. Er hatte nur noch Augen für den Bauch des Krokodils.

Durch die dicke Haut zog sich eine klaffende Wunde. Nirgends waren getrocknete Blutklumpen – diese waren alle vom Wasser weggespült worden –, sodass Schluckmaul einen vollen Blick auf die Brusthöhle hatte.

Kelle schlug wild mit den Flügeln und verzog sich nach hinten, Schluckmaul klapperte hektisch mit seinem Schnabel.

»So etwas habe ich noch nie gesehen«, sagte er leise.

Seine Schar flatterte und quiekte aufgeregt, er sah Entsetzen und Furcht in ihren Augen.

Und das war auch kein Wunder. Seine eigenen Federn sträubten sich und ihn fröstelte vor Grauen.

Ich hoffe, der neue Große Anführer kommt wirklich, dachte er. *So vieles ist schlecht und in Unordnung geraten.*

Es schien, als wäre in Bravelands ein neues, schreckliches Zeitalter angebrochen. Es würde einen sehr fähigen Großen Anführers erfordern, das Land wieder auf den richtigen Weg zu bringen.

1. KAPITEL

FASSUNGSLOS ZOG AURORA die Luft ein. Es dauerte, bis sie wieder klar denken konnte. Hier oben, in der flachen Senke auf der Spitze des Berges, war die Luft dünn, und die Sonne prallte gleißend hernieder. Konnte sie ihren Augen wirklich trauen?

Aber warum sollte ihre Fantasie ihr einen so seltsamen, verblüffenden Anblick vorgaukeln? Ein Pavian, der mit leerem Gesichtsausdruck im heiligen Tümpel kauerte, um ihn herum Geier mit gekrümmtem Rücken, die ihre schwarzen Augen auf ihn richteten. Sie kannte den Pavian.

Aurora blinzelte unsicher. Zögernd streckte sie ihren zitternden Rüssel aus.

»Dorn?«

Seine Lider zuckten, dann öffnete er langsam seine Augen. Er sah sie ein wenig verwirrt an. Doch als sie überrascht seinen Blick erwiderte, hatte sie den Eindruck, dass eine stille Entschlossenheit von ihm ausging.

»Aurora Wanderer.« Seine Stimme schien von weit her zu kommen, aber sie war alles andere als schwach.

»Dorn ... was geschieht hier?« Sie schlug verwirrt mit den Ohren. »Ich bin hergekommen, um den Großen Anführer zu finden. Ich muss mit ihm sprechen.«

Dorns dunkle Augen blickten sie eindringlich an, schienen bis in das Innerste ihres Seins vorzudringen. Aurora wurde von einem unbeschreiblichen, starken Gefühl ergriffen.

»Dann bist du an den richtigen Ort gekommen«, sagte Dorn ruhig. »Und zu dem richtigen Geschöpf.«

Aurora starrte ihn an, sie brachte kein Wort hervor. Meinte Dorn wirklich, was er sagte? Verstand er, was er da sagte?

Ja, natürlich tat er das. Ein Schauer lief über Auroras Rücken und sie war sich mit einem Mal ganz sicher: Alles passte zusammen.

Ich habe sein Leben gerettet, erinnerte sie sich. Sie hatte den jungen Löwen Heldenmut angegriffen, als er gerade dabei war, Dorn zu töten. Sie hatte aus einem plötzlichen Instinkt heraus gehandelt, als wäre sie von einer höheren Gewalt geleitet worden. Nun erkannte Aurora, dass der Große Geist die ganze Zeit ihr Tun bestimmt hatte. Der Große Geist hatte Dorn Hochblatt gebraucht und sich darauf verlassen, dass Aurora, die seit dem Tod von Großer Mutter den Großen Geist in sich getragen hatte, für ihn handelte.

War es nicht seltsam, dass der Große Anführer ausgerechnet ein Pavian war? *Vor allem*, dachte Aurora und schauderte innerlich, *nachdem der Pavian Stachel, der Falsche Anführer, diese Rolle an sich gerissen hatte*. Doch Bravelands machte immer noch schwierige Zeiten durch. Ein kluger, erfindungsreicher Pavian mochte das Land besser führen als ein stoischer Elefant.

Diese Gedanken brachten Aurora wieder auf den Grund, warum sie hergekommen war. Sie holte tief Luft, neigte ihren Kopf und schloss ihre Augen.

»Es gibt eine neue, schreckliche Gefahr für Bravelands«,

sagte sie leise, »und du bist der Einzige, der sie abwehren kann.«

Aurora öffnete flatternd ihre Augen und sah ihn an. Ein eigenartiges Gefühl erfasste sie. Als seien die Probleme von Bravelands einen Augenblick lang nicht mehr so unüberwindbar. Sie empfand eine innere Ruhe, die das ganze Chaos, die Qualen, die schrecklichen Ängste seit der Ermordung von Großer Mutter ganz weit weg erscheinen ließ. Die Welt um sie herum – die Berge, die Felsen, der Himmel – pulsierten wie von einer leuchtenden Hoffnung erfüllt, und Aurora wusste, dass der Große Geist ihr wieder nahe war. Es fühlte sich ein wenig so an, als wäre die Familie zu ihr zurückgekehrt, die Familie, die sie geliebt und verloren geglaubt hatte.

Großer Geist, ich habe dich vermisst.

»Bitte hilf uns«, flehte sie Dorn an. Sie neigte ihren Kopf, dann sah sie ihn fest an. »Großer Vater.«

Dorn biss angespannt die Zähne zusammen und wirkte zum ersten Mal nicht mehr so gelassen. Kein Wunder, dachte sie. Dorn Hochblatt hatte eben erst die größte und furchteinflößendste Verantwortung von Bravelands auf sich genommen – und sie hatte ihm sofort eine Probe dieser schweren Bürde überbracht.

Dorn schüttelte sich und stieg aus dem Tümpel. Aurora stürzte vor und streckte ihm helfend ihren Rüssel entgegen. Die umstehenden Geier gerieten in Unruhe und sträubten besorgt ihre Federn, doch Dorn hielt sich unbeirrt an ihr fest.

»Auch ich habe den Großen Geist in mir getragen«, sagte sie und zog vorsichtig ihren Rüssel zurück, damit er auf eigenen Pfoten stehen konnte. *Kein Wunder, dass er überwältigt ist*, dachte Aurora, *denn es ist eine Bürde, den Großen Geist in sich zu tragen, für einen Elefanten und erst recht für einen kleinen, aufgeregten Pavian.* »Ich kann einigermaßen nachvollziehen, wie es dir geht, Dorn.«

»Ich weiß«, sagte er ruhig. Seine Stimme klang rau, aber seine Augen waren voll Dankbarkeit.

»Du bist nicht allein«, sagte sie. »Ich werde dir helfen. Alle deine Freunde werden dir helfen.«

Dorn ließ seinen Kopf hängen und atmete ein paarmal tief ein. Als er seinen Blick wieder hob, lächelte er kläglich. Der junge Pavian sah sich selbst wieder viel ähnlicher.

»Wirklich, Aurora? Ich weiß, dass ich das Richtige getan habe. Ich habe mich lange dagegen gesträubt – bis ich keine andere Wahl mehr hatte.« Er lächelte schief. »Aber ich habe keine Ahnung, wo ich anfangen soll. Erzähle mir, was du mir berichten wolltest.«

Aurora seufzte. »In den vergangenen Jahreszeiten sind in Bravelands eigenartige Dinge geschehen. Das weißt du so gut wie jedes andere Tier, Dorn. Aber dies ... dies ist eigenartiger als alles Gewesene und noch viel schrecklicher. Ein Rudel Goldener Wölfe treibt seit Kurzem sein Unwesen in Bravelands.« Sie zögerte. Wie sollte sie ihm das erklären?

»Sprich weiter«, drängte Dorn sie.

»Sie brechen das Gesetz.«

»In letzter Zeit haben viele Tiere das Gesetz gebrochen«, bemerkte Dorn.

»Aber das ist etwas anderes.« Aurora rührte mit ihrem Rüssel den weißen Staub auf, während die Geier sie weiter teilnahmslos ansahen. »Dorn, diese Wölfe töten Tiere, um ihnen ihre Seelen zu rauben.«

Er schaute finster und verwirrt drein »Sie tun *was*???«

»Sie fressen ihre Beute nicht – mit Ausnahme des Herzens. Die Wölfe glauben, dass sie die Seele und die Fähigkeiten eines Tieres in sich aufnehmen, wenn sie sein Herz fressen.«

»Sturm und Strom«, murmelte Dorn schockiert.

»Und das Schlimme ist, dass sie recht haben.« Aurora sah ihn verzweifelt an. »Ich weiß nicht, ob es stimmt, dass die Wölfe auch die Stärken ihrer Opfer aufnehmen können, aber sie nehmen ihnen ihre Seelen. Und wenn einem Tier die Seele genommen wird, kann es nicht mehr zu den Sternen wandern. Die Wesen sind dann für immer verloren.«

Dorn fletschte seine Zähne. »Das ist das Böse schlechthin, Aurora. Da diese Wölfe das Gesetz nicht achten, werden sie wahrscheinlich auch nicht auf den Großen Vater hören, aber darum geht es nicht. Ich muss versuchen, sie aufzuhalten. Das darf so nicht weitergehen.«

»So viele sind ihnen schon zum Opfer gefallen«, sagte Aurora mit zitternder Stimme, denn sie dachte an Hurtig, die tapfere Gepardin, die ihnen in der großen Schlacht gegen Stachel geholfen hatte. Sie hatte überlebt, aber dann war sie von den Wölfen getötet worden, die ihr das Herz aus dem Leib gerissen hatten. Ihre beiden Jungen waren verwaist zurückgeblieben.

»Wir müssen die anderen Tiere warnen«, bemerkte Dorn und strich sich das nasse Fell glatt. Beunruhigt zupfte er an seinen Lippen. »Aber wie? Bravelands ist riesig – es würde Wochen dauern, alle zu erreichen –, aber ich möchte verhindern, dass auch nur noch ein einziges Tier diesen Bestien zum Opfer fällt.«

»Dann musst du eine Große Versammlung einberufen«, sagte Aurora entschieden. Auf diese Weise hatte auch Große Mutter alle Bewohner von Bravelands erreicht. Und denen, die nicht hatten teilnehmen können, wurden Rat und Neuigkeiten von anderen überbracht. »Es muss sowieso eine Große Versammlung geben, Dorn. Ganz Bravelands muss erfahren, dass du jetzt unser Großer Vater bist.«

Dorn rieb sich über die Schnauze. »Das Problem ist, dass ich nicht weiß, wie das funktionieren soll, Aurora. Ich weiß nicht einmal, wie man eine Große Versammlung einberuft.«

»Aber die Geier wissen es.« Aurora drehte sich zu Windreiter um. Die strenge, alte Geierdame stand in vorderster Reihe. Windreiter war es gewesen, die Großer Mutter Nachrichten und Knochen überbracht hatte. Die Gegenwart des würdevollen, wachsamen Vogels schüchterte Aurora etwas ein und sie wich dem Blick der glänzenden schwarzen Augen aus. »Sie wissen, was zu tun ist. Ich glaube, die Vögel verbreiten die Nachricht nicht nur an ihresgleichen, trotz der verschiedenen Zungen.«

Dorn trat einen Schritt vor, erhob sich auf seine Hinterläufe und sah Windreiter feierlich an. »Ich glaube, dass Aurora recht hat«, sagte er und neigte ehrerbietig seinen Kopf. »Können du und deine Schar die Große Versammlung ausrufen, Windreiter?«

Die riesige Geierdame breitete ihre Flügel aus und reckte ihren Hals. Sie öffnete ihren gefährlichen Schnabel und stieß ein paar scharfe, lang gezogene Schreie aus. Aurora hatte keine Ahnung, was sie bedeuteten, aber Dorn verstand offenbar die Himmelszunge wie alle Großen Anführer. Er wartete, bis Windreiter verstummte, dann nickte er und murmelte: »Danke.«

Dorn wandte sich wieder Aurora zu. »Wir sollten so bald wie möglich beginnen«, sagte er. »Wir müssen sofort los.«

»Setz dich auf meinen Rücken«, schlug Aurora vor. »Dann sind wir schneller.«

Dorn nickte dankbar und kletterte über ihr ausgestrecktes Vorderbein auf ihre Schultern hinauf. *Es fühlt sich gar nicht so fremd an*, dachte Aurora, als sie die kurze Steigung des Gipfelkraters erklomm. Sie hatte schon so viele Tiere auf ihrem Rücken getragen – vor Kurzem erst die beiden armen Waisenkinder von Hurtig. Dorn kletterte zwischen ihre Schulterblätter und hielt sich an ihren Ohren fest. Schon bald hatte er sich an ihren schaukelnden Gang gewöhnt.

Obwohl der Weg bergab lang war, verspürte Aurora keine Müdigkeit – das Auftauchen des neuen Großen Anführers versetzte sie in eine hoffnungsvolle Erregung. Sie hatte natürlich nicht voraussehen können, dass es ihr alter Freund und Verbündeter Dorn Hochblatt sein würde.

Wir haben nebeneinander in der Schlacht um Bravelands gekämpft, als ich selbst noch den Großen Geist in mir trug. Der mir nichts verriet. Ich hätte nie gedacht, dass der Große Geist Dorn aussuchen würde.

Aurora hatte immer fest daran geglaubt, dass der Große Geist weise handelte.

Über und neben ihnen flogen die Geier, angeführt von Windreiter. Aurora war froh darüber, denn diesen Augen entging kein Raubtier, sie konnte sich also ganz darauf konzentrieren, den Weg über Felsgeröll und auf den Abhängen weiter unten durch trockenes Gestrüpp zu finden. Die Sonne brannte erbarmungslos auf die schattenlose Landschaft, aber sie nahm die gleißende Hitze kaum wahr.

»Und was hast du jetzt vor, Aurora?«, fragte Dorn. »Wirst du deine Herde suchen und zu ihr zurückkehren?«

Aurora hörte eine Spur von Unbehagen in seiner Stimme. Dorn glaubte wohl, sie würde ihn allein lassen. *Aber das wird nicht geschehen*, dachte sie, *erst, wenn alles überstanden ist.* Sie fühlte sich dem Großen Geist immer noch verbunden und verpflichtet, auch wenn er jetzt in Dorn wohnte.

»Meine Herde kann warten«, beruhigte sie ihn. »Außerdem habe ich noch keine genauen Pläne. Ich bin schon so lange meiner eigenen Wege gegangen – erst wegen der Nachwirkungen von Stachels Gewaltherrschaft und dann wegen meiner Suche nach dem Großen Anführer. Für mich ist jetzt wichtig, den Großen Geist zu beschützen ... ich habe mich ohnehin daran gewöhnt, ohne meine Familie zu leben.«

Natürlich gab es auch Dinge, die sie Dorn nicht erzählen wollte: ihre verheerende Liebe zu Fels, jenem Elefantenbullen, der in einem Wutrausch ihre Cousine getötet hatte. Ihren vergeblichen Versuch, die Gepardenjungen bei einer von Hurtigs Schwestern in Sicherheit zu bringen. Aber eine von ihnen war tot und die andere hatte die Jungen nicht nehmen wollen. Und als Aurora entsetzt und traurig geflohen war, nachdem die Elefantenbullen ihr das Verbrechen von Fels offenbart hatten, hatte sie noch ein Junges aufgenommen: Quälgeist, die Tochter der Löwin Arglist und des wahnsinnigen Löwen Titan. Aurora hatte kaum Zeit zum Nachdenken gehabt und schon gar keine Zeit, ihre Familie wiederzufinden.

Und doch hatte Dorn recht – sie sollte bei ihrer Herde sein. Eine Elefantendame ihres Alters sollte mit anderen Elefantenkühen zusammenleben, ein Kalb großziehen, die Familie schützen, die Wanderrouten so gut kennenlernen, dass sie sie auch in einer sternenlosen, mondlosen Nacht fände ...

Vielleicht werde ich niemals ein normales Elefantenleben

führen, dachte sie traurig. Sie konnte sich nicht einmal einen Gefährten suchen – ihre übereilte Verlobung mit Fels hatte sie für immer an ihn gebunden. Gab es in der Herde überhaupt noch einen Platz für sie?

Sie hatten fast den Fuß des Berges erreicht. Aurora blinzelte und holte tief Luft. Genau unterhalb des letzten seichten Abhangs stand die Bullenherde, die von ihrem Bruder Brocken angeführt wurde. Er sah ihr entgegen und schlug in freudiger Erwartung mit den Ohren. Nicht weit von den Bullen waren die beiden kleinen Geparden Wiesel und Mops und etwas entfernt davon die herrische kleine Löwin Quälgeist.

Auch die Pavianfreunde von Dorn waren da – Aurora vermutete zumindest, dass es seine Freunde waren. Zwei von ihnen kannte sie nicht, aber sie wusste, dass der schüchterne kleine Matsch Dorns bester Freund war. Die anderen beiden mussten dann wohl ebenfalls vertrauenswürdig sein, obwohl sie ganz anders aussahen. Der eine war groß und kräftig und hatte ein stark vernarbtes Gesicht, das von einer wilden Vergangenheit zeugte. Der andere … Aurora legte überrascht ihre Ohren zurück. Es war ein schlaksiger Pavian mit unstetem Blick, der in einem fort auf Sandzunge auf eine hellrot und blau gemusterte Eidechse einsprach, die auf seiner Schulter saß.

Alle Tiere, mit Ausnahme des Pavians, der auf die Eidechse einredete, sahen ehrfürchtig zum Himmel, wo die Geier ihre Kreise zogen und Sturzflüge vollbrachten. Für Fragen war keine Zeit, denn Dorn kletterte bereits an Auroras ausgestrecktem Vorderbein hinunter und sprang vorwärts. Er blieb kurz stehen, um den Geiern etwas zuzurufen.

»Ruft alle herbei!«, rief er. »Bringt ganz Bravelands zu meiner Großen Versammlung.«

Für einen flüchtigen Augenblick trafen sich die Blicke von Windreiter und Aurora. Der alte Vogel sah sie eindringlich an. Dann neigte die Geierdame ihren Kopf in Richtung Dorn, zuckte mit den Flügeln und stieg in einer steilen Kurve himmelwärts. Ihre Schar folgte ihr und nach wenigen Augenblicken waren sie im gleißenden Sonnenlicht verschwunden.

Was hatte Windreiters Blick bedeutet? Aurora schluckte. Sie meinte, es zu wissen, und fühlte sich schuldig. *Windreiter weiß, dass ich mir nicht sicher bin.*

Doch Windreiter würde niemals zweifeln. Das Vertrauen der alten Geierdame in den Großen Geist beschämte sie. Aurora richtete sich auf und reckte ihren Kopf ein wenig höher.

Windreiter weiß, dass mein Glaube erschüttert ist, und doch vertraut sie mir die Obhut des Großen Vaters an. Sie verlässt sich darauf, dass ich Dorn mit meinem Leben schützen werde.

Und sie würde sich dieses Vertrauens würdig zeigen. Mit frischer Entschlossenheit beobachtete Aurora, wie Dorn seine drei ungleichen Pavianfreunde umarmte. *Ich werde ihn beschützen*, versicherte sie sich. *Und es wird mir eine Ehre sein. Ich habe dem Großen Geist gedient und ihn bewacht. Nun werde ich dasselbe für den Großen Vater tun.*

Sie spürte ein Prickeln auf der Haut, das ihr verriet, dass auch sie beobachtet wurde. Sie drehte ihren Kopf nach hinten und sah ihren Bruder Brocken.

»Gut gemacht, Schwester.«

Er trat auf sie zu und verschränkte seinen Rüssel mit dem ihren.

»Wir haben einen neuen Großen Anführer«, flüsterte sie und drückte ihren Kopf liebevoll gegen seinen. »Es ist der Anfang einer ganz neuen Zeit für Bravelands.«

»Das ist richtig.« Dorn war zu ihnen getrottet und sah lächelnd zu ihr hoch. »Und nun werden wir uns zur Wasserstelle aufmachen. Die Geier rufen die Herden zusammen.«

Matsch löste sich aus der Gruppe der anderen Paviane und klopfte Dorn auf die Schulter. Seine Augen leuchteten.

»Ja, die Zeit ist gekommen«, sagte er überglücklich. »Die erste Große Versammlung unseres neuen Großen Vaters!«

2. KAPITEL

TITAN KONNTE NICHT MEHR am Leben sein. Das war unmöglich.

Aber wo war sein toter Körper?

Heldenmut streifte durch die Schlucht, die immer noch in dämmeriges Morgenlicht gehüllt war. Am Fuß der steil abfallenden Felswände war es kühl, dem jungen Löwen lief ein kalter Schauer über den Rücken. Der schreckliche Löwe mit der schwarzen Mähne war von der hohen Felskante gestürzt und im Nebel verschwunden.

»Er ist nicht hier«, rief Eifer. Er hob den Kopf und blähte seine Nüstern, um noch einmal Witterung aufzunehmen. »Wir haben ihn verloren, Heldenmut. Er muss entkommen sein, es sei denn, ein Riesenfalke hat ihn sich geschnappt.«

Heldenmut schüttelte den Kopf. »Es gibt keine Riesenfalken«, knurrte er. »Er muss hier irgendwo sein.«

»Wir haben hier jedes Fleckchen abgesucht.« Eifer wölbte seine schmalen Schultern. »Hier gibt es nicht die Spur einer Witterung. Mehr können wir nicht tun. Tut mir leid, Heldenmut.«

Heldenmuts Kehle schnürte sich vor Enttäuschung zusammen. Er starrte zu der unglaublich hohen Felskante hinauf. »Er muss tot sein.«

»Stimmt.« Eifer leckte Heldenmuts Schnauze. »Er kann unmöglich über die Schlucht gesprungen sein. Das würde kein Löwe schaffen. Und vor allem würde kein Löwe einen solchen Sturz überleben! Auch Titan nicht.« Er warf Kaltschnauze einen schuldbewussten Blick zu. Titans verstoßener Sohn trottete niedergeschlagen zu ihnen. Leise sagte Eifer: »Vielleicht war er doch nicht ganz tot, als er unten aufschlug. Er hat sich zum Sterben wahrscheinlich in irgendeine Höhle geschleppt.«

»Nein. Wäre Titan hier, tot oder lebendig, hätten wir ihn gefunden.« Es war eine Erkenntnis, die Heldenmut schwer zu schaffen machte. Wieder hatte er eine Chance verpasst, Gallant, den Löwen, der ihn aufgezogen hatte, zu rächen. Und es war ihm auch missglückt, Gerechtigkeit für Loyal Ohnerudel zu erlangen, der sein leiblicher Vater gewesen war.

Heldenmut zog scharf die Luft ein. »Titan hat überlebt, das spüre ich. Womöglich versucht er, zum Titanrudel zurückzukehren. Wir müssen das klären.«

»Ja, das müssen wir«, sagte Kaltschnauze kläglich.

Trotz seiner Enttäuschung fühlte Heldenmut mit dem kleinen Löwen. Kaltschnauze hatte seinen Vater geliebt, hatte als Löwenjunges geglaubt, dass sein Vater ihn ebenso liebte – das war, bevor Titan vor Machthunger verrückt geworden war und rücksichtslos das Gesetz der Savanne gebrochen hatte, indem er nicht ausschließlich getötet hatte, um zu fressen. Selbst Kaltschnauze hatte erkannt, dass Titan aufgehalten werden musste.

»Ich glaube, es wäre ein Fehler, das Titanrudel herauszufordern«, knurrte Eifer. »Wir sind nicht stark genug, um es zu übernehmen.«

Das findest vielleicht du, dachte Heldenmut, sagte es aber nicht laut.

»Ich möchte sie nicht direkt angreifen«, erwiderte er. »Wir sollten uns aber so nah anschleichen, dass wir sehen, ob Titan zurückgekommen ist.«

Eifer leckte sich über die Lippen. Auf seinem Nacken zeigte sich der erste zarte Flaum einer Mähne. Für einen Augenblick fühlte Heldenmut sich unterlegen, obwohl er wusste, dass auch bei ihm bald eine Mähne sprießen würde.

»Also gut«, sagte Eifer schließlich. »Wir müssen aber ganz vorsichtig sein!«

Heldenmut ging vor den anderen den steilen Abhang hinauf, den sie heruntergekommen waren, setzte seine Pranken vorsichtig auf loses Geröll und rutschige Felsen, auf denen noch der Tau des Morgens lag. Kaltschnauze trödelte ein wenig, aber als Heldenmut sich nach ihm umblickte, sah er, dass der kleine Löwe traurig, aber entschlossen dreinschaute. *Armer Kaltschnauze*, dachte er. *Das muss ihn furchtbar mitnehmen.*

Weiter oben hatten die Sonnenstrahlen die Felswände erreicht und in goldenes Licht getaucht. Die letzten Nebelschleier, die ihnen die Suche erschwert hatten, lösten sich auf. Als Heldenmut schließlich den Rand der Schlucht erreichte und auf das Grasland sprang, keuchte er von der Hitze und Anstrengung. Er spürte, dass Eifer seinem Plan noch immer nicht so recht folgen wollte.

»Ich hätte ihn töten müssen«, knurrte Heldenmut, als sie über die Ebene trotteten. »Da oben auf dem Fels hätte ich eine Chance gehabt. Und ich habe sie vermasselt.«

»Du meinst wohl, er hat sich vor dem Kampf gedrückt«, erinnerte ihn Eifer freundlich. »Titan hatte Angst vor dir, das hat man genau gesehen, und du bist noch nicht einmal ausgewachsen. Deine Zeit wird kommen, Heldenmut.«

Heldenmut war sich dessen gar nicht so sicher. Titan war schon in Reichweite seiner Klauen und Zähne gewesen. Er wusste, dass er ihn hätte besiegen können. »Wir wollen vor Titans Sohn lieber nicht weiter darüber sprechen«, knurrte er. Und etwas lauter rief er nach hinten: »Geht's dir gut, Kaltschnauze?«

»Geht schon«, keuchte dieser und beschleunigte seine Schritte, um mit den anderen Schritt zu halten. »Es ist nur – es ist irgendwie komisch, das Rudel wieder zu treffen.«

Heldenmut bekam bei diesen Worten ein schlechtes Gewissen. Natürlich war Kaltschnauze verunsichert. Seine Mutter Arglist war die mächtigste Löwin des Titanrudels gewesen. Erst kürzlich hatte er erfahren, dass sie von den Elefanten zu Tode getrampelt worden war. *Wie konnte ich nur so gemein sein? Ich habe nur an mich gedacht.*

»Vielleicht solltest du mit Eifer ein Stück zurückbleiben«, schlug Heldenmut vor.

»Was ist das?« Eifer blieb plötzlich stehen und knurrte.

Auch Heldenmut blieb stehen und schnüffelte. Ein betäubender, übler Todesgeruch zog in seine Nüstern und er verzog angewidert das Maul.

»Das waren die Wölfe«, fauchte er. »Diese Bestien ernähren sich von den Seelen der Tiere.«

»Kein Wunder, dass sie diese Route gewählt haben«, sagte Eifer mit zuckenden Ohren. »Wir befinden uns hier im Todeswald.«

Die drei Löwen standen reglos da und starrten in die Bäume hinauf. *Der Todeswald trägt den Namen zu Recht*, dachte

Heldenmut. Die Bäume waren dürr, trocken und leblos, ihre Rinde von einer ungesunden weißen, fleckigen Pilzschicht bedeckt. Selbst das Gras unter den Bäumen war schlaff und verkümmert. Der ganze Ort schien nach Wolf zu stinken.

»Vielleicht haben die Wölfe Titans Körper geholt«, sagte Eifer gedämpft.

»Aber warum?« Heldenmut krümmte seine Schultern. »Sie fressen doch nur die Herzen.«

Eifer knurrte ergeben. »Stimmt.«

»Wir müssen weiter und das Titanrudel finden.« Heldenmut riss sich zusammen und trottete unter den kranken Bäumen weiter. Selbst der Boden unter seinen Pranken fühlte sich klebrig und weich wie verwesendes Fleisch an. Er beschleunigte seine Schritte.

Der Weg schien nicht enden zu wollen. Die Sonne stieg höher und brannte durch die skelettartigen Zweige auf sie herab, was den Todeswald aber nicht freundlicher machte. Die Stille wurde mit jedem Schritt bedrückender. Als Eifer schließlich etwas sagte, war es, als würde seine Stimme einen schrecklichen, todbringenden Albtraum durchbrechen.

»Du bist so still, Kaltschnauze«, sagte er leichthin.

»Tut mir leid.« Kaltschnauze zuckte schuldbewusst mit seinen Schnurrhaaren. »Ich habe über meinen Vater nachgedacht.«

Heldenmut warf Eifer einen Blick zu. Diesem schien es ebenso unbehaglich zu sein wie ihm.

»Er ist ein schlechter Löwe«, fuhr Kaltschnauze fort. Seine Pfoten bebten bei jedem Schritt auf dem nachgebenden Boden. »Er hat schreckliche Dinge getan. Ich weiß, dass er den Tod verdient, und ich weiß, dass Bravelands ein besserer Ort wäre, wenn es ihn nicht gäbe.« Seine Stimme sank zu einem Flüstern. »Aber er ist mein Vater … oder *war* mein Vater.«

»Das wissen wir, Kaltschnauze«, sagte Eifer. »Und wir verstehen dich.«

»Junge«, sagte Heldenmut, blieb stehen und wandte sich zu ihm um, »du musst auch verstehen, was getan werden muss. Was ich vorhabe. Ich weiß, wie es dir geht – ich habe selbst alles andere als meinen Vater verloren –, und ich weiß, dass das für dich nicht leicht ist. Aber sollte Titan noch leben, werde ich ihn töten.«

»Ja«, sagte Kaltschnauze, »ich weiß.«

»Titan hat mir zwei Väter genommen.« Heldenmut ging weiter, der kleine Löwe folgte hinter ihm. »Er ermordete Gallant und stahl sein Rudel. Er quälte meine Mutter Flink und ließ zu, dass Arglist sie blendete. Dann tötete er meinen leiblichen Vater Loyal. Ich habe einen Eid geschworen, Kaltschnauze, und ich muss das zu Ende bringen. Ein Löwe darf niemals seinen Eid brechen.« Er stockte und spürte einen Hauch von Schuld. Loyal selbst war ein Eidbrecher gewesen. *Mein eigener Vater. Er hatte niemals diesen Eid brechen wollen und er hatte es zeitlebens bereut, aber er hatte es getan.*

Rasch sprach er weiter. »Aber ich weiß, Kaltschnauze, wie hart das für dich ist. Du musst nicht bei uns bleiben. Und du musst mir natürlich nicht helfen.«

Die eiligen Tapsgeräusche von Kaltschnauzes Pfoten verstummten und Heldenmut drehte sich überrascht um. Der kleine Löwe sah ihn ruhig, aber bestimmt an.

»Heldenmut, du und Eifer haben mir mehr Wärme geschenkt, als es mein Vater jemals getan hat«, sagte Kaltschnauze. »Es wird hart für mich sein, das ist richtig. Aber ich werde bei euch bleiben. Was auch immer geschieht, ich werde euch zur Seite stehen.«

Heldenmut schluckte vor lauter Rührung. Er nickte, dann drehte er sich schnell wieder um und ging weiter. Seine Schwanzspitze zuckte betroffen. Wer hätte jemals vorhersehen können, dass einer seiner treuesten Freunde, der ihm, komme was da wolle, folgte, ausgerechnet der Sohn von Titan sein würde?

Heldenmut glaubte schon, der Todeswald würde kein Ende nehmen, sie würden nie mehr aus ihm herausfinden, als endlich ein anderer Geruch als der Wolfsgestank in seine Nase zog. Löwen. Kaum hatte er die Witterung aufgenommen, sah er, dass sich hinter der letzten Baumreihe die offene Ebene erstreckte. Heldenmut schüttelte sich, als könnte er so die klebrige Fäule des Waldes loswerden.

»Das Territorium von Titans Rudel ist ganz in der Nähe«, flüsterte Eifer neben ihm. »Wir müssen vorsichtig sein.«

Die drei Löwen schlichen geduckt durch das hohe Gras hinter dem Todeswald. Unendlich vorsichtig näherten sie sich dem vertrauten Lager. Nichts rührte sich, keine goldenen Mähnen wurden zurückgeworfen, kein Schwanz scheuchte Fliegen fort. Kein furchtbarer, schwarzmähniger Rudelführer erhob sich auf seine Pranken und stieß ein herausforderndes Brüllen aus. Heldenmut war zwischen Erleichterung und Enttäuschung hin- und hergerissen. Aber wo waren die anderen – Resolut, Gloria, Leichtsinn und der Rest?

Ein leichter Wind strich über die Ebene und wehte einen Geruch herbei, der Heldenmut zum Würgen brachte. Er schnüffelte, blieb stehen und erhob sich über das Gras, um mehr zu sehen.

»So viele Fliegen«, flüsterte Kaltschnauze.

Das Lager brummte vor lauter Fliegen, schwarze Massen von Fliegen, die sich wie Sturmwolken hin und her bewegten. Heldenmut erschauderte. Geier kreisten über ihnen und ließen sich nach und nach nieder. Ein einsamer Schakal sah zu ihm herüber und verzog sich ins ferne Gestrüpp, im Maul einen Rippenknochen, an dem noch Fetzen von schwarzem Fleisch hingen.

»Was ist hier passiert?«, flüsterte Eifer. Seine Vorsicht vergessend, richtete er sich auf und ging rasch weiter.

Heldenmut überholte ihn und starrte ungläubig auf das Gemetzel, das einmal das Titanrudel gewesen war. Die toten Löwen waren über das Grasland verstreut. Er drehte sich schnell zu Eifer um und knurrte: »Titan muss unter den Toten sein. Halte Kaltschnauze zurück.«

Widerwillig blieb Eifer stehen, drehte sich um und versperrte Kaltschnauze den Weg. Heldenmut ging zu den zerfetzten Leichnamen des Titanrudels.

Der Gestank drehte ihm fast den Magen um, obwohl er sie noch nicht einmal erreicht hatte. Seine Schritte wurden langsamer, das Blut stockte in seinen Adern. Als er näher kam, erkannte er dort ein Maul, hier einen verdrehten Schwanz, eine markante Mähne, eine alte Narbe. Es waren nicht nur die Schwachen und Kleinen, sondern auch starke männliche Löwen darunter.

Heldenmut vermied es, zu atmen. Seine Nüstern zuckten. Aber in der drückenden Hitze gab es kein Entkommen vor dem sauren Geruch nach Tod und Verwesung. Er schritt zwischen den Leichen umher, dann war er gezwungen kurz stehen zu bleiben, weil ihm schwindelig wurde. Er erkannte so viele dieser Löwen. Nur wenige hatte er gemocht, aber was für ein schauriges Ende war das für ein gefürchtetes, hochmütiges Rudel? Dort lag Gnadenlos, einer von Titans Stellvertretern. Seine bösen goldenen Augen waren leblos, blickten in erstarrtem Entsetzen auf einen unsichtbaren Feind. Er lag ausgestreckt auf einem Stück trockener roter Erde, unter ihm ein großer, noch viel röterer Fleck von geronnenem Blut. Fliegen tanzten mit beinahe ohrenbetäubendem Surren lüstern darüber. Schaudernd wich Heldenmut zurück und ging weiter.

Er erkannte einen unförmigen Klumpen mit ungewöhnlich fahlem Fell – Gloria, eine Löwin, die einst zum Gallantrudel gehört hatte. Der Gestank brachte Heldenmut zum Würgen. Sie lag auf dem Rücken, die Pranken nach oben gekrümmt, als wollte sie sich sonnen. Aber ihr Schwanz zuckte nicht, um die Massen von Fliegen zu verscheuchen, und ihre Augen starrten wie die von Gnadenlos ins Leere.

Heldenmut schüttelte heftig den Kopf und ging zaghaft auf sie zu. Geier, die Fleischstreifen verschlangen, an denen noch Fell haftete, wichen zurück und sahen ihn misstrauisch an. Einer empörte sich krächzend über die Störung. Aus dem Augenwinkel bemerkte Heldenmut den Schakal, der sich vorsichtig wieder näherte.

Aber seine Aufmerksamkeit galt nur Gloria und ihrem zerrissenen Leib. Ihr Brustkorb lag offen da, Bruchstücke von Knochen staken weiß aus dem toten Fleisch. Ihr Herz war verschwunden, herausgerissen.

Heldenmut schluckte. Eifer war leise neben ihn gekrochen.

Zusammen standen sie zwischen den Leichen. So viele Leichen. Es war beinahe das ganze Titanrudel.

Aber wo waren die Anderen?

»War es eine Krankheit?«, fragte Eifer mit rauer Stimme. »Oder sind sie verhungert?«

»Weder noch.« Heldenmut trat zur Seite, um ihm einen Blick auf Glorias Wunde zu geben. Sein Freund keuchte entsetzt.

»Die Wölfe?«

»Es müssen die Wölfe gewesen sein.« Heldenmut ging zwischen den Leichen umher und vermied es, zu tief einzuatmen. »Seht nur. Die Löwen haben alle die gleiche schreckliche Wunde.«

»Aber diese Goldenen Wölfe sind doch so klein.« Eifer schüttelte ungläubig den Kopf. »Wie können sie das ganze Titanrudel umgebracht haben?«

»Ich habe keine Ahnung. Ich weiß nicht, was gerade *in* Bravelands geschieht. Und ich weiß nicht, was *mit* Bravelands geschieht.«

Über ihnen erscholl ein unwirklicher, durchdringender Schrei, der Heldenmut einen Schreckensschauer über den Rücken jagte. Er warf seinen Kopf zurück und spähte zum Himmel hinauf.

»Noch mehr Geier«, bemerkte Eifer. Schaudernd zog er seine Pfote zurück, die aus Versehen einen Leichnam gestreift hatte.

Natürlich, dachte Heldenmut. Der Gestank dieses Gemetzels zog die Aasfresser von überall an. Er beobachtete die neue Geierschar, die über ihm kreiste. Die Vögel, die sich an den Löwen gütlich getan hatten, traten auf ihren Klauen hin und her, dann breiteten sie ihre schwarzen Flügel aus und erhoben sich flatternd in die Höhe.

Ohne ein Wort drehte Heldenmut sich um und rannte, Eifer ganz dicht hinter ihm, zu Kaltschnauze zurück. Der Junglöwe zitterte und starrte zum Himmel, der von den schlagenden Flügeln ganz schwarz geworden war.

»Was war das für ein Schrei? Die Geier klingen anders als sonst.«

»Ich weiß auch nicht«, knurrte Eifer, »aber du hast recht, Kaltschnauze. Es klingt anders. Und ich habe noch nie erlebt, dass sich Geier eine solche Mahlzeit entgehen lassen.«

»Ich glaube, ich weiß es.« Eine große Erregung erfasste Heldenmut, die sogar das Entsetzen über die Zerstörung des Titanrudels erstickte. »Das ist der Aufruf zu einer Versammlung. Der Großen Versammlung!«

Die beiden anderen Löwen sahen ihn verwirrt an. »Der was?«, fragte Eifer.

»Der Versammlung aller Tiere von Bravelands«, erklärte Heldenmut. »Es gibt nur ein Tier, dass einen solchen Aufruf aussendet.«

Kaltschnauze sah ihn mit großen Augen an, dann blickte er wieder zu den Geiern hoch. Sie formierten sie zu einer organisierten Schar und richteten ihre breiten Flügel in einer Linie aus, um südwärts zu fliegen. Der kleine Löwe blinzelte erstaunt. »Nämlich …?«

»Ein wahrer Großer Anführer«, knurrte Heldenmut und schlug mit einer Pranke auf die Erde. »Das bedeutet, dass Bravelands wieder hoffen kann!«

3. KAPITEL

AUF AURORAS SCHULTERN näherte sich Dorn dem See und sah, wie eine schiere Menge an Tieren zur Seite wich, um die beiden durchzulassen. Doch nicht seinetwegen, natürlich nicht – sie wollten nur nicht von den Elefantenfüßen niedergetrampelt werden. Über ihnen lärmten die Vögel, Geier, aber auch viele andere Vögel: eine Schar von blau schillernden Staren, eine würdige Abordnung von Pelikanen, Bienenfresser, die hin und her schossen, ein einzelner Marabu, der sich flügelschlagend unweit von Dorn niederließ und erstaunt mit dem Schnabel klapperte, als er ihn erblickte.

»Willkommen!«, riefen die Vögel im Chor. »Willkommen, Großer Vater Dorn vom Lichtwald! Willkommen, neue Hoffnung von Bravelands!«

Sie zu hören, erfüllte Dorn mit neuer Kraft, obwohl die Angst ihm den Magen zuschnürte. Für die Tiere auf dem Boden hatte das Kreischen der Vögel keine Bedeutung. Sein Leben lang, bis zum vorherigen Tag, hatte auch er nur Kreischen gehört. Nun aber, da er mit der Macht des Großen Geistes ausgestattet war, verstand er die schönen Reden der Himmelsbewohner, die ihn ermutigten und zugleich erschreckten. Die Tatsache, dass er Himmelszunge verstand, war der endgültige

Beweis: So unwahrscheinlich es auch erscheinen mochte, er war der Große Vater von Bravelands.

Aber wie soll ich das schaffen?

So viele Hoffnungen, so viele Erwartungen waren zu erfüllen. Er wusste doch nicht einmal, wie er Bravelands führen sollte.

Schon scharten sich die Herden am See zusammen. Ihre Füße wirbelten große Staubwolken auf, die den Horizont und den ganzen Himmel mit einem ockerfarbenen Nebel überzogen. Verzweifelt suchte Dorn die Menge ab und entdeckte endlich seine drei Freunde Nuss, Matsch und Spinne. Die drei kämpften sich mühsam zu ihm durch, immer auf der Hut vor größeren Tieren, Hufen und schwingenden Hörnern. Der Anblick seiner Freunde beruhigte Dorn etwas, trotzdem prickelte sein ganzer Körper vor Aufregung.

Zebras, Gazellen, Antilopen und Büffel drängten sich so eng am Ufer zusammen, dass die verschiedenen Herden sich vermischten. Die Luft hallte vom Brüllen, Blöken und Schreien wider, da die Tiere ständig aneinanderrempelten. Die Giraffen verweilten am Rand der Menge und beobachteten das Treiben selbstgefällig von oben herab. Ein paar Giraffengazellen stemmten ihre Vorderhufe gegen die Bäume und nutzten die Wartezeit zum Fressen. Ein Leopard lagerte auf einem Ast und beobachtete alles mit gelassener Neugier. Selbst auf dem Erdboden wimmelte es von huschenden Ratten, Erdhörnchen und kleinen Perlhühnern. Ein fetter, kleiner Schliefer reckte seinen Kopf, um Dorn auf dem Elefanten vorbeiziehen zu sehen.

»Der Große Vater ist unter uns!«, sangen die Vögel über ihnen. »Alles wird gut! Alles wird gut!«

»Sie erwarten, dass ich sämtliche Probleme löse«, flüsterte Dorn Aurora ins Ohr. »Sie setzen so viel Vertrauen in mich. Ich weiß nicht, ob ich dem jemals gerecht werden kann.«

Aurora rollte ihren Rüssel nach hinten und berührte ihn leicht. Etwas zerstreut sagte sie: »Der Große Geist weiß, was er tut. Glaube mir.«

Es klang fast wie ein Befehl. Ein bisschen klang es auch, als spräche sie zu sich selbst.

Dorn runzelte die Stirn und wollte sie gerade fragen, ob alles in Ordnung sei, nahm aber im selben Moment eine deutliche Unruhe weiter hinter am Waldrand wahr. Er erstarrte und krallte sich noch fester an Auroras Ohren.

»Der Trupp der Morgenröte!«, flüsterte er schwer atmend. »Dort drüben!«

Die Paviane, die einst zum Lichtwald-Trupp gehört hatten und nun von ihrem Kronblatt Beere umbenannt und angeführt wurden, sprangen die flache Böschung hinab zum Versammlungsplatz. Dorns Herz krampfte sich bei ihrem Anblick zusammen. Das waren seine Familie, seine Freunde, aber er, Nuss und Matsch waren zusammen mit dem Außenseiter Spinne verbannt worden. Wie würde der Trupp darauf reagieren, dass ihr in Ungnade gefallener Kamerad der neue Große Vater war?

Beere – das Kronblatt des Trupps und seine Gefährtin – hatte nicht mit Begeisterung reagiert. Ihre Beziehung war bereits belastet gewesen, aber als er ihr sein größtes Geheimnis anvertraute, hatte sie sich ungläubig und schockiert von ihm abgewandt.

»Ich muss zum Trupp der Morgenröte«, flüsterte er Aurora zu. »Lässt du mich bitte herunter?«

Sie nickte verständnisvoll und ging leicht in die Knie, damit er hinunterkrabbeln konnte. In diesem Moment hatten sich Nuss, Matsch und Spinne durch das Gedränge zu ihm vorgekämpft. Ihre Augen glänzten vor Aufregung.

»Das ist ein großer Empfang, Dorn«, sagte Nuss grinsend.

»Spinne denkt, dass dieser Elefant sehr in Ordnung ist«, verkündigte Spinne und tätschelte Auroras Bein. Sie schnaubte belustigt.

Matsch umarmte Dorn, dann trat er einen Schritt zurück und sah ihn fragend an. »Du siehst besorgt aus, Dorn. Denk daran, dass *du* jetzt das Sagen hast.«

»Das ist wahrscheinlich der Grund, warum sein Fell vor unseren Augen ergraut«, scherzte Nuss.

Dorn war seinen Freunden dankbar, dass sie ihn aufmuntern wollten. Doch es war nicht die zukünftige Verantwortung, die ihn belastete – es war die Vergangenheit. Er schluckte.

»Lass dich von ihnen nur nicht einschüchtern«, dröhnte Nuss und schlug ihm auf die Schulter. »Du bist jetzt Großer Vater.«

»Wir begleiten dich«, bot Matsch an.

»Gern, danke.« Dorn nickte dankbar und machte sich auf den Weg. Mit Nuss, Matsch und Spinne im Gefolge rannte er durch die zusammenströmenden Tiere auf seinen ehemaligen Trupp zu.

Dorns Herz machte einen Sprung, als er Beeres goldenes Fell erblickte. Sie ging an der Spitze des Trupps der Morgenröte, flankiert von ihren ergebenen und furchterregenden Kronwachen. Dorn fröstelte bei ihrem Anblick. Er war nie damit einverstanden gewesen, dass das Kronblatt eine persönliche Kronwache bekommt. Die kräftigen Paviane sahen genauso feindselig aus wie damals, als einige von ihnen ihn vertrieben hatten – nur weil er und seine Freunde sie von der Ermordung Rankes hatten abhalten wollen, dem Kronblatt eines verfeindeten Trupps.

»Beere Kronblatt.« Dorns Stimme klang belegt, als er seine Gefährtin begrüßte. War sie überhaupt noch seine Gefährtin? Er wusste nicht, ob sie ihn immer noch liebte oder ob Ablehnung und Verbitterung ausgelöscht hatten, was sie einst miteinander verband.

»Dorn.« Beere blieb stehen und sah ihm entgegen. Sie zeigte mit keiner Miene, was sie empfand. Sie sahen einander lange an, dann wendeten sie zur gleichen Zeit ihre Blicke voneinander ab. Dorns Herz krampfte sich traurig zusammen und seine Kehle wurde trocken.

»He, du!« Viper baute sich vor Beere auf und sah Dorn böse an. »Was hast du hier verloren? Du gehörst nicht mehr zum Trupp der Morgenröte.«

Der einäugige Klette drängte sich gewaltsam nach vorn und stellte sich neben Viper. »Dass du unserem Kronblatt ja nicht zu nahe kommst, Verbannter.«

»Deshalb bin ich nicht gekommen«, knurrte Dorn zwischen zusammengebissenen Zähnen hervor. »Ich weiß, dass ich nicht mehr zum Trupp der Morgenröte gehöre.«

»Und wir werden dafür sorgen, dass du das auch nicht vergisst.« Viper erhob sich mit gesträubtem Fell auf ihre Hinterläufe. Sie zog ihre Lippen zurück und fauchte Nuss an, der sich ebenfalls aufgerichtet hatte und herausfordernd fauchte. »Eine Abreibung sollte genügen, damit ihr nie mehr in unsere Nähe kommt.«

»Viper, Klette«, bellte Beere. »Zurück.« Sie trat zwischen

die beiden Kronwachen und warf ihnen einen tadelnden Blick zu. »Egal, was passiert ist, Dorn ist mein Gefährte. Behandelt ihn mit Respekt.« Ihre Augen verengten sich und sie sah Viper besonders böse an. »Und niemand greift ohne meinen Befehl einen anderen Pavian an. Verstanden?«

Viper sah beleidigt zur Seite. Nuss grinste frech.

Dorn sah Beere anerkennend an. Er brachte kein Wort heraus, so erfüllt war sein Herz von ihrem Anblick.

»Ich möchte dir etwas sagen, Dorn«, sagte Beere. Sie hatte immer noch einen herrischen Ton an sich, aber in ihrem Blick erkannte er eine Spur ihrer alten Wärme. »Du hattest recht mit Ranke. Sie zu töten wäre ein unverzeihlicher Gesetzesbruch gewesen, und du und deine Freunde haben viel riskiert, um uns davon abzuhalten. Du warst schon immer sehr weise.«

Viper sah sie empört an, dann blinzelte sie und beherrschte sich. Klette blickte lediglich finster vor sich hin.

»Was gehen uns Dorn oder Ranke überhaupt an?«, murmelte Viper. »Die sind doch unwichtig. Wir sind hergekommen, um den neuen Großen Anführer zu begrüßen.«

Beeres Augen weiteten sich ein wenig, und als sie Dorns Blick begegnete, musste sie schlucken. Sie wusste bereits, was ihre Kronwachen nicht wussten. Ihr gequälter Gesichtsausdruck traf ihn zutiefst.

Wie soll das nur funktionieren?, überlegte er traurig. *Wir werden nie mehr an den Anfang zurückkehren können.* Beeres Gefährte und zugleich Großer Vater von Bravelands zu sein, erschien ihm jetzt unmöglich. *Oh, Großer Geist … Was hast du mir angetan?*

»Du gehst jetzt besser, Dorn Hochblatt«, sagte Beere hastig.

»Ja …« Er zögerte, dann drehte er sich um und bahnte sich mit bebenden Gliedern den Weg durch die Herden.

»Dorn?« Matsch berührte ihn von der Seite, er klang besorgt.

Dorn drehte sich nicht um und er antwortete auch nicht. Er konnte seinem Freund nicht in die Augen sehen und wusste auch nicht, was er ihm hätte sagen sollen.

Die vier Paviane trotteten zu Aurora zurück, die inzwischen am Ufer stand. Für einen flüchtigen Augenblick meinte Dorn, Sorge in ihrem Blick zu sehen. Aber als er näher kam, blinzelte sie und wirkte ganz ruhig.

»Bist du bereit, Dorn?«, fragte die junge Elefantenkuh leise.

Er nickte. Aurora hob ihren Rüssel, trat einen Schritt zurück und stieß einen Willkommensruf aus.

Die Tiere dämpften ihr Plappern und Schreien und schließlich war nicht einmal mehr ein Murmeln zu hören. Auch das Geräusch der stampfenden Hufe und Pfoten verstummte, der Staub senkte sich und alle Tiere richteten ihre Aufmerksamkeit auf Aurora.

»Tiere von Bravelands«, rief diese. »Der Große Geist ist zu uns zurückgekehrt und hat endlich wieder ein Zuhause gefunden. Wir haben einen neuen, wahrhaftigen Großen Anführer!«

Dorn stand zwischen ihren Beinen und sah in die Menge. Alle Tiere schienen den Atem anzuhalten. Die Luft knisterte vor Erregung, pulsierte wie das Schlagen von Tausenden Herzen, wie der Pulsschlag von Bravelands selbst.

»Ich bringe euch heute den Großen Vater.« Aurora reckte ihren Kopf und blickte über die Herden und in angespannte Gesichter. »Er ist die Zukunft von Bravelands, unser aller Zukunft.« Sie machte eine Pause, dann trat sie ein paar Schritte zur Seite, um den Blick auf Dorn freizugeben. Er spürte die Hitze von tausend Augen auf seinem Fell. »Begrüßt euren Großen Vater – Dorn aus dem Lichtwald-Trupp!«

Ein Raunen ging durch die Menge, das dann zu aufgeregten, überraschten Rufen und Schreien anschwoll. Die Stimmen erhoben sich zu einem rauschenden Crescendo, als die Neuigkeit weiterwanderte und schneller, als Dorn es für möglich gehalten hatte, die Tiere in den allerhintersten Reihen erreichte. Giraffen blökten und reckten ihre Hälse himmelwärts. Nashörner schnaubten und stampften den Boden auf, Gazellen hüpften in die Luft, ein Zebrahengst wieherte schrill, Flusspferde rissen ihre Mäuler auf und brüllten schallend. Zwei Geparden gaben ein raues Fauchen von sich, auf das der Leopard auf dem Baum mit lautem Gebrüll antwortete. Dorn musste kurz seine Augen vor dem Getöse verschließen.

Aber er konnte nicht ewig die Augen verschließen. Er hatte eine Aufgabe vor sich, die wichtigste Aufgabe seines Lebens. Er ging zu Aurora, wandte sich der Menge zu und erhob sich auf seine Hinterläufe.

Wieder versiegte der Lärm und die Herden schwiegen erwartungsvoll. Dorn zögerte noch einen Augenblick und sah zum Trupp der Morgenröte hinüber. Fast hätte er nervös gelacht, als er die Gesichter dort sah, aber das wäre unpassend gewesen. Dieser Augenblick war zu ernst. Sie sahen aus, als hätte ein Schimpanse ihnen einen Ast über den Kopf geschlagen.

Viper und Klette sahen gleichermaßen entsetzt aus, ihre Münder standen genau gleich weit offen. Beere hingegen kratzte besorgt ihre Schnauze und starrte dann auf die Erde.

Wesentlich tröstlicher war der Anblick von Matsch, Nuss und Spinne, die mit stolz geblähter Brust ganz vorn standen. Dorn räusperte sich. Seine Kehle war wie zugeschnürt.

»Ich ... ich danke euch, Tiere von Bravelands. Ich danke euch für euer Vertrauen. Dies ist ein ... ein stolzer Moment für mich ...« *Nein, das ist falsch –*

Er schluckte. Die Stille dröhnte in seinen Ohren.

»Ich habe das nicht erwartet. Ich glaube, kein Tier in Bravelands hätte das gedacht.«

Neben ihm trat Aurora unbehaglich von einem Fuß auf den anderen. Da und dort ertönte ein leises Lachen, aber es klang nicht unfreundlich. Dorn versuchte zu lächeln und straffte sich.

»Tiere von Bravelands, wir leben in einer schwierigen Zeit. Wir wissen alle, dass es schon lange schlecht um Bravelands steht.« Er begann, sich sicherer zu fühlen, und erhob seine Stimme. »Ich will ehrlich sein. Ich weiß nicht, ob ich es richten kann. Alleine werde ich das keinesfalls können. Aber ich bin nicht allein. Nicht nur, weil ich gute Freunde an meiner Seite weiß, Freunde die Bravelands ebenso lieben wie ich.« Er warf Aurora ein Lächeln zu, dann nickte er freundschaftlich zu Matsch, Nuss und Spinne hinüber. »Ich bin nicht allein, weil der Große Geist zu mir gekommen ist. Der Große Geist ist auch zu euch gekommen. Er ist endlich zurückgekehrt. Er ist es, der Bravelands retten wird, und ich habe die Ehre, ihn in mir tragen zu dürfen.«

Jubel brach unter den Tieren aus. Sie stampften, wieherten, warfen ihre Köpfe nach oben, bellten und quiekten. Es dauerte lange, bis sich der Sturm wieder gelegt hatte. Dorn wartete, ihre Freude fuhr wie ein warmer Strom durch seine

Adern. Ihre Begeisterung galt dem Großen Geist, aber sie schenkte ihm dennoch Stärke und Entschlossenheit und einen klaren Kopf.

»Die Wahrheit ist, unsere Probleme sind noch längst nicht überstanden. Ich wünschte, ich hätte bessere Nachrichten für euch. Aber ich glaube, ich glaube aufrichtig, dass die guten Zeiten schon hinter dem Horizont warten – wenn wir dem Großen Geist vertrauen. Wir haben schon früher unsere Heimat verteidigt. Erinnert ihr euch an die Große Herde, die sich zusammenfand, um den Falschen Anführer zu bezwingen?«

Ein Büffel brüllte: »Das stimmt. Es war ein guter, ein ehrwürdiger Tag.«

»Selbst die Kleinsten unter uns, selbst die Schwächsten hatten ihren Anteil an unserem Sieg.« Dorn sah zu dem kleinen Erdhörnchen hinunter und verneigte sich. »Wenn wir uns erinnern, wer wir sind und wofür wir kämpfen wollen, werden wir Bravelands wieder Frieden bringen. Indem wir uns an das Gesetz halten und es immer achten, erkennen wir den Großen Geist und seinen Willen an. Ich schwöre euch, dass ich mit aller Kraft dafür kämpfen werde.«

Aurora sah ihn aufmerksam an, ihre Augen strahlten und sahen glücklich aus. Dorn unterbrach sich, hustete und sprach dann weiter.

»Aber ich muss euch leider mitteilen, dass eine neue Gefahr nach Bravelands gekommen ist – ja, meine Freunde, es gibt wieder eine neue Bedrohung. Es sind die Goldenen Wölfe. Sie sind gekommen, unser Gesetz zu entehren und die Seelen der Starken, Klugen und Rüstigen zu rauben. In anderen Worten, sie sind gekommen, um uns all das zu nehmen, was uns ausmacht. Aber das werden wir nicht zulassen. Gemeinsam werden wir das Gesetz verteidigen, auf den Großen Geist vertrauen und sie besiegen.«

Zögernde Beifallsrufe waren zu hören. *Sie glauben noch nicht recht an mich. Warum sollten sie auch?*

Dorn neigte seinen Kopf. »Ich weiß, dass viele von euch einen Großen Vater, der ein Pavian ist, mit Misstrauen betrachten.«

»Nein«, wieherte ein Zebra.

»Niemals!«, quiekte das kleine Erdhörnchen. »Du bist nicht Stachel!«

»Danke«, erwiderte Dorn voller Demut, »aber trotzdem werden viele Tiere beunruhigt sein.« Er blickte hoch und suchte die vielen besorgten Gesichter. »Im Angesicht des Großen Geistes verspreche ich euch, dass ich euch niemals betrügen werde. Ich werde niemals lügen oder die Tiere von Bravelands gegeneinander aufhetzen. Ich werde niemals das Gesetz brechen. Ich bin nicht Stachel. Der Große Geist möge mich erschlagen, wenn ich jemals so werden sollte wie er.«

Dorn zögerte und sah unwillkürlich zu Beere hinüber. Stachels Tochter sah ihn unverwandt an, aber es war ihm nicht möglich, ihren Gesichtsausdruck zu deuten. *Ich musste den Falschen Anführer erwähnen*, dachte Dorn. *Ich musste ihn herabsetzen!* Dorn hoffte aus ganzem Herzen, dass Beere ihn verstehen würde.

Er holte tief Luft. »Meine Freunde. Ich diene dem Großen Geist. Ich achte das Gesetz. Und ich schwöre, Bravelands zu schützen, solange ich lebe!«

Er schloss die Augen und hatte plötzlich Angst, mehr, als jemals zuvor. Aber das durfte er sich nicht anmerken lassen.

»Nun, wer will mir als Großem Vater folgen?«

Die Stille war aufgeladen wie vor einem Blitzschlag. Niemand rührte sich, niemand sprach. Eine Impala und ein Gnu tauschten einen Blick. Ein einzelner Gepard starrte an Dorn vorbei über den See.

Dann trat Beere Kronblatt vor. Sie trottete durch eine Zebraherde, erhob sich auf ihre Hinterläufe und sah Dorn eindringlich an. Sein Herz schlug zum Zerbersten.

»Ich erkenne Dorn Hochblatt an.« Hell und klar, sodass alle sie hörten, tönte ihre Stimme, aber ihr Blick ließ Dorn nicht los. »Ich erkenne ihn als Großen Vater an und vertraue ihm. Er ist weise und mitfühlend. Er ist das absolute Gegenteil meines Vaters Stachel – und ich spreche als jemand, der beide kannte. Ich würde ihm mein eigenes Leben anvertrauen und ich vertraue ihm auch die Zukunft von Bravelands an.«

Dorn war von Gefühlen überwältigt. *Danke, meine Liebste*, wollte er sagen, brachte aber kein Wort hervor.

»Wenn unser Kronblatt den neuen Großen Vater anerkennt, dann tun wir das auch.« Lilly Mittelblatt sprang vor und stellte sich neben Beere.

»Wir auch«, riefen die übrigen Mitglieder des Trupps der Morgenröte, und selbst Viper und Klette stimmten ein, wenn auch mit etwas missmutigen Mienen.

»Und ich erkenne den Großen Vater Dorn im Namen meiner Herde an«, verkündete Aurora. Entschlossen trat sie einen Schritt vor und erhob ihren Rüssel. »Meine Familie ist gerade auf Wanderung, aber ich habe das Recht, für sie zu sprechen, was ich hiermit tue.«

»Und ich spreche für meine Bullenherde«, rief ihr Bruder Brocken vom hinteren Ende der Herde. »Der Große Vater Dorn ist unser Anführer.«

»Wir folgen dir, Dorn!« Ein Zebrahengst sprang vor und schüttelte seine Mähne.

»Wir auch!«, schrie eine Giraffengazelle, erhob sich auf die Hinterbeine und fuchtelte mit ihren Vorderhufen.

»Wir auch!«, quiekte eine Rattensippe.

»Und die Hyänen.«

»Und die Flusspferde.« Suhl, der mit seiner Herde zur Großen Versammlung gekommen war, platschte gischtspritzend durch das seichte Uferwasser.

»Die Nashörner auch!«

»Die Impalas auch!«

»Die Leoparden folgen dir«, tönte es träge von einem der Äste.

»Und die Servals folgen dir.«

»Und die Buschböcke!«

Dorn verharrte in ehrfürchtigem Staunen, als die Tierherden eine nach der anderen ihm ihre Anerkennung zollten. Er fühlte sich von ihrer Unterstützung getragen, war zugleich stolz und demütig. Aber keine Anerkennungserklärung bedeutete ihm so viel wie Beeres Treuegelöbnis. Warm hallten ihre Worte in seinem Herzen nach.

Plötzlich kam Unruhe auf und mit erschrockenem Schieben und Hufeklappern wichen die Tiere zur Seite. Manche stießen sogar furchtsame Schreie aus. Eine Gestalt mit goldenem Fell stürmte durch die Menge und im ersten Moment erstarrte Dorn vor Schreck.

Dann sprang ihn ein Löwe an, warf ihn um, leckte und schnüffelte an ihm und schnaubte ihm glücklich seinen heißen Atem ins Gesicht. Dorn lachte und kicherte und schlug zum Spaß auf Heldenmuts schweren Körper ein. Er dachte an das letzte Mal, als Heldenmut ihn an genau dieser Stelle umgeworfen hatte, damals hatte der junge Löwe aber ganz andere Absichten gehabt, denn er hatte ihn töten wollen.

Doch jetzt war alles anders. Dorn umarmte seinen alten Freund. Plötzlich wich Heldenmut zurück, schüttelte sich und sah Dorn ängstlich und unsicher an.

»Entschuldige, entschuldige Dorn. Das hätte ich nicht tun dürfen. Du bist jetzt der Große Vater.«

»Ach, lieber Freund. Du darfst das immer und jederzeit«, lachte Dorn. »Solange du mich nicht töten willst.«

Kurz wich Heldenmut beschämt seinem Blick aus. Dann zuckte er fröhlich mit dem Maul und nickte.

Aurora stupste Dorn an der Schulter an, er drehte sich zu ihr um.

»Du musst es jetzt offiziell machen«, sagte sie leise.

Er nickte. Er hatte gesehen, wie Stachel es gemacht hatte, und es war nun an der Zeit, das Amt des Großen Anführers ein für allemal von dem vergifteten Erbe des bösen Pavians zu reinigen.

Er ließ sich auf seine Pfoten fallen und trottete in den See hinein, bis das kühle Wasser seine Brust umspielte. Dann erhob er sich auf die Hinterläufe und schöpfte Wasser aus seinen hohlen Pfoten. Er neigte den Kopf nach hinten und trank.

Alle anderen Tiere kamen nun zum See, wühlten vergnügt das Wasser auf, streckten ihre Schnauzen hinein und tranken. Dorn nahm sie nur verschwommen wahr. Im blendenden Sonnenlicht, das über die Wasseroberfläche hüpfte, entstanden Gestalten anderer Tiere. Tiere, deren geisterhafte Körper die Wasseroberfläche nicht berührten – große gespensterhafte Elefanten, ein springender Gepard, eine edle Giraffe.

Die anderen konnten sie nicht sehen. Nur Dorn sah die Seelen der Großen Anführer aus Bravelands Vergangenheit. Über das Wasser kam ein würdevoller älterer Pavian auf ihn zu, dessen schimmernde Gestalt sich im See widerspiegelte. Er sah in Dorns ehrfürchtige Augen, nickte und lächelte.

Dorn verstand. *Ich bin jetzt Bravelands. Ich verkörpere alle seine Tiere. Ich bin mit den Anführern der Vergangenheit verbunden und durch sie mit dem ganzen Land.*

Er rührte sich nicht, sah die freudigen Herden im Wasser planschen und trinken und ließ es zu, dass der Große Geist ihn für immer mit Bravelands verband.

4. KAPITEL

ES WAR SELTSAM und gleichzeitig angenehm, bis zum Bauch im See zu stehen und sich vom Wasser das Fell kitzeln zu lassen, während neben ihm lauter Beutetiere planschten. Heldenmut trank ein wenig, dann hob er sein triefendes Maul, um in dem ganzen Trubel nach Dorn Ausschau zu halten. Schließlich entdeckte er ihn. Er sprach gerade ernst mit ein paar Flusspferden, während ein Buschbock ungeduldig wartete, bis er an die Reihe kam. Heldenmuts Haut kribbelte vor Stolz.

Er ist einer meiner besten Freunde und jetzt ist er der Große Vater von Bravelands!

Ein Nashorn starrte Heldenmut von der Seite an und ein junger Kudu sah ziemlich verängstigt aus. *Das war nur natürlich*, dachte er, denn es war höchst ungewöhnlich, dass ein Löwe die Große Versammlung besuchte. Seine Art folgte weder dem Großen Geist noch einem Großen Anführer, der ihn verkörperte. Heldenmut jedoch war von Pavianen großgezogen worden und fühlte sich hier zu Hause. Er war schon zuvor bei Großen Versammlungen gewesen – die damals aber von Stachel einberufen worden waren. Bei dem Gedanken an dieses ungeheuerliche, falsche Spiel zu Ehren eines falschen Großen Anführers krümmte er sich vor Scham.

Dorns trockener Scherz hatte ihm einen Stich versetzt. Er erinnerte ihn an jenen Tag, als er auf Stachels Befehl Dorn töten wollte. Dieser Moment erschien ihm aus heutiger Sicht sehr symbolisch für Stachels schreckliche Tyrannei und seinen Verrat. Auch wenn Dorn jetzt leichtfertig darüber witzelte, so wusste Heldenmut doch, dass er mit dieser Schande für immer würde leben müssen.

Wie hatte er auf diese Lügen und Täuschungen hereinfallen und sich gegen seinen besten Pavianfreund wenden können? In der Rückschau erschien es so klar, dass der hinterlistige Stachel ein Scharlatan und Mörder gewesen war. Trotzdem hatte Heldenmut ihm blind vertraut. Er hatte Loyalität und Liebe für den Pavian empfunden, der ihn als Junges aufgenommen hatte. Diese Gefühle waren ihm genauso gegenwärtig wie seine Scham. Es war so verwirrend, dass ihm der Kopf brummte.

»Schau nicht so deprimiert«, knurrte Eifer. Er und Kaltschnauze hatten sich geweigert, ins Wasser zu gehen, standen aber nah am Ufer. »Du hast eben einen Fehler gemacht. Ich glaube, dein Paviankumpel hat dir vergeben. Es ist doch kein Wunder, dass du diesem anderen vertraut hat. War Stachel nicht wie ein Vater für dich?«

»Auf jeden Fall mein Ziehvater.« Heldenmut sah Eifer dankbar an. Wie kam es, dass sein Kamerad so oft seine Gedanken lesen konnte? »Kommt ihr auch ins Wasser?«, fragte er.

»Ich bleibe lieber draußen«, lachte Eifer.

Kaltschnauze schüttelte sich bei dieser Vorstellung. »Ich auch. Warum planschen die überhaupt im Wasser herum?«

»Das ist ein Ritual«, erklärte Heldenmut. »Sie glauben,

dass sie dadurch mit dem Großen Geist verbunden werden. Ich weiß nicht, wie das funktioniert, aber es wird schon seit Ewigkeiten so gemacht.« Er sah Eifer verschmitzt an. »Fühlt sich richtig gut an. Das Wasser ist schön kühl. So erfrischend. Ihr zwei seht aus, als würde euer Fell gleich schmelzen.«

Eifer ließ dramatisch die Schultern herabhängen. »Es ist wirklich sehr heiß«, sagte er.

»Ihr verpasst etwas«, stichelte Heldenmut.

Mit einem plötzlichen Satz platschte Eifer neben Heldenmut ins Wasser und spritzte ihn voll.

Heldenmut spuckte Wasser aus und schüttelte sich. Er watete zu Eifer hinüber, leckte ihm übers Gesicht und machte sich dann daran, seinen schmalen Rücken zu striegeln. Eifer tat es ihm gleich und gemeinsam badeten sie eine Weile im kühlen Wasser unter der gleißenden Sonne. Wie schön dieser Augenblick friedvoller Ruhe doch war inmitten all der Wirren, die Bravelands und ihre eigenen Rudel erschüttert hatten.

»Also gut!«, blaffte eine Stimme vom Ufer. Kaltschnauze warf sich ins kühle Nass und bespritzte seine Freunde. Seine kurzen Beine erreichten nicht den Grund, aber er lernte sofort, sich paddelnd über Wasser zu halten und die beiden älteren Junglöwen zu umkreisen.

»Was denn!«, rief er trotzig. »Ich wollte auch mitmachen!«

Heldenmut brummte. »Sagte ich doch, dass du es mögen würdest.«

Kaltschnauze hörte aber schon nicht mehr auf ihn, sondern starrte ans Ufer. »Was ist da los? Gibt es noch eine Große Versammlung?«

Heldenmut und Eifer hörten mit dem gegenseitigen Putzen

auf und drehten sich zum Ufer um. Auch andere Tiere drehten sich um und ein besorgtes Murmeln war zu hören.

Zwei Leoparden streiften den flachen Abhang zum Ufer hinab. Mit den Zähnen schleiften sie ein lebloses, schweres Ding über den körnigen Sand. Die Tiere im See verstummten, als sie erkannten, was es war. Die Leoparden ließen es zur Erde fallen und sahen den neuen Großen Vater voller Trauer und Wut an.

Heldenmut erkannte den schlaffen Körper eines weiteren Leoparden. Aber warum brachten sie ihn an einem solchen Tag hierher?

Dorn watete bereits durch die Menge zum Ufer zurück. Dort ließ er sich auf alle viere fallen und rannte vorwärts. Vor den Leoparden blieb er stehen und starrte entsetzt auf den Leichnam. Aurora war ihm gefolgt, sie rang nach Luft und wedelte bestürzt mit den Ohren.

Heldenmut rannte zu ihnen, Eifer und Kaltschnauze an seinen Fersen. Wasser spritzte von ihrem Fell.

Wer hat das getan?, wollte Heldenmut fragen, aber ein Blick auf die Wunde sagte schon alles. Der Brustkorb war aufgerissen, und wo sonst das Herz war, klaffte eine blutige Höhle.

»Die Wölfe«, fauchte einer der Leoparden heiser. »Sie haben ihr Herz gestohlen. Jetzt wird sie niemals zwischen den Sternen jagen können.«

Die Stille wurde immer bedrückender und Heldenmuts Herz krampfte sich zusammen. *Ich hätte Dorn sofort vom Titanrudel erzählen sollen.* Aber dafür war jetzt nicht der richtige Augenblick. Das Leid der Leoparden war allgegenwärtig.

Leises, betroffenes Schreien, Quieken und Murmeln machte

sich unter den Herdentieren breit, die jetzt aus dem Wasser stiegen. Dorn kauerte über der toten Leopardin und fuhr mit seinen Fingern vorsichtig über die schrecklichen Wundränder.

Dann raffte er sich mit einem Ruck auf und drehte sich zu den anderen Tieren um. Heldenmut erkannte seinen Freund beinahe nicht wieder, denn sein Gesicht war von kalter Wut verzerrt.

»Diese Wölfe«, verkündete er in einem alarmierenden Tonfall. »Ich werde sie stoppen, und ich werde dem Bösen, das sie über Bravelands gebracht haben, ein Ende setzen.«

»Aber wie?«, rief eine Impala, schüttelte ihre Hörner und trat vor. »Genau dasselbe ist einer von uns geschehen, vor nicht einmal drei Tagen. Auch sie hat ihre Seele verloren und wird niemals auf dem silbernen Pfad wandeln, der die Nacht erhellt.«

Ein Flusspferd polterte zornig: »Ich habe gehört, dass sie das sogar großen, starken Tieren angetan haben. Einem Krokodil. Einem Nashorn. Mehreren Krokodilen. Wie sollte ein Pavian sie aufhalten können?«

»Ich werde das machen, was ich gelernt habe«, sagte Dorn und ließ seinen Blick über die Herden schweifen. Heldenmut fiel sein ehrliches, offenes Gesicht auf, ganz anders als das von Stachel. Von Dorn waren keine verrückten Prahlereien zu erwarten. »Ich werde den Anführer dieser Bestien suchen und ihm Einhalt gebieten. Sie können sich nicht gegen den gesamten Tierbestand von Bravelands stellen und das wissen sie. Erinnert euch: Wir haben Stachels Armee besiegt. Diese Wesen wissen wahrscheinlich nicht, was ihnen droht.«

Einen Augenblick lang war Heldenmut etwas beunruhigt. Wie würden die Herden auf Dorns ersten, friedlichen Vorschlag reagieren, im Angesicht einer solchen brutalen Bedrohung?

Doch unter den versammelten Tieren machte sich laute Zustimmung breit. »Gut gesprochen, Großer Vater!«, brüllte ein Büffel.

Heldenmut ging zu Dorn und sagte: »Ich werde dir helfen und Eifer und Kaltschnauze auch.« Die beiden jungen Löwen nickten zustimmend. »Wir können den Anführer dieser Goldenen Wölfe aufspüren und ihn dir bringen. Du bist ein guter Großer Vater, Dorn, aber du brauchst auch Muskelkraft zu deiner Unterstützung.«

»Und zwar von uns«, ergänzte Eifer.

Dorn wechselte einen Blick mit Aurora und nickte. »Das ist ein guter Plan. Ich danke dir, Heldenmut.«

»Es ist das Mindeste, was ich tun kann«, sagte Heldenmut und ließ kurz seinen Kopf sinken. »Vielleicht kann ich damit wiedergutmachen, was ich dir angetan habe, als wir uns das letzte Mal hier versammelten.«

»Denk nicht mehr daran«, sagte Dorn gütig und kraulte den Kopf seines Freundes. »Jetzt geht es nur um die Wölfe und sonst nichts.«

»Wir wissen ungefähr, wo sie sind«, berichtete Eifer. »Wir haben sie im Todeswald gewittert. Dort werden wir mit der Suche beginnen.«

Zwischen den langen Beinen der Zebras entstand eine Bewegung und eine kleine Gestalt mit hochmütig aufgestelltem Schwanz zuckelte hervor. Heldenmut unterdrückte ein Stöhnen. Es war Titans lästige Tochter Quälgeist.

»Ich möchte auch Wölfe jagen«, forderte das kleine Löwenjunge stolz und blickte mit hoch erhobener Nase um sich.

»Ich bin die Tochter von Titan und dafür bestimmt, meine Feinde zu jagen und zu töten.«

»Du bist zu klein für diese Aufgabe«, erwiderte Aurora freundlich.

»Ich habe dich nicht um Rat gefragt, Elefant«, fauchte Quälgeist. »Ich gehe mit! Ich bleibe nicht länger bei dieser blöden Versammlung. Mein Vater sagt, das sei sowieso nur ein Haufen Hyänenschiss. Ich will jagen.«

»Egal, was du willst«, sagte Heldenmut verärgert, »aber du kommst nicht mit.«

»Mein Vater hat gesagt ...«

»Dein Vater ist aber nicht hier!«, brüllte Heldenmut. Er kam mit seinem Gesicht ganz nah an sie heran, entblößte seine Zähne und versuchte, möglichst wütend auszusehen. »Du. bleibst. hier. Und Schluss!«

Quälgeist wich nur ein klein wenig zurück und sah ihn böse an. Ihm blieb nichts anderes übrig, als sich abzuwenden.

Er schlug leicht mit dem Schwanz in ihre Richtung. »Eifer, Kaltschnauze – wir gehen!«

»Viel Glück«, rief Aurora.

»Das werdet ihr brauchen«, murmelte Nuss.

Doch Dorn schüttelte seinen Kopf und erhob zum Abschied seine Pfote.

»Auf das Glück kommt es nicht so an, Heldenmut. Nicht, wenn der Große Geist mit euch geht.«

»Hörst du das?« Eifer blieb stehen, hob eine Pfote und blähte seine Nasenflügel.

Heldenmut blieb ebenfalls stehen und drehte sich um. »Was gibt's?«

»Dieses Geräusch. Als würde uns jemand folgen.«

Heldenmuts Muskeln spannten sich und seine Krallen fuhren aus ihren Scheiden. »Ja, ich höre es auch. Hinter uns im hohen Gras.« Er schwang seinen Kopf zu Kaltschnauze herum. »Du bleibst zurück, Kleiner.«

»He! Ich bin auch nicht so viel jünger als ihr!« Kaltschnauze tapste an seine Seite und drehte sich in die Richtung, aus der das Geräusch kam, sein weiches Maul hatte er drohend verzogen.

Eifer sah den Blick, mit dem Heldenmut auf den kleinen Löwen herabblickte, und kräuselte amüsiert sein Maul. Sie waren seit der Großen Versammlung einen halben Tag lang über leere Ebenen gelaufen. Da die meisten Tiere noch bei der Versammlung waren, war der Rest von Bravelands wie ausgestorben.

Die langen Halme wiegten sich und raschelten sanft im Wind, der jedoch von vorne kam, sodass sie keine Witterung aufnehmen konnten. Aber das andere Geräusch war nicht zu überhören: ein massiver Körper, das Tapsen von Pfoten, Keuchen. Heldenmut spannte seine Schultern an und duckte sich, seine Schwanzspitze zuckte. Sie würden sich von keinem Goldenen Wolf überraschen lassen

Das Wesen tapste aus dem hohen Gras und blieb abrupt stehen, als es die Blicke der drei auf sich gerichtet sah. Kurz huschte Schuld über sein Gesicht, aber dann setzte es gleich eine trotzige Miene auf.

»Quälgeist!«, knurrte Heldenmut entnervt.

»Du kleine Idiotin«, fauchte Eifer.

»Schwester!«, rief Kaltschnauze. »Du solltest doch zurückbleiben. Das ist zu gefährlich!«

»Kommt nicht infrage«, erwiderte Quälgeist selbstzufrieden. »Das hätte Vater so gewollt. Und das weiß ich besser als du, Kaltschnauze. Und außerdem«, fügte sie hinzu und zitierte ihn unabsichtlich selbst, »bin ich nicht so viel jünger als du.«

»Doch, das bist du«, knurrte Kaltschnauze. »Heldenmut, sie muss umkehren!«

»Korrekt«, sagte Heldenmut und schlug mit der Pranke nach ihr. »Geh zur Wasserstelle zurück!«

»Du bist nicht mein Rudelführer«, widersprach sie, »und schon gar nicht mein Vater.«

Heldenmut sah sie wütend an und überlegte, ob er sie am Nackenfell packen und zurückschleppen sollte. Da stupste Eifer ihn an.

»Heldenmut«, flüsterte sein Freund, »sie kann jetzt nicht mehr allein zurück, wir sind schon zu weit. Unsere Mission ist dringend. Wir haben dafür keine Zeit.« Eifer sah Quälgeist an. »Wir müssen sie mitnehmen. Es ist sonst zu gefährlich für sie mit diesen Wölfen hier in der Gegend.«

»Ich höre genau, was ihr sagt«, fauchte Quälgeist. »Ich habe keine Angst vor so einem kleinen Wolf. Wenn ich einen sehe, dann reiß ich sein …«

Heldenmut knurrte. Eifer hatte natürlich recht.

»Also gut«, fauchte er. »Du kannst bei uns bleiben. Kaltschnauze, keine Widerrede, wir haben keine andere Wahl – sie ist bei uns nun einmal sicherer. Für den Augenblick zumindest«, fuhr er fort, als Kaltschnauze sein Maul zuklappte und seine Schwester böse ansah. »Aber merke dir, Quälgeist, du tust genau, was ich dir sage. Ich bin vielleicht nicht dein Rudelführer, aber auf dieser Mission habe ich das Sagen.«

»Der einzige Löwe, der mir etwas befehlen kann, ist mein Vater«, erwiderte Quälgeist höhnisch.

Eifer machte einen Sprung und schlug ihr mit dem flachen Ballen seiner Pranke aufs Maul. Quälgeist taumelte zur Seite und fauchte ihn mit angelegten Ohren an, aber er stand breit und groß über ihr. Der Schlag war eine Warnung gewesen – ohne Krallen, aber nachdrücklich.

Heldenmut knurrte anerkennend.

»Also gut«, sagte Quälgeist dann. »Ich werde mich benehmen.«

Eifer nickte und ging wieder zu Heldenmut. Dieser stupste ihn dankbar an, dann setzten sie ihren Weg fort.

Er hoffte, er würde seine Entscheidung nicht bereuen müssen.

5. KAPITEL

ES WAR MITTAG und die Sonne stieg auf ihren höchsten Punkt. Dorn war immer noch von vielen Tieren umgeben, die ungeduldig stampfend und schnaufend warteten, bis sie an der Reihe waren und mit ihm sprechen oder seinen Rat und seine Hilfe einholen konnten. Die Herden waren aus dem Wasser gestiegen, der See lag wieder still da und glitzerte rosig-silbern. Doch für den neuen Großen Vater gab es keine Mittagsruhe.

Aurora sah, wie Dorn nickend, lächelnd und ein paar Beruhigungen murmelnd einem Impalapärchen auswich. Sobald er ein wenig Abstand von der Menge bekommen hatte, drehte er sich mit einem flehenden Blick nach Aurora um.

Niemand konnte von Dorn erwarten, dass er sich an seinem allerersten Tag als Großer Vater mit so vielen Problemen beschäftigte! Er hatte keine Pause gehabt, seitdem Heldenmut, Eifer und Kaltschnauze zu ihrer Mission aufgebrochen waren. Sicher, Ratschläge zu erteilen gehörte zu den wichtigen Aufgaben eines Großen Vaters, aber für Dorn war es noch ganz neu, und er hatte so viele andere Sorgen. Aurora hatte Mitleid mit ihm.

Sie trottete zu ihm hinüber, wobei sie vorsichtig einem Perlhuhn und einem empört dreinschauenden Schliefer ausweichen musste. »Entschuldige, kleiner Cousin«, murmelte sie. »Ich muss durch. Der große Vater braucht mich.«

Der Schliefer knurrte missbilligend und rückte ein wenig zur Seite. Aurora neigte sich zu Dorn herab.

»Was soll ich jetzt tun?«, flüsterte dieser. »Was kommt als Nächstes?«

»Mach dir nicht so viele Sorgen, Dorn.« Sie strich mit ihrem Rüssel über seine Schulter.

»Ich kann nicht anders«, murmelte er. »Diese Tiere haben wenig Geduld, wenn es um ihre Probleme geht. Es gibt viel mehr zu tun, als ich erwartet habe, und das war schon nicht wenig.«

Dann werde ich mir nicht auch noch Sorgen machen. Aurora unterdrückte ein Seufzen. Dorn hatte so wenig Selbstvertrauen ... Aber was auch immer geschah, sie musste ihn unterstützen. »Ich habe der Großen Mutter jahrelang zugesehen«, sagte sie. »Als ich sie kannte, war sie sehr souverän, aber sie erzählte mir oft, wie viele Schwierigkeiten sie am Anfang hatte, als sie nicht viel älter als ich war. Ich habe auch gesehen, wie sie mit praktischen Fragen umging, vielleicht kann dir helfen.« Sie drehte sich zu den wartenden Tieren um, hob ihren Rüssel und lächelte.

»Bitte gebt dem Großen Vater ein wenig Luft. Er wird sich mit all euren Fragen und Problemen beschäftigen, aber es ist sein erster Tag.«

Die Tiere wechselten Blicke. Ein Flusspferd grunzte: »Also gut. Das ist uns recht.«

»Aber er wird uns doch helfen?«, fragte der Schliefer.

»Natürlich, kleiner Cousin. Ich will nur, dass ihr ihm etwas Zeit gebt.« Aurora ließ ihren Blick über die anderen Tiere schweifen. »Auch unsere geliebte und weise Große Mutter brauchte Raum, um ihre Gedanken zu sammeln.«

Etwas widerwillig zerstreuten sich die wartenden Tiere, zuckten mit ihren Schwänzen und unterhielten sich leise. Nur Matsch, Nuss und Spinne blieben am Rand der kleinen Lichtung unweit des Ufers. Spinne schwatzte mit seiner Eidechse, die auf seiner Schulter saß und aussah, als ob sie schliefe.

»Ich muss das irgendwie besser organisieren«, sagte Dorn zu den anderen. »Ich muss erreichbar sein. Jedes Tier soll wissen, dass es mit mir sprechen kann. Große Mutter wanderte ungehindert über die Ebenen. Aber ich weiß nicht, ob ich das könnte. Mein Lebensraum sind die Wälder.«

»Das musst du auch nicht«, sagte Aurora. »Du musst nicht wie ein Elefant leben. Du bist ein Pavian! Suche deinen eigenen Weg als Großer Vater.«

Dorn kratzte sich nachdenklich an der Schnauze. »Ich habe ehrlich gesagt keine Ahnung, warum der Große Geist nicht dich erwählt hat. Du bist so weise.«

»Der Große Geist wählt immer den Richtigen«, erwiderte sie bestimmt. »Und er ist viel weiser als ich. Du musst einfach einen Ort finden, wo dich alle erreichen können – die großen und die kleinen Tiere. Einen Ort, wo sie dich wissen und wo du sicher bist.«

»Wie wäre es mit der Pavianinsel«, schlug Nuss vor und zerquetschte eine Zecke, die sich in seinen Ellbogen gebohrt hatte. »Ich weiß, dass dort schlimme Dinge geschehen sind, aber es wäre eine perfekte Umgebung.«

Dorn schüttelte den Kopf. »Nein, ich will nicht, dass mich die Tiere irgendwie mit Stachel in Verbindung bringen. Ich glaube, das wäre ein großer Fehler.«

»Wie finden die Paviane für gewöhnlich ihre Lager?«, fragte Aurora.

»Nun«, Dorn überlegte einen Moment, »wir suchen uns eine ruhige Lichtung, die Unterschlupf bietet und gut erreichbar, aber vor Eindringlingen sicher ist ... einen Ort, den man verteidigen kann ... mit großen, starken Bäumen zum Schlafen.«

»Und ganz vielen Früchten«, warf Spinne ein und leckte sich die Lippen.

»Ja«, lachte Dorn. »Viele Feigen und die süßen Früchte des Elefantenbaums – und möglichst auch Mangos.«

»Dann werden wir als Nächstes nach einem solchen Ort suchen«, brummte Aurora.

»Und hier ist sie«, verkündete Nuss und klatschte zufrieden in seine Pfoten. »Eine ausgezeichnete Lichtung für einen Großen Vater. Sie war gar nicht so schwer zu finden!«

Aurora hob ihren Kopf und klappte ihre Ohren weit auf. Sie musterte den dichten grünen Wald, der die Lichtung umgab. In östlicher Richtung stieg das Gelände leicht zu einer Erhebung an, wo Dorn die Rat suchenden Tiere empfangen konnte: Es war perfekt. Zwischen den dicken grünen Blättern leuchteten Früchte: leider keine Mangos, dafür aber Feigen, Passionsfrüchte, Pflaumen und ein großer Jackfruchtbaum. Nicht weit entfernt hörte Aurora, wie Brocken und seine Herdenbrüder kleine Bäume und Buschwerk niederrissen, damit auch große Tiere den Weg auf die Lichtung finden würden.

»Ich weiß nicht, was der Trupp der Morgenröte davon halten wird«, überlegte Dorn und betrachtete das neue Lager. »Sie sind im selben Wald. Viper und Klette werden nicht begeistert sein.«

»Aber sie sind viel weiter westlich«, wandte Nuss ein. »Sie werden uns kaum bemerken. Vielleicht möchten sie uns vertreiben, aber das glaube ich nicht.«

»Schaut mal, was ich gefunden habe!«, rief Matsch. Er sprang aus dem nahen Gebüsch und streckte seine Pfoten aus, die mit gelben Früchten gefüllt waren. Aus einer quoll gelbes Fruchtfleisch hervor. »Bungos!«

Dorn lief das Wasser in der Schnauze zusammen. »Diese Lichtung ist einfach perfekt.« Seine Augen leuchteten. »Und, Nuss, ich glaube auch nicht, dass Viper und Klette den Großen Vater vertreiben möchten. Jedenfalls nicht, wenn wir die Grenze zu ihrem Territorium beachten.«

»Spinne liebt Bungos.« Der verrückte Pavian sprang vor und nahm Matsch eine Frucht aus der Pfote. Er pulte ein wenig Fruchtfleisch heraus, das er seiner Eidechse anbot, die es aber nur verwundert ansah.

Aurora lächelte und drehte sich zu den Elefantenbullen um. Sie hatten das Buschwerk entfernt und dabei einen großen Stinkbaum freigelegt, der genau in der Mitte des vorgesehenen Pfades stand. Wald, ein junger Elefantenbulle, der bemerkte, dass Aurora sie beobachtete, spannte seine Muskeln an und schlug mit seinem Kopf gegen den Baumstamm, trat dann wieder zurück und versuchte, mit seinen beigen Stoßzähnen den Baum auszureißen. Die anderen Bullen unterbrachen ihre Arbeit, zermalmten ein paar der abgerissenen Äste und sahen ihm zu. Wald schlug noch einmal gegen den Baum, der nun knirschend ins Wanken kam.

Aurora bemerkte seinen erwartungsvollen Blick. *Er tut*

sich für mich hervor, dachte sie betrübt. Die jungen Bullen wussten doch, dass sie sich nicht mehr an einen Gefährten binden konnte. Ihre Beziehung zu Fels war vielleicht von Anfang an zum Scheitern verurteilt gewesen, aber er war noch immer ihr Verlobter. Es war ihr nicht erlaubt, sich einen anderen Partner zu suchen.

Aurora wollte Wald nicht ermutigen und wandte sich ab. Sie schlenderte zu einem mageren alten Elefanten, der seinen Rüssel um einen riesigen, entwurzelten Mahagoniebaumstumpf geschlungen hatte. Seine Füße rutschten auf dem Blattwerk aus und er ließ den Stumpf keuchend wieder fallen.

Aurora fragte: »Kann ich helfen?«

Er schüttelte seinen runzeligen Kopf. »Schon gut. Ich habe das schon oft gemacht.«

Der Bulle sieht sehr alt aus, dachte Aurora, *und so müde*. »Wir alle brauchen irgendwann einmal Hilfe«, sagte sie und stieß mit ihrem gekrümmten Rüssel gegen den Baumstumpf, der schließlich umkippte und von ihnen gemeinsam von dem neuen Pfad tiefer ins Unterholz gerollt wurde.

»Danke«, murmelte der alte Elefant. »Früher hätte ich diesen Baumstumpf hochheben und wegschleudern können. Aber die Zeit vergeht, und ich nehme an, daran werden wir auch nie etwas ändern können.«

»Im Alter liegen Ehre und Weisheit«, bemerkte Aurora.

»Aber keine Muskelkraft«, erwiderte er zynisch. »Aurora, erzähle mir, warum du nicht bei deiner Herde lebst. Für eine junge Elefantenkuh ist das eine ungewöhnliche Lebensart.«

»Du weißt, wie ich heiße?«, fragte Aurora überrascht.

»Ja. Und ich habe dir darin wahrscheinlich etwas voraus. Mein Name ist nämlich Flint.«

Aurora runzelte die Stirn und überlegte. Der Name kam ihr bekannt vor. »Flint? Heißt das, du – du bist doch nicht …?«

»Doch.« Er nickte und pustete träge den Holzstaub von seinen Füßen. Dann blickte er Aurora wieder an. »Deine Großmutter Sonne stand mir sehr nah. Das war natürlich, bevor sie ihrer Bestimmung als Große Mutter folgte.«

Aurora sah ihn überrascht an. Ihr Herz machte einen Freudensprung. »Dann bist du mein Großvater«, flüsterte sie. »Flint war der Erzeuger von Nebel, meiner Mutter. Daher kenne ich deinen Namen. Meine Großmutter hat mir von dir erzählt …« Sie zögerte. »Nachdem meine Mutter gestorben war.«

Flint neigte traurig seinen Kopf. »Ja. Ich habe viele Nachkommen gehabt, Aurora, aber deine Mutter war etwas Besonderes. Es brach mir das Herz, als ich erfuhr, dass sie von Löwen gerissen worden war.« Er blickte Aurora forschend an. »Du bist ihr sehr ähnlich, das sehe ich.«

Auroras Herz krampfte sich bei der Erinnerung an ihre Mutter zusammen. Es war schon so lange her, dass Nebel, geschwächt von Auroras Geburt und krank, einem Löwenrudel zum Opfer gefallen war. Für Aurora war die Erinnerung immer noch lebendig und schmerzhaft.

»Sie fehlt mir sehr«, sagte sie leise.

»Aurora! Aurora!« Zwei Energiebälle aus getupftem gelbem Fell schossen aus dem Unterholz auf sie zu. Aurora war beinahe froh, von ihren Erinnerungen abgelenkt zu werden.

»Wiesel, Mops.« Sie hätschelte die beiden Gepardenjungen mit ihrem Rüssel. »Was gibt es?«

»Wir können Quälgeist nirgendwo finden«, jammerte Mops. »Sie ist verschwunden!«

Aurora erschrak. Nein. Und wenn die Wölfe, die Arglist getötet hatten, auch ihre Tochter gerissen hatten? Niemand wusste, wo die Goldenen Wölfe herumstreiften ... manchmal schienen sie aus dem Nichts zu kommen und wieder ins Nichts zu verschwinden.

»Habe ich richtig gehört?« Dorn kam herbei, ging in die Hocke und klopfte Rinde und Staub von seinem Fell. Dann sah er die beiden Geparden scharf an. »Ihr vermisst dieses Löwenjunge Quälgeist?«

Die beiden nickten unglücklich. »Sie ist eine echte Plage«, sagte Wiesel schüchtern, »aber wir wollen nicht, dass ihr etwas zustößt.«

»Macht euch keine Sorgen, Jungen. Und du Aurora, entspanne dich. Ich werde Quälgeist finden.« Dorn schloss seine Augen und konzentrierte sich.

Die beiden Gepardenjungen wechselten einen überraschten Blick und starrten dann wieder auf Dorn.

»Also, dann musst du aber langsam losgehen«, meinte Mops.

Er öffnete die Augen wieder und schmunzelte. »Ich muss nicht fort«, erklärte er und erntete dafür faszinierte Blicke von den Gepardenjungen.

Aurora beobachtete ihn und beruhigte sich ein wenig. Sie wusste nicht, was Dorn da tat, aber er war der Große Vater. Sie hatte dem Großen Geist vertraut, als dieser in ihr wohnte. Jetzt, da er in Dorn wohnte, musste sie ihm ebenso vertrauen.

Matsch klopfte an ihren Vorderfuß, um auf sich aufmerksam zu machen. »Er sucht mit seinem Geist nach ihr«, flüsterte er, als Aurora sich zu ihm hinabbeugte. »Dorn kann so etwas. Wegen dem Großen Geist, du weißt schon.«

»Oh!«, hauchte Aurora und beobachtete Dorn gebannt.

Über ihnen raschelten leise die Blätter und warfen Sonnentupfer auf Dorns Fell. Im Blätterdach hoch über der stillen Lichtung zwitscherten und pfiffen die Vögel, aus ihren Stimmen klang eine Spur von Unmut. *Kein Wunder*, dachte Aurora, *die Elefanten zerstören einige ihrer Bäume.*

Dorn öffnete flatternd seine Augen und sah Aurora lächelnd an. »Du musst dir keine Sorgen machen. Quälgeist ist bei Heldenmut.«

»Was? Warum?« Aurora schlug mit ihren Ohren.

»Ich weiß nicht genau. Aber sie steht unter seinem Schutz und dem von Eifer und ihrem Bruder Kaltschnauze. Sie ist also sicher.«

»Trotzdem.« Aurora pustete beunruhigt Staub auf. »Ich weiß nicht, ob Heldenmut und Quälgeist wirklich gut miteinander auskommen. Quälgeist verehrt Titan und Heldenmut will ihn töten.«

»Das stimmt.« Dorn lachte. »Aber Heldenmut wird die Kleine beschützen. Du weißt, dass er ein gutes Herz hat.«

»Das erleichtert mich sehr. Aber nun zu etwas anderem.« Aurora sah ihn aufmerksam an. »Matsch sagt, dass du mit deinem Geist über die Savanne blicken kannst?«

Er nickte bescheiden. »Es ist einfach passiert. Als ich bei den Geiern war.«

»Das Geschenk des Großen Geistes.« Sie nickte. »Ich erinnere mich daran, dass Große Mutter mir einmal von einem Pavian erzählte, der auch Großer Vater gewesen war und dieselbe Gabe besaß.«

»Genau. Das war Großer Vater Bach vom Goldwald«, sagte Dorn stolz. »Am Anfang war ich ziemlich erschrocken –

es machte mir Angst –, aber ich habe viel geübt, und jetzt geht es leichter, fast wie von selbst.«

Aurora zögerte, ihr Herz klopfte wild. Sie hätte Dorn am liebsten nach dem Verbleib von Fels gefragt, hätte zu gern gewusst, ob ihr einstiger Gefährte am Leben und wohlauf war. Sie hatte ihn verstoßen, und das war das Schlimmste, was sie je getan hatte. Sie vermisste ihn immer noch, den dunklen Elefantenbullen mit den grünen Augen. Fels hatte so viel für sie getan und sie immer unterstützt, sie war in seiner Gegenwart so glücklich und zufrieden gewesen. Hätte sie nicht erfahren, dass er Fluss getötet hatte, wären sie immer noch zusammen und würden Seite an Seite über die Ebenen wandern. Wäre er jetzt mit den anderen Bullen hier und würde helfen, die Lichtung für den Großen Vater zu richten, würde er ihr immer wieder liebevolle Blicke zuwerfen …

Aber er hatte Fluss getötet, ermahnte sich Aurora wütend. Außerdem war er nicht hier und sie konnte sich mit ihm nicht weiter befassen. Sie hatte ihre Chance für einen Lebensgefährten an einen Mörder verschwendet. Mehr war über den Elefanten, den sie geliebt hatte, nicht zu sagen. Sie würde Dorn nicht bitten, ihn zu finden. Sie biss ihre Zähne zusammen. *Ich muss vergessen, dass er je existiert hat.*

Brocken kam auf sie zu, er sah zufrieden und müde aus. »Aurora, hier bist du.«

»Hallo, Bruder«, grüßte sie. »Wie geht die Arbeit voran?«

»Es läuft gut.« Er stupste sie mit dem Rüssel an. »Wir sind eigentlich fast fertig. Meine Herde wird langsam unruhig. Wir werden in ein bis zwei Tagen weiterziehen.«

»Ich verstehe«, sagte sie und drückte ihr Gesicht an seine Wange. »Ihr könnt nicht ewig bleiben.«

»Du könntest mit uns kommen«, schlug er vor. »Wir wandern zum Paarungsgebiet der Elefanten. Dort wirst du auch deine Herde wiedertreffen – die Wanderer sind bestimmt dort.«

Aurora spürte die aufmerksamen Blicke von Flint auf sich und senkte ihren Kopf.

»Ich glaube, ich bin noch nicht so weit, Brocken. Der Große Vater braucht mich noch.«

»Schwester, du bist für den Großen Geist nicht mehr verantwortlich«, erwiderte Brocken sanft. »Dorn wurde erwählt und muss nun seinen eigenen Weg finden.«

»Ich weiß, aber – was ist das?« Aurora vernahm das Rascheln von Blättern und schnappenden Zweigen.

Der Trupp der Morgenröte näherte sich dem Lager. Manche der Paviane trotteten über den Waldboden, andere hangelten sich an Ästen entlang und wieder andere hüpften von Stein zu Stein. Vorneweg ging Beere Kronblatt, ihr Fell strahlte golden im milden Sonnenlicht. Aurora bemerkte erleichtert, dass sie nicht feindselig aussah.

Beere blieb vor Dorn stehen und für einen Augenblick herrschte befangenes Schweigen zwischen ihnen. Dann nickten sie sich kurz zu.

»Wir wollten sehen, wie ihr vorankommt«, sagte Beere. Ihre Stimme klang ruhig und warm. »Wie ist das neue Lager? Wir könnten euch helfen.«

»Das ist sehr freundlich, Beere Kronblatt«, erwiderte Dorn leise. Er sah sie sehnsuchtsvoll an, vermied es aber, sie zu berühren. »Ich glaube, wir haben es fast geschafft. Die Elefanten haben einen Pfad für die anderen Tiere geschlagen.«

»Genau das ist das Problem«, knurrte Viper und schob sich nach vorn. »Sie schlagen gesunde Bäume ab!«

»Viper«, ermahnte Beere, »wir sind gekommen, um den Großen Vater zu begrüßen.«

»Der Große Vater hat alles durcheinandergebracht«, beschwerte sich Splitter. Aurora musste an sich halten, ihn nicht mit dem Rüssel zu stoßen. Zum Glück reagierte Beere sofort.

»Splitter! Benimm dich!«

Splitter verzog beleidigt das Gesicht und klappte seine Schnauze zu.

»Der Große Vater hat kein Recht, hier zu sein«, fauchte Klette. »Dorn, du hast einen Platz gewählt, der viel zu nah am Langbaumlager ist.«

Beere sah ihn böse an, aber Klette nahm keine Notiz davon.

»Klette hat recht«, nickte Viper. »Diese Elefanten machen so ein Getöse. Sie verjagen die kleinen Beutetiere. Die Mäuse und Ratten nehmen schon Reißaus – sogar die Spinnen und Käfer verstecken sich.«

»Sie werden bald fort sein«, versprach Dorn. »Ich weiß, dass es ziemlich turbulent ist, aber es lohnt sich.«

»Ach ja?« Klette erhob sich auf seine Hinterläufe und sah Dorn böse an. »Dir ist es wohl egal, ob du diesen Trupp schädigst. Jetzt, wo du Großer Vater bist, meinst du wohl, du könntest dir alles erlauben, du –«

»Das reicht!« Beere wirbelte herum und fauchte. »Das. Ist. Genug! Dorn ist der Große Vater von Bravelands. Wie lange ist es her, dass einem Pavian diese Ehre zuteilwurde? Ihr solltet stolz sein! Respektiert seine Entscheidungen – und meine! Ich bin euer Kronblatt – und ich sage, es ist uns eine Ehre, dass der Große Vater sein Lager in unserem Wald aufschlägt!«

Dorn war sprachlos über ihren Ausbruch, aber Aurora

fand, dass er bei Weitem nicht so erschrocken aussah wie Viper, Klette und die anderen Nörgler. Murrend und maulend drehten sich die Paviane um und gingen den Weg zurück, den sie gekommen waren, ihr Fell von Beeres Donnerwetter gesträubt.

Beere jedoch hatte keine Eile. Sie setzte sich neben Dorn und pellte die Rinde von einem Ast. Sie sah besorgt aus.

Als das letzte Geräusch der abziehenden Paviane verklungen war, sah sie Dorn an und sagte: »Ich will ehrlich sein … auch ich bin nicht glücklich über die Zerstörung der Bäume.«

Dorn nickte beschämt. »Ich schwöre dir, Beere, wir haben nur das Allernötigste entfernt. Ich musste einen Platz für die Ratsuchenden finden.«

»Ich weiß.« Sie sah ihn lächelnd von der Seite an. »Ich weiß, dass du es jedem recht machen musst, und ich weiß, dass du eine unvorstellbare Verantwortung trägst. Nur … bitte denke auch manchmal an den Trupp.«

»Das werde ich, Beere, ganz bestimmt.«

Sie senkte ihren Blick und sagte leise: »Und denke auch an mich. Manchmal.«

Dorn sah sie traurig an. Sie aber erhob sich und sprang ihrem Trupp hinterher. Ihr schwanzloses Hinterteil verschwand im Unterholz und eine Weile herrschte eine verlegene Stille.

»Ach, Aurora«, seufzte Dorn und ließ seine Schultern hängen. »Ich weiß, dass ich Pflichten habe und eine riesige Verantwortung für Bravelands trage. Aber ich kann die Loyalität gegenüber meinem alten Trupp nicht einfach abschütteln. Ich habe ihnen auch etwas zu verdanken, findest du nicht?«

»Natürlich.« Aurora streckte ihren Rüssel aus, scheute sich aber plötzlich, ihn zu berühren. »Dorn, ich weiß, dass es schwierig ist, glaube mir. Aber du wirst einen Weg finden. Der Große …«

»Ach ja«, unterbrach er sie, eine Spur von Spott in seiner Stimme. »Der Große Geist macht keine Fehler, nicht wahr?«

Aurora schwieg. Sie wusste nicht, was sie sagen sollte. Sie war deshalb erleichtert, als der Lärm von schlagenden Hufen, stampfenden Füßen und raschelnden Ästen an ihre Ohren drang.

Sie holte tief Luft und schlug vergnügt mit den Ohren. »Ich glaube, die ersten Bittsteller sind da, Großer Vater!«

Dorn sah erschöpft aus, dachte Aurora mitleidig. Seit dem Eintreffen der ersten Büffel und Impalas war der Strom der Tiere den ganzen Nachmittag über nicht mehr abgerissen. Was sollte Dorn denn einer Giraffe raten, die sich darüber beschwerte, dass ihr Hals zu kurz sei, um an die zartesten Blätter zu kommen? Wie sollte er einem Nashorn klarmachen, dass das böse Nashorn, das ihm an den Wasserstellen auflauerte, sein eigenes Spiegelbild war?

Und als das Warzenschwein ihm seinen starren, kleinen Schweif zudrehte und davontrabte, klagte ihr Dorn, wie er um der Sterne willen einem Warzenschwein Liebesratschläge geben könne, wenn sein eigenes Liebesleben so im Argen läge.

Trotzdem hörte Dorn geduldig zu, und Aurora bewunderte ihn dafür, wie er gütige Ratschläge, strenge Anweisungen oder tröstende Worte für verstorbene Gefährten fand. Sogar ein Pavian aus dem Trupp der Morgenröte war gekommen und hatte sich über die schlechte Behandlung durch Klette beschwert. Dorn hatte sich beherrschen müssen, um nicht über die Unbeliebtheit seines Gegners zu triumphieren. Er hatte dem jungen Pavian stattdessen geraten, Beere um Schutz zu bitten und ihrem Gerechtigkeitsempfinden zu vertrauen.

Dorn Hochblatt war wie dafür geschaffen, anderen zu helfen, dachte Aurora. Seine Güte ergänzte seine Klugheit und Weisheit auf eine wohltuende Art. Kein einziges Tier hatte die Lichtung zornig, unzufrieden oder verbittert verlassen. Sie musste ihre nagenden Zweifel ablegen.

»Du machst das wirklich großartig«, sagte sie, als eine Hyäne mit hoch erhobenem Schwanz davonzog, um einen Kompromiss mit ihrem Rudelführer in die Tat umzusetzen, den er ihr vorgeschlagen hatte.

»Findest du?« Dorn sah sie von der Seite an.

»Ich weiß es.«

Immer noch wartete eine lange Reihe von Tieren darauf, ihm ihre Sorgen zu erzählen. Dorn seufzte heimlich. Aber Aurora war überzeugt, dass er sich daran gewöhnen würde. Sie erinnerte sich noch gut an die vielen Tiere, die mit Großer Mutter sprechen wollten, an ihre oft belanglosen Beschwerden, auf die sie immer geduldig und gerecht eingegangen war. Zumindest in dieser Hinsicht ähnelte Dorn sehr der weisen, alten Elefantenältesten.

Außerdem hatte Dorn auch seine Freunde, die ihn unterstützten. Nuss befand sich ganz in seinem Element, wenn er die Wartenden herumkommandierte, damit sie sich halbwegs geordnet aufstellten, Drängler beschimpfte und Ungeduldige besänftigte. Spinne und Matsch saßen an Dorns Seite. Spinne gab leise seine Einschätzung zu den jeweils eintreffenden Tieren ab und konnte dabei auf sein Wissen zurückgreifen, das er auf seinen Wanderungen gesammelt hatte. Der verrückte Pavian imponierte Aurora. Er kannte jedes einzelne Tier so gut, als hätte er nicht mit ihm, sondern in ihm gelebt. Er schien genau zu verstehen, was in den Köpfen der Tiere vor sich ging. Das fand Aurora besonders lustig, weil es ihr ganz und gar schleierhaft war, was in seinem Kopf vorging. Matsch warf unterdessen seine Steine auf einem ebenen Stück des körnigen Sandbodens aus, studierte sie sorgfältig und informierte Dorn dann über deren Bedeutung, wenn er einem verzweifelten oder verärgerten Tier Ratschläge erteilte.

Vielleicht braucht Dorn mich gar nicht, dachte Aurora mit einem gewissen Bedauern, während sie die drei eifrigen Paviane beobachtete. Sie wollte sich jedenfalls nicht einmischen. Sie hielt sich im Hintergrund und schaute einfach zu, denn sie wollte weder Dorns Autorität unterwandern noch die Erinnerung an die Zeit heraufbeschwören, als ihre Großmutter Große Mutter gewesen war. Der Nachmittag zog sich hin und sie wurde schläfrig.

Sie schreckte erst aus ihren Träumen auf, als hinter der vordersten Reihe der Tiere ein markerschütterndes Kreischen losbrach. Sie schlug mit den Ohren, hob ihren Rüssel und stieß einen Angstschrei aus.

Drei Zebras und eine Antilope flüchteten panisch wiehernd und quiekend ins Gebüsch. Eine Serval sprang mit angelegten Ohren und gesträubtem Fell auf die Lichtung. Warzenschweine quiekten und grunzten entsetzt, trampelten über Dorns Hügel und rannten auf ihrer Flucht beinahe Spinne um.

Aurora richtete ihre Ohren drohend auf und stürmte vor. *Wer wagt es, die Sprechstunde des Großen Vaters zu stören?*

Doch dann blieb sie wie angewurzelt stehen, das Blut gefror in ihren Adern. Über den von den flüchtenden Tieren frei geräumten Pfad kamen drei furchterregende Gestalten, deren kurze Beine sich erstaunlich schnell und geschmeidig vorwärtsbewegten und deren dicke, schuppige Schwänze hin und her schlugen.

Krokodile!

Nuss ließ Ordnung Ordnung sein und stolperte davon. Matsch schrie entsetzt auf und griff nach seinen Steinen. Dorn erstarrte und richtete sich auf seine Hinterpfoten auf. Spinne sah den Krokodilen fasziniert entgegen und ahmte mit seinen Pfoten ihren Gang nach.

Aurora wurde von Angstwellen geschüttelt. Diese Tiere hatten Große Mutter umgebracht. Alle wussten, dass die Krokodile das Gesetz der Savanne nicht achteten, und schon gar nicht den Großen Anführer. Was um der Sterne willen wollten sie hier?

»Dorn«, rief sie eindringlich, »in die Bäume! Schnell!«

Nuss und Matsch mussten nicht erst ermahnt werden. Sie hasteten schon die Äste hinauf und zogen den widerspenstigen Spinne mit sich. Dorn jedoch rührte sich, trotz Auroras Flehen, nicht vom Fleck. Er stand unbeweglich auf seinem Hügel und blickte den Krokodilen ruhig entgegen.

»Dorn«, rief Aurora außer Atem und streckte ihren Rüssel nach ihm aus, doch er nahm keine Notiz davon. Auroras Herz raste und sie hätte ihn am liebsten mit ihrem Rüssel gepackt und fortgetragen. Auch ein Großer Vater war nicht gegen Krokodile gefeit.

Ich muss ihm zur Seite stehen! Sie stemmte ihre Füße fest in den Boden.

Die Krokodile blieben stehen und hoben ihre langen Schnauzen hoch. Der Anführer riss sein Maul auf und entblößte seine bestialischen, großen, scharfen Zähne.

»Willkommen«, sagte Dorn mit kaum merklichem Zittern der Stimme. »Willkommen, Sandzungensprecher. Was kann der Große Vater für euch tun?«

6. KAPITEL

DORNS HERZ KLOPFTE HEFTIG. Er verspürte einen übermächtigen Drang zu fliehen, doch etwas Stärkeres als die Angst ließ ihn reglos verharren. Er konnte seine Augen nicht von den Krokodilen abwenden. Ihre starken Kiefer sahen aus, als könnten sie ihn mit Haut und Fell verschlingen – außer, sein Fell würde sich in den furchterregenden, gezackten Zähnen verhaken. Ihre gelben Augen mit den schlitzförmigen schwarzen Pupillen glitzerten kalt wie ein tiefes Gewässer. Es war seltsam, sie so weit entfernt vom Wasser zu sehen – sie waren für die Fortbewegung zu Land nicht geschaffen, was ihr Erscheinen auf der Lichtung noch furchterregender machte.

Dorn erinnerte sich noch gut an seine erste Begegnung mit Krokodilen: Es war bei der zweiten der drei Hochtaten, die er hatte bestehen müssen, um seinen Rang im Lichtwald-Trupp zu erlangen. Er musste über einen Fluss voller Krokodile schwimmen. Nie hatte er in seinem Leben solche Angst gehabt – wenigstens bis jetzt.

Aber er war nicht mehr Dorn Tiefblatt. Er war Großer Vater, und ob diese Kreaturen das Gesetz befolgten oder nicht, sie gehörten zu Bravelands. Trotz seiner entsetzlichen Angst fühlte er sich auch ihnen gegenüber verpflichtet.

»Wir sehen uns genötigt, uns an dich zu wenden, Großer Vater«, zischte das größte Krokodil. »Uns scheint nichts anderes übrig zu bleiben.« In seiner Stimme schwang ein verächtlicher Unterton, aber vielleicht war das auch der normale Tonfall der Krokodile. Sandzunge klang irgendwie sonderbar, fand Dorn, kehlig und gleichzeitig zischend.

»Ich werde versuchen, euch zu helfen.« Er wusste, dass sie durch die geheimnisvolle Kraft des Großen Geistes seine Zunge verstanden.

»Ich bin Riss, der Anführer der Schlickfluss-Gruppe«, zischte das Krokodil. »Dies sind meine Vertreter Zacke und Klemme. Die Flusspferde der Tunkteich-Herde wollen uns vernichten. Sie müssen damit aufhören. Sonst gibt es einen blutigen Krieg.«

Dorn leckte seine Lippen. Seine Überraschung war einen Moment lang größer als seine Angst. Flusspferde und Krokodile ließen einander gewöhnlich in Ruhe. »Was machen sie denn?«

»Das kann dir Zacke am besten erzählen, da sie direkt betroffen ist«, fauchte Riss und wandte ruckartig seine lange Schnauze zu dem Krokodil zu seiner Linken.

Zacke kam eilig ein Stück nach vorn, öffnete ihre Schnauze und zeigte ihre spitzen Zähne. »Sie zerquetschen unseren Nachwuchs«, knurrte sie. »Sie suchen unsere Nester und zertrampeln unsere Eier. Kein einziges Junges ist in dieser Jahreszeit geschlüpft.«

Dorn erstarrte. Flusspferde konnten mörderisch aggressiv werden, aber hier schien es sich um sinnlosen Vandalismus zu handeln. »Warum sollten sie so etwas machen?«

»Ach, alles erfunden und erlogen!«, fauchte Klemme.

»Sie nennen es Rache, aber Rache wofür? Sie haben einen Leichnam ans Ufer geschleppt, den wir uns ansehen sollten. Es war eins ihrer Jungen. Anscheinend beschuldigen sie uns jetzt, ihre Jungen zu töten. Aber so etwas haben wir nie getan.«

Riss und Zacke nickten einhellig. »Das ist eine Lüge«, zischte Zacke.

»Das ist doch nur ein Vorwand.« Die Augen von Riss glitzerten kalt vor Wut. »Die Flusspferde wollen sich den Fluss nicht mehr mit uns teilen und uns loswerden. Sie behaupten, wir hätten ihr Kleines getötet, dabei haben sie meinen Vorgänger Fetz ermordet!«

»Die Flusspferde haben euren Anführer getötet?« Dorn traute seinen Ohren kaum.

»Wir hatten Fetz noch nicht lange vermisst«, sagte Riss und schlug seine Zähne aufeinander. »Er hat sein ganzes Leben im Schlickfluss verbracht. Wieso hätte er dort weggehen sollen? Das wäre gegen seine Natur gewesen. Und kurz darauf begannen die Flusspferde mit ihrem Rachefeldzug.«

»Sie haben mein ganzes Gelege zertrampelt«, sagte Zacke und krallte ihre Vorderklauen in die Erde. »Und sie sind immer wieder gekommen und haben anderen Eltern dasselbe angetan. Das ist unverzeihlich. Dafür müssen sie sühnen.«

»Egal, was wir zum Schutz unserer Eier tun«, fuhr Klemme fort und peitschte mit seinem kräftigen Schwanz auf den Boden. »Wir haben versucht, uns zu wehren. Wir bewachen unsere Nester. Unsere Weibchen legen ihre Eier an ganz verborgene Stellen. Trotzdem finden die Flusspferde sie immer wieder. Sie jagen uns fort und töten unsere Jungen, bevor diese auch nur einen Atemzug gemacht haben.«

»Unsere Gruppe wird in dieser Brutsaison keine Jungen haben, vielleicht nie mehr«, fauchte Riss. »Du sogenannter Großer Vater. Dich respektieren die Flusspferde. Du bist der Herrscher von Bravelands. Du hast die Macht, sie aufzuhalten.«

»Moment«, widersprach Dorn und hob eine Pfote empor. »Ich bin kein Herrscher. Der Große Vater empfiehlt und rät, mehr nicht.«

»Tümpel und Schlamm«, knurrte Riss und machte einen bedrohlichen Schritt auf Dorn zu. »Du hast die Macht, Pavian. Wenn du sie nicht nutzt, werden wir Vergeltung üben. Sie denken, wir würden Junge umbringen? Können sie gerne haben. Wir werden sie gnadenlos jagen und ihre Jungen in Stücke reißen, wenn wir sie finden. Die Flüsse werden sich von ihrem Blut rot färben, und ihr Jammergeschrei wird so laut sein, dass die Vögel vom Himmel fallen.«

Dorn wurde schwindelig bei diesen Drohungen. Vor seinem inneren Auge sah er die Situation, die das Krokodil beschrieben hatte: Blut und Schrecken und sinnloses Sterben. Er atmete schwer, aber dann fauchte er Riss an: »Das würde nichts besser machen! Der Kreislauf der Gewalt würde endlos weitergehen und das werde ich nicht zulassen …«

»Und wir werden es nicht dabei belassen«, unterbrach ihn Zacke. »Wenn wir wieder eine Generation Nachkommen verlieren und Bravelands sich dafür nicht interessiert, werden wir es zu unserer Aufgabe machen, die Jungen aller Tieren zu töten, die wir erreichen können. Antilopen, Elefanten, Warzenschweine oder Wildkatzen: Wir werden sie in Stücke reißen.«

»Ich weiß, dass ihr das Gesetz der Savanne nicht anerkennt«, erwiderte Dorn aufgebracht, »aber das ginge zu weit, selbst für Krokodile.«

»Wir werden alles tun, um unser Überleben zu sichern«, knurrte Klemme. »Wir verteidigen uns selbst und nur uns selbst.«

Dorn atmete schwer und dachte fieberhaft nach. Das war ernst – und diese Krokodile würden sich nicht mit Mitleid und Versprechungen abspeisen lassen. Was sollte er ihnen antworten, um dieser Situation die tödliche Spannung zu nehmen? Kurz überlegte er, Aurora zu fragen oder Matsch, der sich im Unterholz versteckt hatte. Aber dann raffte er sich auf und kniff seine Augen zusammen. Es war seine Aufgabe, das Problem zu lösen. Der Große Geist war sein Ratgeber, er musste lernen, allein damit zurechtzukommen.

Zu den Aufgaben eines Großen Vaters gehörte jedoch mit Sicherheit nicht, eine blutige Schlacht gegen Gesetzesbrecher anzuführen.

Dorn spreizte seine Pfoten. »Was schlagt ihr vor?«, fragte er ernst. »Ihr glaubt nicht an den Großen Geist, und ihr folgt nicht dem Großen Vater, wieso glaubt ihr, dass ich euch bei eurem Problem helfen könnte?«

»Nein, an diesen Nilpferdmist glauben wir nicht«, erwiderte Riss hämisch. »Keine Kreatur herrscht über uns oder kontrolliert uns. Aber als der letzte Große Anführer starb ...« Er schielte auf seine Kameraden. »Als sie starb, diese alte Elefantenkuh, da haben wir etwas gespürt. Irgendetwas an ihr war anders ... selbst im Tod. Deshalb haben wir ihren Leichnam nicht gefressen.« Er kniff seine Augen zusammen. »Deshalb, Pavian, bist vielleicht auch du anders als die anderen.«

»Das will ich doch schwer hoffen«, murmelte Zacke.

Dorn seufzte. »Es ist falsch, was die Flusspferde machen. Es ist ein Bruch unseres Gesetzes, dem sie verpflichtet sind: Sie töten eure Jungen nicht zur Selbstverteidigung oder weil sie hungern. Ich werde das regeln, Riss. Aber ich muss mir noch überlegen, wie ich das anstelle.«

»Dann mach das«, knurrte Riss, drehte sich um und schlug verächtlich mit dem schuppigen Schwanz. »Du hast Zeit bis zum vollen Mond, Pavian. Sonst gibt es Krieg.«

Sie trotteten davon. Das Tapsen ihrer kralligen Füße und das Schlagen ihrer schweren Schwänze hallten unheimlich wider. Dorn sah ihnen schweigend nach, während die anderen Tiere langsam aus ihren Verstecken hervorkamen, die Augen immer noch angstvoll aufgerissen.

»Puh«, murmelte Matsch und warf mit zitternden Pfoten seine Steine aus. »Ich hoffe, dass sie nicht häufiger hier auftauchen …«

»Was wollten die?«, fragte Nuss und sah ihnen hinterher.

»Sie wollen, dass die Flusspferde aufhören, ihre Eier zu zertrampeln«, sagte Dorn seufzend. »Das ist mehr als verständlich. Die Flusspferde geben ihnen angeblich die Schuld am Tod eines ihrer Kälber und rächen sich auf diese Weise dafür. Das muss definitiv aufhören.« Er sah zu Aurora hoch. »Habe ich richtig reagiert?«

Aurora schwenkte nachdenklich ihren Rüssel. »Das kann ich nicht beantworten, aber Große Mutter hat mir einmal gesagt, dass es nicht einfach Richtig oder Falsch gibt. Die Krokodile haben die Große Mutter nie um Rat gefragt, sie hatte also auch nie etwas mit ihnen zu tun. Aber ich tue, was ich kann, um dir zu helfen, Dorn. Wir werden das gemeinsam anpacken.«

Nuss zuckte die Achseln. »Also, ehrlich gesagt, wahrscheinlich haben die Krokodile das kleine Flusspferd wirklich getötet. Ich kann es den Flusspferden nicht verdenken, dass sie aus Rache die Eier zertrampeln. Wer außer den Krokodilen hätte so etwas tun sollen?«

»Löwen? Ein Leopard? Ein wütender Büffel?« Dorn spreizte hilflos seine Pfoten. »Woher sollen wir das wissen? Aber ich stimme dir zu, dass es sehr wahrscheinlich die Krokodile waren. Sie teilen sich mit den Flusspferden den Fluss und sind ihnen daher am nächsten. Aber das entschuldigt nicht, dass die Flusspferde alle Krokodileier vernichten. Wir dürfen nicht zulassen, dass dieser Konflikt zu einem Krieg ausartet.«

»Der Große Geist wird uns leiten«, sagte Aurora. »In der Zwischenzeit, Dorn ... ich glaube, deine Arbeit für heute ist noch nicht zu Ende.«

Er sah zu den wartenden Tieren hinüber. Da bemerkte er verwundert, wer an der Spitze der Schlange stand. Noch ein Pavian vom Trupp der Morgenröte?

»Mango!«, begrüßte er das Pavianweibchen herzlich. Endlich wieder ein vertrautes Gesicht, nach dem nervenaufreibenden Treffen mit den Krokodilen. »Was kann ich für dich tun?«

Sie kam unsicher näher und ging vor ihm in die Hocke. »Ich weiß nicht, ob es richtig ist, was ich mache, Dorn. Ich meine, Großer Vater.«

»Bitte sag weiter Dorn zu mir«, bat er sie. »Wir kennen uns nun schon ein Leben lang. Und es ist niemals falsch, zum Großen Vater zu kommen. Ein anderer Pavian aus dem Trupp der Morgenröte hat mich heute auch schon angesprochen.«

»Wirklich?« Mango zog nachdenklich ihre Brauen hoch. »Das wundert mich ehrlich gesagt nicht.«

Ein leichtes Unbehagen strich über Dorns Fell. Standen die

Dinge im Trupp so schlecht? »Erzähle mir, was dich herführt, Mango.«

»Ich brauche eigentlich nicht nur den Rat des Großen Vaters«, sagte Mango und kratzte sich am Arm. »Ich dachte, es interessiert dich auch, wie die Dinge bei uns laufen.« Sie holte tief Luft. »Diese Kronwachen von Beere – sie machen sich ziemlich wichtig, Dorn. Ich möchte sie nicht unbedingt mit Stachels Starkzweigen vergleichen, aber ... es gibt eine Menge Ähnlichkeiten.«

Genau wie ich befürchtet habe, dachte Dorn niedergeschlagen. Er hatte das von Anfang an geahnt.

»Es gibt auch Unterschiede«, sagte Mango trocken. »Die Starkzweige haben die Autorität von Stachel nie untergraben, und sie hätten niemals gewagt, ohne seinen Befehl zu handeln oder aus eigenem Antrieb etwas zu tun. Stachel hatte sie vollständig unter Kontrolle.«

»Und Beere?«, fragte Dorn bang.

»Die halbe Zeit weiß sie nicht einmal, was sie vorhaben«, sagte Mango achselzuckend. »Sie untergraben ihre Autorität, wo sie nur können, und ruinieren ihr Ansehen als Kronblatt. Ihr Ansehen im Trupp wird immer schlechter wegen Dingen, die sie gar nicht angeordnet hat. Die Kronwachen machen, was sie wollen.«

»Zum Beispiel?«, fragte Dorn mit steigender Unruhe.

»Erst haben sie einen benachbarten Affentrupp ohne ihre Erlaubnis überfallen«, erzählte Mango. »Viper und Klette denken anscheinend, sie seien die Kronblätter, jedenfalls verhalten sie sich so. Sie halten ohne ihr Wissen Versammlungen ab und lästern hinter ihrem Rücken über sie. Sie behandeln sie wie eine nutzlose Marionette, um ihre eigenen Missetaten zu decken. Dorn, viele aus dem Trupp nehmen ihr schon übel, dass sie ihre Kronwachen nicht unter Kontrolle hat.«

Dorn sprang auf. »Das Problem der Krokodile kann ich nicht sofort lösen«, knurrte er, »aber hier kenne ich mich aus. Mango, du gehst voran.«

»Warte«, sagte Mango unruhig, »du meinst, jetzt sofort?«

»Ja, wir gehen zum Trupp der Morgenröte. Jetzt sofort.«

Mango schob einen Vorhang aus Schlingpflanzen zur Seite und führte Dorn unschlüssig auf die Kronsteinlichtung. Paviane schnatterten und kreischten, hüpften von den Ästen herab und starrten Dorn an. In seinem Zorn hörte er ihnen gar nicht genau zu, merkte aber, dass ihm ganz unterschiedliche Stimmungen entgegenschallten, von Aufregung bis hin zu bitterer Ablehnung. *Nun gut*, dachte er. Er hatte den Trupp als Verbannter verlassen und kehrte jetzt als Großer Vater von Bravelands zurück. Es war ganz normal, dass sie so unterschiedlich reagierten. Und manche dieser Paviane hatten ihn von Anfang an nicht gemocht.

Als Mango ihn in die Mitte der Lichtung führte, hüpfte Beere vom Kronstein und sprang ihnen entgegen. Ihre Augen sprühten vor Freude, ihr Lächeln unterdrückte sie aber gleich wieder. Hinter ihr drehten sich die Kronwachen wie auf Kommando um und starrten Dorn finster an.

»Großer Vater Dorn«, rief Beere, blieb stehen und strich nervös ihr Fell glatt. »Wie schön, dich zu sehen, aber was willst du hier?«

Er nickte ihr würdevoll zu, ein altes Sehnen drückte sein Herz zusammen. Aber jetzt war nicht die Zeit für Gefühle. »Ich möchte dir helfen«, sagte er leise.

»Helfen? Wieso?«

Statt einer Antwort trottete Dorn zum Kronstein vor, stellte sich neben ihm auf und ließ seinen Blick über die neugierigen Paviane gleiten, die sich nuschelnd um ihn versammelten. Beere sah ihn verdutzt an, ging an ihm vorbei und sprang auf den Kronstein, wo sie ihren Ehrenplatz einnahm.

»Ich muss dem ganzen Trupp der Morgenröte etwas sagen«, verkündete Dorn und erhob sich auf seine Hinterläufe. Er musste überzeugend wirken, auch wenn sein Herz aufgeregt pochte. »Sind alle Paviane zugegen?«

Die anderen tauschten Blicke aus, schauten nach hinten und riefen Nachzügler herbei. Schließlich hatten sich alle niedergelassen, Stille trat ein und der ganze Trupp sah neugierig zu Dorn hinüber. Mango zählte die Versammelten und klopfte dabei mit seinen Fingern in die Luft. Dann nickte er.

»Ich möchte euch etwas sagen«, begann Dorn, »aber nicht nur, weil ich Beeres Gefährte bin. Ich spreche als Großer Vater von Bravelands.«

»Und?«, rief Klette, lümmelte sich auf dem Gras und kaute träge an ein paar Blättern.

Dorns Fell sträubte sich. Dieses Benehmen motivierte ihn erst recht, die Sache ein für alle Mal aus der Welt zu schaffen.

»Ich habe von den Kronwachen erfahren und wie sie sich verhalten.« Dorn drehte sich zu ihnen um. »Das ist nicht akzeptabel. Die Kronwachen leiten diesen Trupp nicht – Beere Kronblatt ist die Anführerin. Ich habe erfahren, dass diesen Pavianen ihr kleines bisschen Macht zu Kopf gestiegen ist und dadurch Streitigkeiten entstehen – Streitigkeiten, die im Alltag eines Trupps keinen Platz haben. Morgenröte, wir alle sind Paviane – denkt an unsere Traditionen! Lasst nicht zu, dass diese Kronwachen euch schikanieren. Eure Loyalität gehört allein eurem Kronblatt, nicht ihrer Wache. Wenn das Ansehen des Kronblatts untergraben wird, leidet der ganze Trupp darunter, das wissen wir alle!«

Aus der vordersten Reihe der Kronwachen war höhnisches Schnauben zu hören. »Du gehörst ja nicht einmal mehr zum Trupp der Morgenröte!«

Wieder Klette. Das hätte er sich denken können. Dorn sah streng in Klettes heiles Auge, aber der große Pavian starrte verächtlich zurück. »Darum geht es nicht«, erwiderte Dorn gereizt.

»Was willst du eigentlich?« Klette kräuselte seine Schnauze. »Als Stachel Kronblatt war, hast du doch alles darangesetzt, sein Ansehen zu untergraben.«

»Das war etwas anderes, das weißt du ganz genau«, knurrte Dorn. »Stachel war böse. Das haben wir immer wieder gesehen.« Er drehte sich zu Beere um. »Seine Tochter ist eine gute und gerechte Anführerin. Sie verdient euren Respekt und eure Loyalität.«

Ein paar Paviane nickten und flüsterten miteinander, ganz offensichtlich waren sie derselben Meinung wie Dorn. Andere jedoch, einschließlich derer, die bei Klette und Viper standen, sahen missmutig zu ihm hinüber. Abfälliges, ablehnendes Murren war zu hören. Dorn konnte aber nicht genau ausmachen, von wem es kam. Nach und nach drehten die Mitglieder des Trupps sich um und sprangen fort, um wieder ihrem Tagwerk nachzugehen.

Dorn verspürte ein plötzliches Unbehagen und drehte sich nach Beere um. »Mango hat mir erzählt, was sie vorhaben. Ich musste einfach zu deiner Unterstützung kommen.«

Sie sah ihn mit unlesbarer Miene an. Dorn dachte beklommen, dass sie nicht sehr erfreut aussah.

»Nett von dir, dass du dich für mich starkmachst«, sagte Beere verhalten. »Und ich schätze deine Unterstützung. Aber ich kann Klette und die anderen sehr wohl selbst in Schach halten. Wenn jemand meinem Ansehen schadet, dann ist es der Große Vater, der meint, sich für mich einsetzen zu müssen.«

Dorn zuckte zusammen. Er hatte nicht mit ewiger Dankbarkeit gerechnet, aber Beere hörte sich an, als wollte sie ihn gar nicht hier haben. Meinte sie womöglich, dass er die Sache noch verschlimmert hatte?

Er schüttelte sich und schluckte seine Verbitterung herunter. »Ich hatte nichts dergleichen vor, Beere. Ein Pavian hat sich bei mir darüber beklagt und ich habe einfach meine Arbeit getan.«

Sie wich ein Stück vor ihm zurück und antwortete kühl und förmlich: »Dann lass mich *meine* Arbeit tun. Lass mich Kronblatt sein und meine eigenen Fehler machen.«

Dorn starrte sie einen Augenblick an, dann nickte er. »Es tut mir leid, Beere. Von der Seite hatte ich es gar nicht betrachtet.«

»Nein, das hast du eindeutig nicht.« Hörte er eine Spur von gutmütigem Spott in ihrer Stimme? Er war sich nicht sicher.

»Es wird nicht mehr vorkommen«, murmelte er. »Du weißt, dass ich dich nicht infrage stellen wollte. Es würde mir wirklich leidtun, wenn ich das getan habe.«

Er hätte sie so gern umarmt, ihre Wärme gespürt und die Entrüstung in ihrem Gesicht weggeküsst. Durfte er das? Ach was. Er machte einen Schritt auf sie zu, dann zögerte er.

Beere, die plötzlich gar nicht mehr so selbstsicher erschien, schielte nach rechts und links, als würde der ganze Trupp ihr zuschauen. Dann, als Dorn noch einen Schritt auf sie zumachte, gab sie nach, beugte sich vor und umarmte ihn kurz.

Dorn spürte, wie angespannt sie war, sie sah ihm nicht in die Augen. Er zog sich schnell wieder zurück und nickte ihr zu.

Ich hätte das nicht tun sollen. Hätte ich das tun sollen? Er war Großer Vater, sie war ein Kronblatt. Sie waren keine sorglosen jungen Paviane mehr. *Wir beide tragen Verantwortung.*

Dorn drehte sich um, nickte Mango kurz zu und verließ in raschen Sprüngen die Lichtung. Es war nicht Mangos Schuld. Mango hatte getan, was ihr richtig erschien. Er war es, der als unerfahrener Großer Vater seine Sache schlecht gemacht hatte.

Ich muss ständig dazulernen, ermahnte er sich streng.

Von nun an wollte er viel vorsichtiger sein.

7. KAPITEL

SELBST IN DER SCHWÄRZE DER NACHT der Savanne sahen die Baumstämme des Todeswaldes wie schaurig bleiche, bläuliche Stecken aus. Der Erdboden fühlte sich immer noch matschig und sumpfig an. Heldenmut setzte vorsichtig eine Pranke vor die andere. Der aufdringliche Wolfsgestank vermischte sich mit dem Modergeruch des Todeswaldes.

Eifer, der neben ihm ging, blieb plötzlich wie angewurzelt stehen. Ein Schatten hatte sich bewegt. Doch dann knurrte er missmutig und tapste weiter. Die Schatten in diesem leblosen Ort erschienen Heldenmut ein wenig zu lebendig.

Da half es auch nichts, dass Quälgeist sie ständig nervte. Ihre Stimme war zu schrill und ihre Bewegungen zu ungestüm. Außerdem hatte sie die schlechte Angewohnheit, Kaltschnauze zu quälen, sobald es ihr langweilig wurde.

»Pass auf die Hyänen auf, Nichtsnutz«, stichelte sie. »Aber du brächtest es sowieso nicht fertig, sie zu verjagen.«

»Lass deinen Bruder in Ruhe«, schimpfte Heldenmut leise. »Du könntest es selbst nicht mit einer aufnehmen.« Er ärgerte sich, wenn sie ihren Bruder als Nichtsnutz bezeichnete. Titan hatte ihn so genannt, wenn Kaltschnauze seinen Ansprüchen nicht genügte. Er hatte erwartet, dass Kaltschnauze sich schon als kleines Löwenjunges stark wie ein großer Löwe verhalten würde.

»Ha, ha«, spottete Quälgeist, »wer ist Papas Liebling? Du ganz bestimmt nicht, Nichtsnutz. Wer wird der stärkste Löwe von ganz Bravelands werden, sagt unser Vater? Rate mal. Nicht d –«

»Ich habe gesagt, du sollst aufhören«, fauchte Heldenmut und drehte sich drohend um.

»Also gut, ich sage keine bösen Worte mehr zu dem kleinen Löwenjungen.« Quälgeist macht einen Hüpfer und schlug ihre kleinen Zähne in Kaltschnauzes Schwanz.

Dieser jaulte auf, mehr vor Schreck als vor Schmerz, und machte einen Sprung zur Seite. Eifer gab Quälgeist einen kräftigen Schlag mit der Pranke.

»Heldenmut sagte, du sollst dich benehmen!«, knurrte er.

Kaltschnauze legte etwas an Geschwindigkeit zu, um mit Heldenmut Schritt zu halten. Heldenmut sah den kleinen Löwen mitfühlend an. Er wusste, wie sehr dieser unter Titans Schikanen gelitten hatte, und Quälgeist hatte in diesem Punkt leider viel von ihrem Vater geerbt. »Kaltschnauze«, sagte er leise, »du darfst nicht zulassen, dass sie so mit dir spricht. Du musst dich wehren.«

»Aber ich will ihr nicht wehtun«, seufzte Kaltschnauze, »sie ist meine Schwester.«

»Nun, ihr scheint es nichts auszumachen, dir wehzutun«, versetzte Heldenmut. Er konnte sich nicht vorstellen, dass Kaltschnauze sich je auf die Hinterbeine stellen würde. Der kleine Löwe war einfach zu sanft. Heldenmut seufzte resigniert und wendete sein Augenmerk wieder auf den schaurigen Wald – und erstarrte.

Bleiche, dürre Gestalten bewegten sich zwischen den Baumgerippen auf die Löwen zu. *Die Wölfe*, dachte er, fletschte seine Zähne und fuhr seine Krallen aus.

Eifer fauchte, und Quälgeist ließ ein leises, verängstigtes Wimmern hören, das Heldenmut trotz der Situation sehr befriedigte. Er schwenkte seinen Kopf hin und her. Von den Seiten näherten sich noch mehr Wölfe. Weiße Reißzähne blitzten auf, Augen glitzerten gierig und von ihren Lefzen tropfte der Geifer in silbernen Fäden.

Die drei älteren Löwen bildeten einen schützenden Kreis um Quälgeist. Heldenmut peitschte mit seinem Schweif hin und her und fauchte. Es waren viele Wölfe und sie kamen unerschrocken näher.

Ein besonders großer Wolf blieb vor Heldenmut stehen und kräuselte spöttisch seine spitze Schnauze. »Du willst uns verfolgen, Löwe? Sehr witzig. Und dumm! Wir verfolgen *dich*. Die Wölfe des Schwarzherzrudels sind Meister der Jagd.« Er leckte über seine Lippen. »Wir haben auf euch gewartet. Ha!« Er trottete vor, und die Goldenen Wölfe folgten ihm, geschmeidig und bedrohlich. »Jetzt kosten wir von euren saftigen Herzen.«

»Kaltschnauze, zurück!«, brüllte Heldenmut und schob den kleinen Löwen mit der Schulter nach hinten. »Es sind zu viele. Wir müssen kämpfen!«

Die Wölfe machten einen Satz auf ihn zu, er wirbelte herum und traf einen der Angreifer mit seinen Vorderpranken.

Der Wolf kreischte auf und taumelte nach hinten, doch da stürzte sich schon der nächste auf Heldenmut und verbiss sich in seine Schulter. Ein anderer hatte seine Zähne in seine Flanke gehauen. Der Schmerz schoss durch Heldenmuts

Körper, und er spürte, wie warmes Blut aus der Wunde rann. Aber das stachelte ihn umso mehr an. Er drehte sich um und schlug zu, doch schon kam der nächste und klammerte sich an seinen Hals.

Aus den Augenwinkeln bemerkte er Eifer, der fauchend gegen die Wölfe austeilte. Er packte einen langsameren Wolf mit den Zähnen, schüttelte ihn wild hin und her und schleuderte ihn zur Seite. Er fiel Heldenmut direkt vor die Füße. Dieser wich ihm aus und wölbte ruckartig seinen Rücken, um einen anderen Wolf abzuwerfen. Wieder verbissen sich Zähne in seiner Schulter. Noch während er nach seinem Peiniger schnappte, biss ihn ein anderer Wolf in ein Vorderbein.

Dann zogen sich die Wölfe taktisch zurück und kreisten ihn ein. Heldenmut keuchte, er versuchte, sich einen Plan zurechtzulegen, aber einzig sein Überlebenstrieb funktionierte noch. Die Wölfe waren klein, aber es waren zu viele. Sie würden die Löwen bis zur Erschöpfung treiben, und dann, das wusste Heldenmut, würden sie zum tödlichen Schlag ansetzen.

Und ihre Beute treiben, das konnten sie. Kaum hatte sich einer auf ihn gestürzt und zugebissen, verschwand er zwischen den bleichen grauen Stämmen außer Reichweite. Als sich noch einmal drei Wölfe aus den Schatten lösten, schob Heldenmut Quälgeist und Kaltschnauze nach hinten. Er konnte die kleinen Löwen kaum noch im Auge behalten. Er war verzweifelt – und ermüdete zusehends.

Diesmal bissen die Wölfe so schnell und fest zu, dass es ihm nicht gelang, gegen sie auszuholen. Als die Wölfe sich wieder zwischen die Bäume zurückzogen und Eifer und Heldenmut mit zitternden Flanken nach Luft rangen, trottete der große Wolf auf sie zu und lachte ihnen ins Gesicht.

»Wie ich sehe, beschützt ihr eure Kleinen. Ha, ha, seid ihr komische Katzen. Die kleinen Herzen wollen wir gar nicht. Wir wollen nur die großen Herzen, stark und prall müssen die Herzen sein.«

Hinter Heldenmut ertönte ein wütendes, empörtes Quieken, und bevor er sichs versah, schoss Quälgeist zwischen seinen Beinen hervor und schrie den Wolf an.

»Was meinst du damit, mein Herz ist für euch nicht gut genug? Ich bin besser als diese Löwen hier!« Sie duckte sich und knurrte drohend. »Ihr seid ja nur zur feige!«

»So, sind wir das? Meint das der kleine Babylöwe?« Der große Wolf brach in bellendes Gelächter aus. »Vielleicht versuchen wir einen kleinen Bissen. Als Appetitanreger!«

Schon hatten er und seine Vasallen einen Halbkreis um Quälgeist gebildet und kamen zügig auf sie zu. Geifer tropfte von ihren Lefzen.

»Quälgeist, du Idiotin!«, brüllte Heldenmut. Er machte einen Satz und erreichte sie im selben Augenblick wie der große Wolf. Ihre Leiber krachten aufeinander. Sie schlugen neben Quälgeist auf dem Boden auf. Heldenmut schlug um sich, kam als Erster wieder auf die Beine und schloss sein Maul um die Kehle des Wolfs.

Ein funkelndes Auge war auf ihn gerichtet, die Zunge hing dem Wolf aus dem Maul und er schlug und trat um sich. Aber Heldenmut spürte kaum die Krallen auf Brust und Schultern. Der Geruch des Wolfsfells füllte seine Nase. Es war ein wölfischer, widerlicher Geruch, aber er mischte sich mit einem anderen, noch schrecklicheren Geruch, den er gut kannte: eine blutige, erdige Ausdünstung, dunkel und schaurig.

Titan … Dieser Wolf stinkt nach Titan!

Schockiert und angeekelt schleuderte Heldenmut den Wolf hin und her. Er spürte und hörte das widerliche Knirschen, als das Genick brach. Dann warf er den toten Körper zur Seite und wirbelte herum, um sich dem nächsten Angreifer zu stellen.

»Mein Vater wird euch dafür töten!«, kreischte Quälgeist. »Ihr wollt mich töten, was? Mein Vater ist Titan vom Titanrudel, das wird euer Untergang sein!«

Die Wirkung ihrer Worte war verblüffend. Die Wölfe blieben wie vom Donner gerührt stehen. Ihre Schwänze zitterten, und sie starrten die kleine Löwin an, aber nicht gierig, sondern mit einer gewissen Ehrfurcht. Eine Weile herrschte regungslose Stille. Dann drehten sich die Wölfe wie auf Kommando um und rannten in die Dunkelheit.

Heldenmut keuchte, ihn schwindelte vor Verwirrung und Zorn, seine Flanken hoben und senkten sich. Was war hier gerade passiert?

Eifer schlich sich an seine Seite. »Was war das?«, murmelte er.

»Eifer, hast du das gerochen?«

Eifer riss seinen Kopf herum und sah ihm in die Augen. »Titan? Ja. Ich dachte, nur ich hätte das gerochen.«

»Sie stinken nach Titan«, flüsterte Heldenmut.

»Du meinst, die Wölfe haben gegen ihn gekämpft und gesehen, wie böse er ist?« Eifer schüttelte den Kopf. »Aber warum haben sie sich dann verzogen?«

»Wegen mir«, zirpte Quälgeist und stolzierte im Kreis herum. »Ich habe sie verjagt, das habt ihr Feiglinge nicht gekonnt. Ich bin die Tochter von Titan und ich bestimme.«

Heldenmut ignorierte sie. »Sind sie wirklich weg?«

»Ich glaube nicht«, murmelte Eifer. »Zwischen den Bäumen bewegt sich etwas. Aber sie lassen uns aus irgendeinem Grund in Ruhe, warum auch immer.« Er leckte die Wunde an Heldenmuts Flanke.

»Dort!«, rief Heldenmut. Eifers Kopf schnellte nach oben.

Eine große Wölfin trottete aus der Dunkelheit hervor, ihre Ohren waren gespitzt, ihr buschiger Schwanz zuckte träge. Sie blieb vor ihnen stehen, leckte ihr schmales Maul und grinste.

»Ich bin Heimsuchung, Verschlingerin von Tausend Herzen.«

»Ach ja?«, fauchte Eifer. Heldenmut stupste ihn beschwichtigend an.

»Was willst du, Heimsuchung?«

»Ich bin die Alpha des Schwarzherzrudels.« Sie hob ihren Kopf und bedachte die Löwen mit einem trägen Blick. Dann betrachtete sie den toten Wolf, von dem Heldenmut angenommen hatte, er sei der Anführer gewesen. »Wer von euch hat Schneid, Verschlinger von Hundert Herzen, getötet?«

»Ich«, knurrte Heldenmut und rümpfte sein Maul.

Heimsuchung leckte ihre Zähne, legte den Kopf schräg und betrachtete ihn. »Schneid war unser Zweiter Befehlshaber. Schneid ist ruhmvoll gestorben, wie es sich für seine Position gebührt.«

»Schneid ist mit einem gebrochenen Genick gestorben«, murmelte Eifer. »Das *gebührt* sich noch mehr.«

»Hihihi.« Heldenmuts Fell sträubte sich, als er das schroffe Kichern von Heimsuchung hörte. »Wir sind die Goldenen Wölfe, und wir ehren ihn, den Verschlinger von Hundert Herzen, für seinen ruhmvollen Tod.«

»Ruhmvoll oder nicht«, sagte Heldenmut, sich um eine

feste Stimme bemühend, »ich bringe dir eine Botschaft des Großen Vaters.«

»Vielleicht wollen wir die Botschaft gar nicht hören«, fauchte Heimsuchung und funkelte ihn spöttisch an.

»Trotzdem«, knurrte Heldenmut. »Der Große Vater weiß von eurem Tun. Er bestellt euch zu sich, damit ihr euch für die Untaten, die ihr begeht, verantwortet. Ihr reißt unsere Herzen und Seelen heraus. Der Große Vater möchte euch wissen lassen, dass das aufhören muss.«

Nach diesen Worten standen sie sich schweigend gegenüber. Heimsuchung zuckte mit den Ohren und schlug mit dem Schwanz hin und her.

»Dieser Große Vater«, sagte sie schließlich säuerlich, »ja, wir haben von ihm gehört. Ein mickriger Pavian, soviel ich weiß.« Sie blickte hinter sich, wo sich die Wölfe ihres Rudels wieder aus den Schatten stahlen. »Wir haben Pavianherzen schon probiert. So klug. So gerissen. So leicht zu töten.«

Hinter ihr kläfften ihre Wölfe und nickten gierig.

»Das ist kein gewöhnlicher Pavian!«, brüllte Heldenmut. »Er ist der Große Vater von Bravelands und besitzt große Macht!«

»Aber Bravelands gehört jetzt uns«, sagte Heimsuchung, als sei es eine Selbstverständlichkeit. »Es gehört nicht mehr dem Großen Vater.«

»Bravelands gehört dem Großen Geist, das war immer so und wird auch immer so sein«, fauchte Heldenmut. »Es gehört dem Großen Geist und den Tieren, die hier leben. Du kannst den Großen Geist nicht besiegen, selbst wenn du zehntausend Herzen frisst.«

Die Augen der Alpha leuchteten gierig auf. »Der Große

Geist, hast du gesagt? Das klingt gut! Wir kommen sehr gern mit dir mit, um diesen Pavian, den Großen Vater, zu treffen. Ja, das wollen wir. Wir folgen seinem Ruf. In seinem Herzen lebt also ein mächtiger Geist? Den werden wir uns holen. Diese Kraft! Die müssen wir uns zu eigen machen. Kommt Wölfe, das holen wir uns!«

»Nein!« Heldenmut spannte seine Muskeln an, richtete sich noch höher auf und fletschte seine Zähne. »Das werdet ihr nicht.« Sein Herz pochte heftig. »Großer Vater Dorn hat viele Freunde, die ihn bis auf den Tod beschützen werden!«

»Fein, fein!« Heimsuchung sah überglücklich aus. »So fein!«

»Ihr werdet nicht in seine Nähe kommen!«, brüllte Heldenmut wütend und verzweifelt.

»Wir sind Goldene Wölfe und Seelenfresser, wir werden immer einen Weg finden.« Sie zuckte die Achseln. »Und nun verschwindet, Kätzchen.«

Heldenmut war sprachlos ob dieser schroffen Entlassung. Sie aber wandte ihre Aufmerksamkeit dem toten Schneid zu. Sie beschnüffelte ihn und sprach: »Schneid! Ruhmreicher Goldener Wolf, im Tode so schön.«

Die anderen Goldenen Wölfe kamen nun ebenfalls näher. Mit unheimlichen, leichten Schritten schlichen sie über den schwammigen Boden.

»Dir gebührt Schneids Herz, Heimsuchung der Tausend Herzen«, jaulte ein Wolf. »Sein Herz, sein Geist.« Und ein anderer bellte: »Du bist unsere Alpha. Möge er immer unter uns bleiben!«

»Möge er wir werden!«, rief das Rudel im Chor. »Möge er wir werden!«

Niemand achtete mehr auf die Löwen. Heldenmut wich langsam nach hinten und nickte Eifer zu, der Kaltschnauze und Quälgeist eilig wegführte. Heldenmut blickte zögernd zurück.

Heimsuchung hob ihren Kopf, heulte kurz auf, dann stürzte sie sich auf den schlaffen Körper des toten Wolfs. Knochen krachten, dann war ein schreckliches Geräusch von reißenden Muskeln und schnappenden Sehen zu hören. Sie hob ruckartig ihren Kopf, aus ihrem Maul hing ein triefendes Stück Fleisch. Ihr Rudel hob zu einem Heulen und Jammern an – aber nicht aus Trauer, sondern aus Freude.

Heldenmut drehte sich entsetzt um und rannte hinter Eifer und den anderen her. Es dauerte viel zu lang, bis die Geräusche des bizarren Festmahls hinter ihm verklangen.

Das war ein Fehler, dachte er finster, während er durch den leblosen Wald raste. Er hatte zu viel gesagt, konnte es aber nicht ungeschehen machen. Er musste seinen Fehler wiedergutmachen. Er, Eifer und die Kleinen waren mit dem Leben davongekommen und nur darauf kam es im Moment an.

Er hatte getan, was er konnte. Er hatte die Goldenen Wölfe vertreiben, sie mit seiner Geschichte über den Großen Geist einschüchtern wollen. Es hatte nicht so geklappt, wie er erwartet hatte. Er hatte ein neues Problem heraufbeschworen. Er hatte ihren Hunger nach Herzen noch mehr angestachelt, nach einem Herz ganz besonders.

8. KAPITEL

DER HIMMEL WAR BLAUGRAU VERHANGEN, am Horizont glühte ein goldener Streifen. Der anbrechende Morgen trübte das Licht des beinahe vollen Mondes, der tief am Himmel stand.

»Wir haben nicht mehr viel Zeit«, sagte Aurora. »Morgen Nacht ist Vollmond, dann werden die Krokodile ihre Drohung wahr machen. Es darf nicht noch einmal Krieg in Bravelands geben, vor allem nicht jetzt, da so viele andere schreckliche Dinge passieren.«

»Du hast ja recht«, murmelte Dorn, der neben ihr über das taunasse Grasland trottete. »Aber wir müssen herausfinden, was am Schlickfluss wirklich geschehen ist. Vorher können wir nichts unternehmen.«

Aurora betrachtete das immer intensiver werdende Morgenrot. Ihre Besorgnis stieg. »Beeilen wir uns! Der Fluss liegt direkt hinter diesen Süßdornakazien.« Sie beschleunigte ihre Schritte, merkte dann aber, dass Dorn zurückgeblieben war. Er war stehen geblieben und kauerte auf der Erde.

»Aber wir sind nicht die Ersten«, murmelte er.

Aurora folgte seinem ausgestreckten Finger. Der Atem stockte ihr. »Ist das der Trupp der Morgenröte?«

Dorn nickte und hob eine Pfote hoch, um sie am Weitergehen zu hindern. Schweigend beobachteten die beiden die anderen Paviane in den Bäumen. Das erste Sonnenlicht flutete über den Horizont, ließ die Rinde der Bäume hell aufleuchten und übergoss die Felle der Paviane mit einem goldenen Glanz.

»Was machen die hier?«, flüsterte Aurora. Die Versammlung hatte etwas Feierliches an sich. Junge Paviane scharten sich nervös am Flussufer, ungeachtet der knorrigen Krokodilrücken, die im nahen Wasser trieben. Die Jungen wirkten angespannt und sehr erregt, die älteren Paviane jedoch, die sie beobachteten, jauchzten vergnügt und riefen ihnen ermutigende Worte zu.

Einer der jüngeren Paviane sprang über ein dünnes Stück Holz und versuchte, es näher zum Fluss zu schleppen. Ein paar Freunde halfen ihm dabei. Ein anderer junger Pavian stieß einen trotzigen Schrei aus, platschte ins Wasser und schwamm wie wild auf das gegenüberliegende Ufer zu.

»Sonne und Sterne, was machen die da?«, rief Aurora.

Dorn beobachtete die Szene wie gebannt. Ihn schien es nicht im Geringsten zu beunruhigen, dass sich gesunde, junge Paviane in einen krokodilverseuchten Fluss warfen.

»Es geht um die Drei Hochtaten«, sagte er schließlich und schüttelte sich. »Dies ist die Zweite Hochtat: die Überquerung des Krokodilflusses. Als ich so alt war wie sie, habe ich das auch gemacht. Dadurch wurde ich ein Mittelblatt. Ich kam als Tiefblatt an diesen Fluss, und als ich die andere Seite erreichte, ohne gefressen worden zu sein, kam ich als Mittelblatt wieder heraus.«

Aurora schüttelte ratlos ihren Kopf. »Ich dachte, Paviane wären so klug«, sagte sie.

»Darum geht es ja gerade. Bei dieser Hochtat kannst du

beweisen, dass du schnell, listig und erfinderisch bist. Schau dir diese Jungen an, die einen Baumstamm als Floß benutzen! Sie müssen trotzdem schnell sein. Und sie müssen abspringen und schwimmen, wenn sie von einem Krokodil angegriffen werden.« Wie gefesselt betrachtete er die Szene. »Los, Jungs, fast habt ihr es geschafft …«

»Und das machen alle Paviane?« Aurora wollte ihren Augen nicht trauen.

»Alle Paviane, die in der Rangordnung aufsteigen wollen«, erzählte Dorn stolz. »Ich fing als Tiefwurz an, kannst du dir das vorstellen? Dann wurde ich ein Tiefblatt, weil ich einem fleischfressenden Vogel ein Ei gestohlen hatte. Und ich wäre auch schon früher ein Hochblatt geworden, wenn nicht …«

»Wenn was?«

Er schüttelte sich. »Egal. Jetzt bin ich ja ein Hochblatt.«

»Jetzt bist du Großer Vater.« Sie stupste ihn zärtlich mit dem Rüssel an.

»Ja.« Dorn kratzte sich verlegen an der Nase. »Ach, das scheint alles so lange her zu sein. Damals war alles … einfacher …«

»Schau nur!« Aurora erstarrte und wurde plötzlich wieder ernst. Sie deutete mit dem Rüssel flussaufwärts. »Die Flusspferde kommen. Das könnte unangenehm werden, Dorn, vor allem, wenn sie sich mit den Krokodilen anlegen.«

Dorn straffte sich und sagte ernst: »Du hast recht. Das könnte im Chaos enden. Schlimm genug, wenn man die Krokodile im Auge behalten muss. Los, gehen wir.«

Er ging voran, wobei er immer wieder dicht belaubten Zweigen ausweichen musste. Aurora stampfte einfach zwischen den Akazien hindurch und das war natürlich nicht besonders leise. Die Paviane des Trupps der Morgenröte hörten sie kommen und drehten sich einer nach dem anderen zu ihnen um. Aurora war plötzlich verlegen, denn dieses Ritual schien, trotz der ausgelassenen Stimmung, von großer Bedeutung zu sein.

»Splitter! Lilly!«, begrüßte Dorn die beiden Paviane, die offenbar die Leitung hatten.

Der Erste sah ihn an, verdrehte seine Augen und sah gezielt weg. Der weibliche Pavian mit Namen Lilly zögerte kurz, dann trottete sie auf Dorn zu und sprach ihn förmlich und mit zurückhaltender Miene an: »Großer Vater Dorn, was kann ich für dich tun?«

Dorn zeigte flussaufwärts. »Als wir hier ankamen, haben wir die Tunkteichherde gesehen. Es sind sehr viele. Sie werden sehr bald hier sein. Sie liegen mit den Krokodilen im Streit, es könnte deshalb zu einem Kampf kommen. Das ist sehr gefährlich, Lilly. Es wäre besser, wenn der Trupp die Zweite Hochtat verschieben würde.«

Lilly richtete sich überrascht auf. »Die Drei Hochtaten sind gefährlich. Darum geht es ja gerade, Dorn. Gerade *du* solltest das wissen.«

»Das stimmt, aber sie müssen nicht unnötigerweise noch gefährlicher werden«, sagte er nachdrücklich.

»Höre ich recht?« Eine große, stark aussehende Pavianfrau sprang auf sie zu. »Die Drei Hochtaten verschieben? Das ist absurd!«

»Ich stimme dir zu, Viper«, sagte eine andere Pavianfrau, die dazugekommen war. »Das sind die ersten Drei Hochtaten seit den Tagen von Borke Kronblatt«, wandte sie ein. »Alle wären enttäuscht.« Ihre letzten Worte wurden durch das Stöhnen und Schreien der anderen Paviane belegt, unter denen sich die Nachricht schnell verbreitete.

»Lieber enttäuscht als tot, Mango«, sagte Dorn inmitten des wachsenden Tumults.

»Wartet.« Mango hob eine Pfote und alle verstummten. »Was willst du damit sagen, Dorn? Ist das ein Vorschlag oder ein Befehl des Großen Vaters?«

Dorn war verunsichert. Er sah Aurora fragend an, doch diese fand offensichtlich, dass sie ihm in dieser Sache nichts raten konnte. Es ging nicht nur darum, dass er seine Rolle als Großer Vater lernen musste. Sie fand auch, dass sie das nichts anginge. Sie blinzelte und schüttelte unmerklich den Kopf.

Dorn drehte sich seufzend um und ließ seinen Blick über den ganzen Trupp schweifen. »Mango, natürlich ist das kein Befehl. Es ist mein Rat, in erster Linie mein Rat als Pavian. Aurora und ich haben die näher kommende Gefahr gesehen und wollten euch warnen.«

»Er will uns schon wieder herumkommandieren«, rief der zweite Organisator mit dem Namen Splitter. »Hört nicht auf ihn.«

»Vor lauter Großer-Vater-Getue hast du vergessen, wie es ist, ein Pavian zu sein«, höhnte Viper.

»Das ist doch Unsinn«, fauchte Dorn. »Ich will nur verhindern, dass jemand verletzt wird.« Er blickte besorgt flussaufwärts, wo die Flusspferde Kreise drehten und das Wasser aufwühlten – und mit unverhohlener Feindseligkeit die Krokodile beäugten.

Auch Aurora beobachtete sie. Ihr Schwanz zuckte aufgeregt. Vielleicht war sie überempfindlich, aber ihr kam es vor, als würden sich die Flusspferde auf einen Kampf vorbereiten.

»Wir müssen dem Großen Vater nicht gehorchen, oder?«, rief Splitter in die Runde. »Er ist nur ein Ratgeber. Er ist ja nicht einmal ein Mitglied unseres Trupps.«

»Das mag sein, aber ich glaube, er hat recht mit seinen Befürchtungen.« Lilly seufzte. Sie war verärgert. »Noch nie zuvor sind die Hochtaten verschoben worden, aber wir sollten unsere Jungen wirklich nicht unnötiger Gefahr aussetzen. Aber ich möchte nicht ohne vorherige Rücksprache mit Beere entscheiden.«

»Also gut«, grunzte Viper und sah Dorn finster an. »Ich werde sie holen. Ich glaube nicht, dass sie gestört werden will, aber ich hole sie.« Sie verschwand zwischen den Bäumen.

»Das ist total überflüssig«, knurrte Splitter.

»Das soll Beere Kronblatt entscheiden!«, giftete Lilly zurück.

Während Lilly und Splitter ihren Streit fortsetzten, rannte Dorn ein Stück weiter am Ufer entlang, diesmal etwas näher am Wasser. Aurora folgte ihm. Er kletterte auf einen überhängenden Ast und sah besorgt auf die Kandidaten für die Hochtat hinunter. Ein paar junge Paviane spähten zu ihm empor, andere beobachteten nervös die Wasseroberfläche.

Aurora ging zu dem Baum und stupste Dorn mit ihrem Rüssel beruhigend an. »Wir können nichts tun, solange Beere nicht da ist«, sagte sie. »Mach dir nicht so viele Sorgen.«

Dorn zeigte den Fluss hinauf. »Sieh nur, Aurora.«

Auf der gegenüberliegenden Seite machten sich Krokodile zum Wasser auf. Ihre Augen funkelten kalt und feindselig. Die Flusspferde, die nicht mehr weit von den Pavianen entfernt waren, wälzten sich im Wasser und erwiderten brummelnd die bösen Blicke der Krokodile. Ein großes männliches

Flusspferd riss drohend sein riesiges Maul auf. Einige seiner Kameraden brüllten zornig und schaukelten sich zu höchster Erregung auf.

»Mörder!«, schrie eine Flusspferdstute.

Die Krokodile behielten die Flusspferde schweigend im Auge. Ein paar ließen sich still ins Wasser gleiten, dessen Oberfläche sich schaurig kräuselte.

»Aurora, das gefällt mir nicht«, sagte Dorn leise.

Ihr ging es genauso. »Meinst du die Flusspferde sind für eine richtige Schlacht hierhergekommen?« Zwei junge männliche Flusspferde planschten und matschten so wild herum, dass das Wasser zu Schaum wurde. Das eine verschwand plötzlich unter der Wasseroberfläche.

»Ich glaube nicht«, sagte Dorn nervös. »Wenn sie kämpfen wollten, hätten sie schon längst angegriffen. Wahrscheinlich wollen sie die Krokodile nur provozieren ... aber das könnte schnell eskalieren.«

Aurora beobachtete die Stelle, wo das junge Flusspferd untergetaucht war. Sie hielt den Atem an und hoffte, dass es nicht auf die Idee käme, sich unter Wasser den Krokodilen zu nähern.

Dorn stieß plötzlich einen unverständlichen Schrei aus und sprang von seinem Ast. Ein kecker, junger Wettkämpfer war bis zum Bauch ins Wasser gestiegen und blickte sehnsüchtig auf das andere Ufer. Dorn raste an den Rand des Wassers, packte ihn am Arm und zog ihn zurück – im selben Augenblick, als das junge Flusspferd direkt neben ihnen an die Oberfläche kam.

Ein riesiger Wasserschwall durchnässte Dorn und den jungen Pavian. Aurora trompetete warnend, aber die beiden Paviane stolperten schon zurück, mussten dabei jedoch ständig dem schweren Kopf des Flusspferdes ausweichen. Mit einem neuen Wasserregen tauchte das Flusspferd wieder unter.

Aurora rannte zu Dorn und streckte ihren Rüssel nach ihm aus. Doch er hatte sich schon wieder mit bebenden Beinen aufgerappelt. Der junge Pavian warf sich auf den sandigen Boden. Er keuchte und hustete und sah sich erschrocken um. Dorn blickte Aurora besorgt an.

Sie hatte keine Gelegenheit, etwas zu sagen, denn in diesem Augenblick rannten Beere und Viper am Ufer auf sie zu. Beeres Augen loderten vor Empörung. Die Flusspferde und die Krokodile beobachteten die Paviane vom Wasser aus mit mildem Erstaunen, als hätten sie gerade erst gemerkt, dass außerhalb ihrer Fehde das Leben weiterging. Die Wasseroberfläche beruhigte sich, nur noch ein paar Wellen schlugen ans Ufer. Eine unheimliche Stille machte sich breit.

»Was ist hier los? Dorn, warum mischst du dich ein?« Beere blieb stehen, stellte sich auf ihre Hinterbeine und starrte Dorn und den tropfnassen jungen Pavian an.

Dorn zeigte mit bebender Pfote auf den Jungen. »Fast wäre etwas Schreckliches passiert! Beere, ich habe sie gewarnt. Ich weiß, dass die Hochtat am Krokodilfluss gefährlich ist, aber sie sollen doch nicht von einem Flusspferd ertränkt werden!«

Beere schwieg sehr lange. Sie ballte ihre Pfoten und biss die Zähne zusammen. Aurora vermutete, dass das Kronblatt gekommen war, um Dorn zurechtzuweisen – sie hatte so wütend ausgesehen –, doch jetzt sah sie unsicher aus.

»Du hättest zu mir kommen sollen, anstatt meinen Trupp herumzukommandieren, Dorn«, schimpfte Beere schließlich. »Dann hätte ich selbst entscheiden können. Hast du schon vergessen, was wir besprochen haben?«

»Nein, aber …«

»Ich möchte nicht, dass du dich in die Führung meines Trupps einmischst, Dorn!« Beere wandte sich zornig ab und rief ihren Trupp zusammen. »Hierher, Morgenröte! Der Große Vater ist rücksichtslos und voreilig« – sie schielte zu ihm herüber –, »aber in diesem Punkt hat er recht. Wir verschieben die Hochtaten um ein paar Tage.«

Dorn war wie vor den Kopf gestoßen, als er und Aurora dem Trupp nachblickten, der sich schweigend davonmachte. Als das Rascheln und Knacken der Zweige verstummt war, stieß er einen tiefen, traurigen Seufzer aus. »Beere«, flüsterte er.

Seine Schnauze zuckte gequält, seine Zähne schlugen verzweifelt aufeinander. Als hätte er seiner Gefährtin viel zu viel zu sagen, dachte Aurora, aber nicht eine Möglichkeit, überhaupt ein Wort an sie zu richten. *Armer Dorn.* Er sah so verloren aus. Aurora berührte mit ihrer Rüsselspitze leicht seine Schulter.

»Nur nicht verzagen.«

»Ich kann nichts dagegen tun«, platzte er heraus. Er massierte seinen Kopf. »Ich glaube, ich kann für diese Paviane kein Großer Vater und gleichzeitig Beeres Gefährte sein. Am Ende werde ich in beidem versagen.«

Aurora hatte Mitleid mit ihm. »Vielleicht ist das wirklich nicht möglich«, sagte sie leise. »Ich weiß, wie du dich fühlst, Dorn, und wie schmerzvoll das ist. Mir war es auch nicht möglich, dem Großen Geist zu dienen und bei meiner Herde zu bleiben.«

Er seufzte wieder. »Das ist ein schrecklicher Gedanke.«

»Es ist eine schreckliche Zwangslage.« Sie senkte ihren Blick. »Aber du hast richtig gehandelt.«

»Ich hoffe es«, murmelte er, »aber im Moment fühlt es sich nicht richtig an. Komm. Wir sollten jetzt das tun, wofür wir gekommen sind.«

Niedergeschlagen lief er zum Wasser und begann, das kleine Fohlen der Flusspferde zu suchen. Er durchkämmte das Gestrüpp am Ufer und teilte das Schilfrohr. Aurora half, indem sie mit dem Rüssel Äste zur Seite schob und Gras herunterdrückte. Ihre Haut kribbelte, denn auch wenn die Krokodile und die Herde von Tunkteich sich im Moment beruhigt hatten, waren sie noch ganz in der Nähe, suhlten sich im Wasser und beobachteten jede ihrer Bewegungen schweigend und feindselig. Sollten die Krokodile oder die Flusspferde zum Angriff übergehen, würde sie den Großen Vater unter Einsatz ihres Lebens verteidigen, dachte Aurora grimmig. Sollten sie gemeinsam angreifen, wüsste sie nicht, wie viel ihre Hilfe wert wäre … Im Moment schien es aber beiden Seiten zu genügen, ihnen zuzusehen.

»Aurora!«, rief Dorn plötzlich aus einem Schilfdickicht. »Hier!«

Sie stieß mit ihrem Fuß einen dicken, toten Ast zur Seite und trabte zu ihm hinüber. Dorn betrachtete traurig ein paar Knochensplitter, an denen noch glatte graue Hautfetzen hingen.

»Die Aasfresser haben ganze Arbeit geleistet«, sagte sie traurig.

»Ja, aber das ist es, das kleine Flusspferd.«

Sie betrachteten die kläglichen Reste. Aurora holte tief Luft.

»Bist du so weit?«, fragte Dorn besorgt.

Aurora machte einen Schritt nach vorn und berührte die Knochen mit ihrem Rüssel.

Das Wasser war kühl und erfrischend. Sie ruderte mit ihren kurzen Beinchen und drehte sich um. Dort war ihre Mutter! Ganz in der Nähe. Vergnügt versuchte das kleine Flusspferd einen Tauchgang, hüpfte langsam über das Flussbett und durch schimmernde, sich wiegende Algen. Sonnenstrahlen flimmerten und tanzten zwischen den Halmen. Sie riss ein Maulvoll ab und paddelte wieder nach oben.

Sie durchstieß die Wasseroberfläche und blähte ihre Nüstern. Etwas hatte sich verändert.

Sie bekam Angst. Die erwachsenen Flusspferde waren jetzt ein Stück weiter entfernt, näher am Ufer. Irgendetwas lenkte sie ab. Sie wollte wieder zu ihrer Mutter.

Aber das Wasser bewegte sich hin und her und schlug gegen ihren Körper. Erschrocken drehte sie sich um. Waren das die Krokodile?

Nein! Spitze Schnauzen schossen an die Oberfläche, entblößten scharfe, hungrige Zähne und die Augen in den gelben Schädeln funkelten böse. Wer war das? Oh Mutter …

Ihr blieb keine Zeit zum Nachdenken. Die goldenen Wesen umzingelten sie, bissen sie, rissen an ihr und zogen sie hinab. Sie wehrte sich, strampelte mit aller Kraft, aber es waren zu viele. Krallen und Zähne gruben sich in ihre Haut, und das grüne Wasser wurde dunkel, überall Ranken und noch etwas anderes, etwas Wolkiges. Alles war so anders, so beängstigend. Sie spürte zum ersten Mal in ihrem kurzen Leben echten Schmerz. Die Welt mit dem besudelten Wasser verblich. Dann war alles schwarz und dann nichts mehr.

Aurora taumelte zurück. Sie keuchte vor Entsetzen.

»Was ist los? Was hast du gesehen?« Dorn legte fragend seine Pfote auf ihren Rüssel.

»Die Wölfe«, krächzte sie. »Wie ist das möglich? Wie brachten sie es fertig, ein Flusspferd zu töten, selbst wenn es nur ein kleines war?«

Dorn schlug bestürzt seine Zähne zusammen. »Die Goldenen Wölfe? Dann ist die Situation schlimmer, als ich angenommen hatte.«

»Es waren so viele«, jammerte Aurora. »Ein riesiges Rudel. Und …« Sie schob mit bebendem Rüssel Gestrüpp von den abgefressenen Überresten. »Schau dir den Brustkorb an.«

Sie betrachteten gemeinsam den Kadaver. Aurora spürte immer noch die düstere Traurigkeit aus ihrer Vision. Die Verletzung, die das kleine Flusspferd erlitten hatte, war deutlich sichtbar, obwohl so wenig von ihm übrig war. In dem zerschmetterten Brustkorb klaffte ein großes Loch, genau dort, wo einmal das Herz gewesen war.

»Sie haben sie auf Krokodilart getötet und sie unter die Wasseroberfläche gezogen. Aber sie mussten sie auch verletzen, da sie sonst zu lange den Atem hätte anhalten können, ohne zu ertrinken. Und dann haben sie das mit ihr gemacht.« Aurora zitterte am ganzen Körper.

Dorn sagte kein Wort, aber sie spürte seine bebende Wut. Unvermittelt stand er auf und ging zum Fluss.

»Tunkteich!«, rief er. Dann drehte er sich zu den Krokodilen um. »Riss! Ich muss mit euch sprechen.«

Tunkteich schwamm herbei und stapfte dann bis zum Uferrand. Argwöhnisch, aber neugierig neigte er den riesigen Kopf leicht zur Seite. Neben ihm kräuselte sich das Wasser und dann schossen der knorrige Kopf und Rücken von Riss durch die Oberfläche. Das Krokodil streckte sein schmales, langes Maul empor und sah Dorn aus gelben Augen an.

Dorn holte tief Luft und räusperte sich. »Tunkteich«, sagte er, »die Krokodile haben eure Kleine nicht getötet. Sie wurde von den Goldenen Wölfen umgebracht.«

Tunkteichs Augen weiteten sich. »Was?«, brüllte er.

Das Krokodil Riss hob seinen Kopf, Wasser spritzte, er sperrte sein Maul auf und zeigte seine spitzen Zähne. Aurora verstand zwar die zischenden, fauchenden Laute nicht, ihre Bedeutung war dennoch eindeutig. Und Dorn verstand ganz offensichtlich seine wütenden Worte.

Er streckte in einer beschwichtigenden Geste seine Pfoten aus. »Es war ein Missverständnis, Riss. Tunkteich und seine Herde dachten wirklich, dass ihr dafür verantwortlich wärt.«

»Kein Wunder!«, brüllte Tunkteich. »Diese Sandkriecher sind gewalttätig!«

Dorn drehte sich besorgt zu ihm um. »Tunkteich, ich garantiere dir, dass Riss und seine Gruppe nichts damit zu tun haben.«

Das riesige Krokodil sprühte vor Wut, und Dorn, dem seine Nervosität anzumerken war, wandte sich wieder ihm zu. »Riss, du willst keinen Krieg. Und die Flusspferde wollen auch keinen Krieg. Bitte lasst das hinter euch. Ihr beide …« Das Krokodil fauchte etwas und Dorn schüttelte den Kopf. »Nein, Tunkteich hat sich nicht entschuldigt … Nein, bitte hör mir zu. Ich kann ihn fragen, aber ich kann ihn nicht zwingen.«

Tunkteich sperrte sein Maul auf. »Entschuldigen?«

»Das wäre hilfreich«, erwiderte Dorn ruhig. »Es ist meine Aufgabe, Rat zu erteilen. Was ich hiermit tue.«

Tunkteich starrte erst Dorn, dann Riss an. Seine kleinen Augen funkelten bösartig, aber schließlich nickte er und murrte: »Ich entschuldige mich für das Missverständnis. Und wegen der Eier tut es mir leid. Aber leiden kann ich ihn trotzdem nicht und seine Gruppe ebenso wenig. Und sie müssen einen respektvollen Abstand zu unserer Herde halten. Sonst gibt es Ärger.«

Dorn zögerte. Dann nickte er und wandte sich wieder an Riss.

»Tunkteich entschuldigt sich.« Mehr sagte er nicht.

Riss stieß einen lang gezogenen, rauen Knurrlaut aus, der noch eine Weile nachzuhallen schien.

»Entschuldigung akzeptiert«, sagte Dorn schnell zum Flusspferd – obwohl Aurora sicher war, dass das Krokodil mehr gesagt hatte.

Tunkteich sah Dorn lange an, dann nickte er.

Dorn sah flussaufwärts und holte tief Luft bevor er sprach. »Hör mir zu, Tunkteich«, sagte er entschieden. »Es wird zwischen euch und den Krokodilen weiter Reibereien geben, das lässt sich nicht ändern. Schreckliches ist geschehen und schreckliche Drohungen sind in der Folge ausgesprochen worden. Ihr müsst dieses Territorium auf jeden Fall meiden, wenigstens für eine Weile. Die Krokodile werden sich oben am Fluss aufhalten, jenseits des roten Stinkbaums. Die Flusspferde sollten diese Grenze akzeptieren und nur hier und weiter unten bei den Süßdornteichen grasen.«

»Ein gerechtes Urteil, Großer Vater.« Tunkteich neigte anerkennend seinen schweren Kopf. »Die Flusspferde werden sich daran halten – wenn es die Krokodile ebenfalls tun.«

Dorn drehte sich wieder zum Krokodil um und übermittelte ihm die Botschaft des Flusspferdes. Diesmal klang die Antwort von Riss kurz und mürrisch.

»Riss schwört, dass er sich daran halten wird.« Dorn nickte dem Krokodil respektvoll zu.

Ohne ein weiteres Wort und mit erstaunlicher Gelenkigkeit drehte Riss seinen großen, schuppigen Körper, tauchte unter und schwamm zu seiner Gruppe zurück. Nur eine kleine Wellenspur verriet seinen Weg.

»Tunkteich«, sagte Aurora in die plötzliche Stille und neigte ihren Kopf. »Ich möchte – es tut mir sehr leid um eure Kleine. Einen solchen Tod hat sie nicht verdient.«

Tunkteich brummte traurig. »Möge sie im silbernen Gras des Sternenflusses schwimmen.« Er nickte Dorn noch einmal zu, tauchte Tropfen sprühend ins Wasser ein und schwamm zu seiner Herde zurück.

Aurora und Dorn standen noch lange da und sahen auf den Fluss hinaus.

»Sie wird das silberne Gras nicht sehen«, flüsterte Aurora. »Armes kleines Ding. Der Sternenfluss bleibt ihr verschlossen.«

Dorn trottete schweigend durch den Wald zur Ebene zurück. Aurora fand, dass er unglücklich aussah. Kein Wunder. Auch sie mochte nicht an das arme kleine Flusspferd denken, das seine Seele an die Goldenen Wölfe verloren hatte.

»Ich danke dir, Aurora«, sagte Dorn, nachdem sie schon ein langes Stück gelaufen waren. »Danke für deine Hilfe. Ich weiß nicht, wie ich ohne dich damit zurechtgekommen wäre.«

»Dein Rat war gut und du hast ihn mit Bedacht vermittelt«, widersprach sie.

Er antwortete nicht und tief in ihrem Inneren spürte Aurora ein leichtes Unbehagen. Insgeheim musste sie ihm beipflichten. Wäre sie nicht gewesen, wäre es nicht so gut ausgegangen. »Du hast allein zu deiner Entscheidung gefunden«, sagte sie laut.

»Nein. Ich hätte nicht einmal herausgefunden, was mit dem kleinen Flusspferd passiert ist.« Er seufzte. »Es wäre viel schwieriger gewesen, sie zu versöhnen, wenn ich es nicht gewusst hätte.«

Aurora schwieg. Tausend Gedanken schossen ihr durch den Kopf. *Ich kann ihn nicht verlassen. Noch nicht.*

Wann würde Dorn es allein schaffen und sie zu einem normalen Leben mit ihrer Herde zurückkehren können? Sie wusste es nicht.

Aber Dorn war Großer Vater und hatte viele gute Freunde zur Seite. Er war nicht nur auf Aurora angewiesen, das durfte sie nicht vergessen.

Ich muss tun, was ich immer getan habe. Ich muss dem Großen Geist vertrauen.

9. KAPITEL

DIE SONNE STAND HOCH am Himmel, als Dorn und Aurora zur Lichtung des Großen Vaters zurückkamen. Das Licht fiel gleißend durch die Zweige und übersäte den Waldboden mit goldenen Tupfen. Seine Schritte kamen Dorn so belanglos vor. Dagegen zitterte bei jedem Schritt, den Aurora machte, der Boden unter seinen Pfoten. Die Erschütterungen, die ihre Schritte erzeugten, waren wie ein Echo seiner schlimmsten Gedanken. Er konnte einfach nicht vergessen, wie das kleine Flusspferd von dem gespenstischen Wolfsrudel bestialisch getötet worden war.

Seine Stimmung hob sich, als Matsch, Nuss und Spinne ihnen mit strahlenden Gesichtern entgegensprangen.

»Gratuliere, Dorn!« Matsch umarmte ihn heftig. »Die Nachricht hat sich schon verbreitet – du hast zwischen den Flusspferden und den Krokodilen erfolgreich vermittelt!«

Dorn erwiderte seine Umarmung. »Ja, auch wenn es nicht einfach war.«

»Das glaube ich dir«, sagte Nuss und schlug Dorn auf die Schulter. »Die sind nicht gerade für ihre Vernunft und Kompromissbereitschaft bekannt, die Flusspferde und Krokodile.«

»Spinne hat einmal ein Flusspferd zum Freund gehabt«,

sagte Spinne nachdenklich. »Wir haben ausprobiert, wer am längsten die Luft anhalten kann. Und Spinne hat gewonnen.«

»Natürlich hast du gewonnen«, sagte Nuss und verdrehte die Augen. »Ich glaube dir nicht einmal, dass du ein Flusspferd zum Freund hattest.«

Spinne klappte empört seine Schnauze auf, hatte aber keine Gelegenheit zu antworten, denn das Geräusch schlagender Hufe näherte sich dem Lager. Zwischen den Bäumen tauchte eine Herde Zebras auf, goldene Sonnentupfer glänzten auf den schwarz-weißen Streifen ihres Fells. Zwei Zebras gingen vor den anderen.

Die Anführer der Zebras blieben stehen, schauten von einem Pavian zum nächsten und gingen dann zielstrebig auf Dorn zu. Das größere der beiden neigte seinen Kopf.

»Ich bin Silberstreif und das ist mein Stellvertreter Raumähne. Unsere Herde bittet höflich um eine Audienz beim Großen Vater.«

Dorn trat auf ihn zu. »Selbstverständlich. Was kann ich für euch tun, meine Freunde?«

Der Anführer hob seinen Kopf. »Früher haben wir Große Mutter gefragt, wann wir auf Wanderung gehen sollen«, sagte er. »Sie hat uns immer gute und weise Ratschläge gegeben – vielleicht kannst du uns auch raten, Dorn Hochblatt? Auch die Gnus wären bereit, deine Entscheidung abzuwarten.«

Dorns Magen zuckte nervös. Das war neu für ihn. Er hatte keine Ahnung von Wanderzeiten und Wanderrouten.

Als hätte sie seine Unsicherheit gespürt, beugte sich Aurora zu ihm hinab und flüsterte: »Vertraue dem Großen Geist …«

Da mochte sie recht haben. Noch vor dem Morgengrauen hatte er nichts über die Kriege zwischen Flusspferden und

Krokodilen gewusst. »Ich werde mich bemühen«, sagte er leise.

Diesmal ging es nicht darum, das Leben eines einzelnen Tieres zu verstehen. Also schloss Dorn seine Augen und ließ seinen Geist weit, weit hinauf und in die Ferne schweifen, ganz Bravelands wollte er erfassen: seine Landschaften, sein Klima, seine Ebenen, Höhen und Flüsse. Dorn fühlte sich seltsam losgelöst von seinem Körper, als er so über allem schwebte. Aber eigentlich sah er es nicht, sondern fühlte es.

Er entdeckte die alten Wanderrouten der Zebras, den Energiefluss unzähliger Reisen, in den sich seit Tausenden von Jahren die Hufe eingedrückt hatten. Er spürte Klarheit und Sicherheit in diesen Wegen, an ihren Rändern blühten keine bösen oder drohenden Warnungen. Das Wetter war gut und versprach den Zebras Regen und frisches Gras am Ziel ihrer Wanderung.

Dorn blinzelte, er war wieder in seinem Körper. Ruhig blickte er in Silberstreifs dunkle Augen.

»Die Zeit ist gut«, sagte Dorn. »Ich wünsche euch und den Gnus alles Gute für eure Reise.«

Silberstreif und Raumähne spitzten zufrieden ihre Ohren und nickten ehrerbietig.

»Wir danken dir, Großer Vater«, sagte Silberstreif. Sie drehten sich um, schlugen mit ihren Schwänzen und trabten mit ihrer gestreiften Herde zwischen den Bäumen davon.

»Du kannst das richtig gut, Großer Vater Dorn«, sagte Matsch zwinkernd. »Ich wusste gar nicht, dass du dich mit Wanderrouten auskennst.«

Dorn lächelte schief. »Das wusste ich bis eben auch nicht. Das bin nicht ich. Das kommt alles vom Großen Geist.«

Er sah, dass Aurora neben ihm fast unmerklich nickte.

Nuss schlug ihm auf die Schulter und sagte: »Sei nicht so bescheiden. Ich denke, nur ein starker Pavian kann den Großen Geist in sich aufnehmen und seine Worte interpretieren.«

Dorn freute sich. Wenn Nuss ein Kompliment machte, meinte er es ernst. Es rührte Dorn.

»Gut gemacht, Dorn«, brummte Aurora. Er sah sie dankbar an.

»Ja, schöne Vaterarbeit«, sagte Spinne. »Dornfreund wird Bravelands wieder heilen, und wir werden alle in Harmonie leben, wie es sein soll. Das meint Spinne.« Er kitzelte seine Eidechse am Hals.

Ach, Spinne, das wäre wunderbar, dachte Dorn, *wenn nur die Goldenen Wölfe nicht wären* … Er schauderte innerlich. Er dachte wieder daran, dass diese Bestien sogar ein Flusspferd ermordet hatten. Nicht nur die Brutalität der Wölfe – auch ihre enorme Zielstrebigkeit und ihr kranker Glaube an ihre Bestimmung machten ihm Sorgen.

Dieses Problem musste er unbedingt bewältigen. Aber die Zebras waren mit seinem Rat zufrieden gewesen und er und Aurora hatten die Angelegenheit zwischen den Flusspferden und den Krokodilen bereinigt. Ja, dachte Dorn, es gab Reibungen und Probleme zwischen ihm und Beere und dem Trupp der Morgenröte, aber auch diese würden sich mit Zeit und Geduld beenden lassen.

In diesem Augenblick trottete Heldenmut mit seinem kleinen Rudel auf die Lichtung.

Dorns Nackenfell sträubte sich. Er hatte das Gefühl, als wollte ihn der Große Geist vor zu großer Hoffnung warnen. Dorn freute sich immer, seinen Freund zu sehen, aber Heldenmut sah aus, als brächte er schlechte Nachrichten. Die Kiefer des jungen Löwen waren zusammengepresst, seine bernsteinfarbenen Augen voller Sorge. Er kam mit angespannten Schultern und zuckendem Schwanz auf Dorn zu. Hinter ihm kamen sein Rudelkamerad Eifer und die beiden Löwenjungen Kaltschnauze und Quälgeist. Alle außer Quälgeist sahen beunruhigt aus. Quälgeists Blick war hochmütig und gleichgültig, und sie machte den Eindruck, als folgte sie Heldenmut nur widerstrebend.

Dorn schluckte und kam ihnen entgegen. »Was gibt's Neues, alter Freund?«

Heldenmut blieb stehen und sah Dorn lange an.

»Dorn – Großer Vater – wir haben die Goldenen Wölfe gefunden. Wir haben auch mit Heimsuchung, ihrem Alphatier, gesprochen. Sie möchte dich treffen.«

Dorn holte Luft und kniff die Augen zusammen. »Ich glaube … ich glaube, das ist gut«, murmelte er. »Es ist die einzige Möglichkeit, um alles wieder in Ordnung zu bringen, das Töten zu beenden …«

»Sie möchte dich treffen«, wiederholte Heldenmut dumpf, »… um dein Herz zu fressen.«

Aurora schlug mit den Ohren, streckte ihren Rüssel aus und trompetete empört. Spinne schlug die Pfoten über seine Schnauze. Nuss kreischte und entblößte seine Zähne und Matsch schrie: »Niemals! Niemals darf sie Dorns Herz bekommen.«

»Das wird nicht geschehen«, knurrte Nuss. »Wir werden dich beschützen, Dorn. Du darfst sie auf keinen Fall treffen. Heimsuchung darf nicht einmal in deine Nähe kommen.«

»Wartet.« Matsch sah von Heldenmut auf Dorn. Dann

straffte er seine Schultern. »Dorn wird einen Weg finden, wie er die Wölfe zur Vernunft bringen kann«, verkündete der kleine Pavian. »Das ist die Aufgabe des Großen Anführers und Dorn ist einer der weisesten. Wir können Vorkehrungen treffen und sicherstellen, dass ihm nichts passiert. Er muss diese Heimsuchung treffen, wie er es den Herden versprochen hat – und er wird sie zur Vernunft bringen.«

Seine Worte jagten einen Schreckensschauer über Dorns Fell. *Kann ich das? Kann das überhaupt jemand?*

»Also«, meinte Nuss und kratzte sich am Ohr, »ich nehme an, dass Dorn schlauer ist als ein dummer Wolf. Aber wisst ihr was? Ich glaube, diese verrückten Wesen werden ihm gar nicht zuhören.«

»Dorn«, sagte Aurora und berührte ihn an der Schulter, »das gefällt mir nicht. Als Großer Anführer genießt du keinen besonderen Schutz. Du könntest genau wie Große Mutter getötet werden. Ich glaube, du solltest das doch nicht tun …«

»Aber ich muss es vielleicht versuchen«, erwiderte Dorn. Seine Stimme zitterte. »Ich bin der Große Vater. Es ist meine Aufgabe. Ich muss versuchen, solche Probleme zu lösen.«

Matsch sah ihn ernst an. »Ich vertraue dir, Dorn. Wenn irgendjemand zu diesen Wölfen durchdringt, dann du.«

»Wenn du das durchziehen willst, werden die Löwen dich begleiten und beschützen. Stimmt's, Eifer?«

»Natürlich«, sagte Eifer.

»Ich finde es einfach leichtsinnig«, flüsterte Aurora.

»Ich denke, Matsch hat recht«, sagte Nuss. »Wenn überhaupt, dann kann Dorn das machen. Ich befürchte nur, dass er in ihre verdrehten Köpfe keine Vernunft hineinbringen wird.«

Dorn schluckte, dann straffte er sich. »Es wird doch sowieso auf mich hinauslaufen – ich bin Großer Vater, ich muss es versuchen.«

Aurora gab ihm einen zuversichtlichen Stupser. »Der Große Geist wird dich beschützen.«

Heldenmut und Eifer tauschten einen Blick aus. Die beiden Löwen sahen immer noch beunruhigt aus. Aber dann nickte Heldenmut skeptisch und knurrte: »Wir werden dich verteidigen, Dorn. Aber sei vorsichtig. Du darfst keinen Moment unaufmerksam sein.«

»Bestimmt nicht«, sagte Dorn und lachte nervös. »Aber Matsch hat recht. Ich habe das bei der Großen Versammlung sofort gespürt. Es ist meine Verantwortung, egal, wie gefährlich es ist. Ich kann solchen Problemen nicht aus dem Weg gehen – ich muss sie lösen.«

Waren die Goldenen Wölfe wirklich so viel gefährlicher und bösartiger als Flusspferde und Krokodile?

Viel schlimmer vielleicht ... in Wahrheit hatte Dorn genauso wenig Ahnung wie seine Freunde, wie er mit den Wölfen umgehen sollte. Aurora hatte gut reden, wenn sie sagte, dass der Große Geist ihn beschützen würde. Wäre der Große Anführer ein Elefant, hätte er längst nicht so viel zu befürchten, wenn er diesem mörderischen Pack entgegenträte. Aber Dorn war ein Pavian. Es wäre sehr leicht, ihn umzubringen, dachte er kurz.

»Lasst uns etwas fressen«, unterbrach Spinne das Schweigen. »Spinne wird etwas suchen. Beim Fressen wird alles besser.«

Solange er nicht das Fressen ist, dachte Dorn trocken.

Nachdem Spinne ein paar kleine Feigen und schrumpelige Melonen gebracht hatte, setzten sich seine drei Pavianfreunde zum Fressen in den Schatten eines riesigen Mahagonibaums. Dorn nahm seine Feigen und setzte sich ein wenig abseits, näher zur Mitte der Lichtung, um zu sehen, ob neue Bittsteller kamen. Aurora riss ein paar niedrig hängende, zarte Zweige vom Feigenbaum ab und die Löwen ließen sich mit den beiden Jungen zu einem Schläfchen nieder. Heldenmut war auch im Schlaf zappelig und unruhig, Eifer aber schnarchte leise vor sich hin und die beiden Jungen träumten mit zuckenden Schwänzen vom Jagen. Eine Weile schien die Lichtung in tiefstem Frieden zu liegen. Dorn wäre zufrieden gewesen, hätte er nicht dieses angstvolle Ziehen im Bauch gehabt. Sein Appetit verging, er warf die Reste einer Feige zu Boden.

Auf der anderen Seite der Lichtung reckte und streckte sich Heldenmut frustriert und beendete seinen erfolglosen Schlafversuch. Er erhob sich und trottete zu Dorn hinüber.

»Mein Freund«, sagte der junge Löwe leise, »kannst du etwas für mich tun?«

Dorn blinzelte. »Natürlich, Heldenmut, wenn es möglich ist.«

Heldenmut sah sehr nachdenklich aus. Er kniff die Augen zusammen. »Eifer und ich ... Die Wölfe strömten einen ganz bestimmten Geruch aus, der uns bekannt vorkam. Dieser fleischige, dunkle Gestank – es war Titan. Kannst du uns helfen, ihn zu finden?«

Dorn schwieg und ihm wurde schwer ums Herz. »Titan?« Wegen dieser Bestie konnte er sich nicht auch noch den Kopf zerbrechen. Der riesige, wahnsinnige Löwe war im Moment sein kleinstes Problem. Sein Rudel war, nach allem, was man hörte, so gut wie ausgelöscht.

»Ja. Und – ich habe mir etwas überlegt.« Heldenmut zögerte. »Du besitzt doch besondere Kräfte? Seitdem du Großer Vater geworden bist? Kräfte, die Große Mutter nicht besaß.«

Dorn nickte unwillig.

»Ich habe gehört – man redet über dich.« Heldenmut sah ihn beunruhigt und neugierig an. »Manche Tiere behaupten, du könntest durch Bravelands reisen, ohne dich zu bewegen. Dass du durch die Augen anderer Tiere siehst. Stimmt das? Oder ist das nur ein Gerücht?«

»Es stimmt. Ich kann das, seitdem der Große Geist in mich gefahren ist«, erklärte Dorn zurückhaltend. »Ich ... manchmal kann ich in den Geist anderer Tiere schlüpfen. Wenn ich sie ausfindig mache und mich ganz stark darauf konzentriere, kann ich ... sehen, was sie sehen.«

Heldenmut sah ihn groß an. »Dorn, das ist fantastisch. Kannst du Titans Geist finden? Ich muss wissen, wo er ist.«

Konnte Dorn seinem Freund das verweigern, wo es ihm doch so wichtig war? »Ich versuche es«, sagte er vorsichtig. »Aber ich kann dir nichts versprechen.«

»Ich verstehe«, sagte Heldenmut. »Aber ich vertraue dir, Großer Vater.«

Danke, das setzt mich erst recht unter Druck. Dorn holte tief Luft. Er schloss seine Augen und ließ seinen Geist schweifen.

Vor ihm erstreckte sich die Savanne, weit und wunderschön in der flirrenden Hitze. Da und dort standen dunkle Baumgruppen, Flüsse wanden sich silbern und braun durch lange Täler und weite Ebenen. Vögel zirpten und schossen auf der Suche nach Insekten durch die Luft, doch selbst sie schienen sich tief unterhalb von Dorn zu befinden. Herden von Zebras, Gnus und Büffeln bewegten sich wie ein unaufhaltsamer

Strom nach Nordwesten. Dorn entdeckte ein großes Löwenrudel, das, verborgen vom hohen Gras, unaufgeregt und ohne Eile mit den Weidetieren Schritt hielt. Im östlichen Grasland war ein Paviantrupp auf der Suche nach einem neuen Territorium. In einem breiten Fluss tummelten sich Krokodile. Sie sahen von oben wie kleine, trockene Blätter aus.

Dorn ließ seinen Blick staunend zu den Ausläufern der fernen blauen Berge wandern. Es war ein Staunen, das ihm immer bleiben würde.

Die weißen, blanken Felswände wurden nur von trockenem Gestrüpp und knorrigen Bäumen unterbrochen. Unter einem flachen Felsvorsprung, der über eine seichte Klamm ragte, fand Dorn, wonach er suchte.

Titan riss mit seinen Zähnen an einem riesigen Knochen, den er zwischen seinen Pranken festhielt. Er fuhr mit seiner rauen Zunge darüber, um es von den letzten Fleischfetzen zu säubern. Dorn konzentrierte sich auf die hochmütige, einsame Gestalt und sank in seinen verrückten Geist ein.

Dorn war Titan.

Nein!

Dorn war eine Giraffe, die nicht wusste, wie sie auf diesen Felsen über der trockenen Klamm gekommen war, und sich fürchtete. Er war eine verdrießliche, feindselige Hyäne. Er war ein Büffel mit trägem, verwirrtem Geist. Er war ein Gepard, der gefangen und wütend hin und her rannte. Er war eine Impala. Er war ein Leopard. Er war ein Python.

Ein entsetzliches Grauen kroch in Dorns Bewusstsein. Das war nicht möglich. Die vielen Tiere, alle auf diesem kleinen Felsen. Er hatte sie nicht gesehen, als er Titan entdeckte. Wieso befand er sich jetzt in ihrem Bewusstsein?

Es war zu viel für ihn, zu unbegreiflich. Dorn holte verwirrt Luft, zog seinen Geist zurück. Er saß wieder auf der Lichtung und blickte in Heldenmuts sorgenvolle Augen.

»Es tut mir leid.« Dorn schüttelte den Kopf und vertrieb die beunruhigende Vision. »Ich habe ihn nicht gefunden, Heldenmut. Was ich gerade erlebt habe – es war eher ein Traum als eine richtige Vision.«

Heldenmut sah ihn enttäuscht an. »Du hast diese Kräfte noch nicht so lang, oder?« Er stellte seine Ohren auf. »Du könntest es noch mal versuchen! Dorn, noch einen Versuch, dann findest du ihn bestimmt!« Er blickte Dorn voller Hoffnung an.

Dorns Rückenfell sträubte sich. Er fing an, sich zu ärgern. Heldenmut hatte doch keine Ahnung, um was er ihn bat, keine Ahnung, wie verstörend Dorns Kräfte sein konnten.

»Ich weiß, wie wichtig dir das ist, Heldenmut«, sagte er zwischen zusammengebissenen Zähnen, »aber du kannst mir wirklich glauben. Ich kann Titan nicht finden, jedenfalls nicht im Moment. Bitte frag mich nicht mehr!«

Heldenmut blinzelte schockiert. Seine Ohren flatterten ein wenig. »Verzeih mir. Schon gut, Dorn, ich verstehe. Trotzdem danke.« Er drehte sich um und trottete mit herabhängendem Schwanz zu den schlafenden Löwen zurück.

Dorn sah ihm ein wenig reumütig nach, trotzdem war er fast erleichtert. Er hatte nicht die Absicht gehabt, ihn zurechtzuweisen, aber Heldenmut musste begreifen, dass er das, was er bei seiner Suche nach Titans Geist gesehen hatte, unmöglich wiedergeben konnte, zumindest nicht jetzt.

Dorn fasste sich wieder, drehte sich seufzend um und sprang zu den anderen Pavianen.

Matsch strahlte ihn an und stocherte in seinen vom Saft der Feigen verfärbten Zähnen. »Hallo, Dorn!«

»Wir haben uns gerade über den Trupp der Morgenröte unterhalten«, erzählte Nuss finster. »Matsch und ich waren drüben, um zu sehen, was sie so treiben – heimlich, natürlich. Es sieht gar nicht gut aus, Dorn.«

Matsch sah zu Boden. »Beere bereut wahrscheinlich, dass sie die Kronwache gegründet hat«, sagte er. »Wenn Beere nicht hinguckt, machen sie sich ständig wichtig. Kaum zu glauben, was Klette sich geleistet hat.«

»Was?«, fragte Dorn, obwohl er gar nicht sicher war, dass er es hören wollte.

»Hat sich einfach auf den Kronstein gesetzt!«, erzählte Matsch hell empört. »Genau dorthin, wo nur der Anführer sitzen darf!«

»Es war nur ganz kurz«, ergänzte Nuss, »aber es gehört sich nicht. Er saß dort oben und grinste und die übrigen Kronwachen lachten nur.«

»Ich finde, du solltest noch einmal hingehen, als Großer Vater«, sagte Matsch. »Diese arroganten Paviane zurechtweisen. Sie sind nicht nur Beere respektlos gegenüber, sondern auch dir!«

Diese Nachrichten lasteten wie ein Stein auf seinem Herzen, trotzdem schüttelte Dorn entschieden den Kopf. Er hätte Beere so gern unterstützt, aber er durfte sich nicht einmischen.

»Nein«, sagte er betrübt. »Nein, Matsch, das geht nicht. Du weißt, was Beere gesagt hat, und sie hat nicht ganz unrecht. Immer wenn ich mich einmische, geht ein Stück ihrer Autorität verloren. Sie möchte, dass ich mich raushalte, das hat sie sehr deutlich gemacht.«

»Aber du bist Großer Vater!«, rief Matsch.

»Es tut mir leid.« Dorn schüttelte den Kopf. »Ihr wisst, wie schrecklich ich die Vorfälle im Trupp der Morgenröte finde. Aber mir bleibt nichts anderes übrig. Solange sie ihre Meinung nicht ändert, muss sie selbst damit zurechtkommen.«

10. KAPITEL

HELDENMUT WAR NICHT BEGEISTERT, zum Todeswald mit seinem verstörenden Gestank und der schaurigen, leblosen Vegetation zurückzugehen. Doch es musste sein. Nachdem es Dorn nicht gelungen war, Titan aufzuspüren, war der Geruch der Wölfe sein einziger Hinweis. Mit Eifer, Kaltschnauze und Quälgeist trottete er wieder zu dem fernen Wald mit den fahlen, welkenden Bäumen.

Nur Quälgeist schien freudig erregt und trottete mit hoch erhobenem Schwanz neben den anderen her. Ihre Nüstern sogen gierig die seichte Brise ein und sie gab in ihrer überheblichen Sprechweise ständig unsinnige Kommentare ab. Eifer schoss ihr verärgerte Blicke zu und knurrte hin und wieder, doch nichts konnte ihre gute Laune dämpfen.

»Ich kann es kaum erwarten, meinen Vater wiederzusehen«, quäkte sie. »Er ist ein so bedeutender Löwe. Es wird großartig, wenn ich endlich wieder im Titanrudel bin. Er ist der beste und stärkste Löwe, den es gibt, und er liebt mich. Ich bin sein liebstes Junges, hat er gesagt.«

»Es reicht, Quälgeist.« Heldenmut warf Kaltschnauze einen mitfühlenden Blick zu, aber der kleine Löwe blieb stumm und sah starr geradeaus.

Quälgeist ließ sich nicht bremsen. »Mein Vater wird so glücklich sein, wenn er mich wiedersieht! Es wird bestimmt total toll, eine Titanlöwin zu sein. Dann kann ich jagen und töten, wen und wann ich will.« Sie verzog verächtlich ihr Maul und sagte zu Heldenmut: »Dein Rudel ist so langweilig. Nie darf ich irgendetwas machen. Ich weiß gar nicht, warum du meinen Vater finden willst. Er wird dich niemals in sein Rudel aufnehmen. Er wird dir nur sagen, was du für ein Schwächling bist. Es bringt dir doch gar nichts, ihn zu finden. Warum suchst du ihn dann?«

»Also …« Heldenmut ärgerte sich zwar über die kleine Löwin, brachte es aber nicht über sich, ihr die Wahrheit zu sagen. »Keine Sorge, Quälgeist, ich möchte nicht in sein Rudel. Ich muss nur … einen alten Streit mit ihm beilegen.«

»Na, einen Streit mit meinem Papi wirst du sowieso verlieren.« Quälgeist stolzierte weiter, ihr Schwanz hüpfte dabei.

Eifer verdrehte die Augen.

»Ich kann ihr wohl kaum sagen, was ich wirklich vorhabe«, flüsterte Heldenmut.

Eifer schnaubte und trottete weiter.

Als sie den fahlen, kargen Wald erreichten, verlangsamten sie ihre Schritte. Heldenmut blieb stehen und blähte seine Nüstern. Der vertraute Geruch nach Moder und Verwesung stieg in seine Nase. Aber er roch auch noch etwas anderes, etwas, das nach Moschus und Fleisch roch …

»Die Wölfe«, knurrte er. »Sie sind immer noch da. Aber ich rieche auch Hyänen.«

»Ich auch«, polterte Eifer. »Jede Menge Hyänen.«

»Kaltschnauze, Quälgeist, seid leise und vorsichtig«, befahl er.

»Hyänen machen mir keine Angst«, murmelte Quälgeist, hatte aber ihre Stimme endlich etwas gesenkt.

Heldenmut und Eifer schlichen vorneweg und setzten vorsichtig Pfote vor Pfote. Heldenmut, der zu viel Lärm vermeiden, gleichzeitig aber keine Spuren übersehen wollte, blieb an jeder Wurzel, an jedem umgeknickten Ast stehen. Er blähte seine Nüstern und sog die vielfältigen Gerüche ein, die in seine Nase zogen. Er erkannte den Markierungsstoff von Hyänen und verzog angeekelt sein Maul. Dahinter waren eine leichte, süßliche Spur von Spitzmäusen und ein Hauch von Eidechse und Schlange, die wie sonnenwarme Steine rochen. Der Duft von Gras und Blättern war kaum wahrnehmbar, denn über allem hing der dumpfe, blutige Gestank der Wölfe.

Von Titan jedoch gab es keine Witterung.

»Und wenn wir ihn nicht finden?«, sagte Eifer leise. »Bei der Nebelschlucht haben wir ihn gemeinsam vertrieben, aber du weißt genauso gut wie ich, Heldenmut, dass das sehr knapp war. Titan hätte dich leicht töten können.«

Heldenmut knurrte. Er gab es nicht gern zu, aber Eifer hatte recht. Er hatte zu früh zugeschlagen.

»Ich möchte dir das nicht ausreden«, fuhr Eifer ruhig fort, »ich finde nur, dass wir einen Plan haben sollten.«

»Wir werden beide von Tag zu Tag größer.« Heldenmut spannte seine Schultern an, sie waren breit und muskulös. »Wir sind fast ausgewachsen. Gemeinsam werden wir ihn schlagen. Und wir sollten ihn auch gemeinsam schlagen. Er hat unsere beiden Väter getötet.«

Eifer gab ein skeptisches Grunzen von sich und wollte gerade etwas erwidern, als ein schrilles Jaulen ertönte und etwas Weiches, Schweres auf Heldenmuts Rücken landete. Winzige

Krallen gruben sich in sein Fell. Er bäumte sich auf, knurrte und versuchte, den Angreifer abzuschütteln.

»Quälgeist!« Eifer fauchte leise, machte einen Satz und packte den Nacken der kleinen Löwin mit seinen Zähnen. Er zog sie von Heldenmuts Rücken herunter und schimpfte: »Was soll das, du Dummzahn?«

»Jagen!«, fauchte sie, als er sie ohne große Umstände auf den Boden fallen ließ. »Ich übe jagen, wie es sich für ein Löwenjunges gehört.«

»Ich habe gesagt, du sollst leise sein!«, schnauzte Heldenmut. »Wir wollen niemanden …«

»Zu spät«, unterbrach Eifer grimmig und drehte sich mit peitschendem Schwanz den Bäumen zu.

Heldenmut richtete seinen Blick ebenfalls auf die Bäume. Ein Rudel fauchender Hyänen kam mit triefenden Lefzen von drei Seiten auf sie zu. Heldenmut zählte mindestens zehn, sein Herz hämmerte. Der Hyänengestank war schier unerträglich und überdeckte beinahe den Modergeruch des Todeswaldes und den Gestank der Wölfe.

»Ihr bleibt hinter uns«, knurrte er die Löwenjungen an.

Kaltschnauze starrte die Hyänen mit angstvoll aufgerissenen Augen an, Quälgeist jedoch fletschte die Zähne und fauchte: »Hyänen machen mir keine Angst!«

»Nein, Quälgeist, du mischst dich nicht ein«, wies Heldenmut sie zurecht. »Eifer und ich werden versuchen, die Hyänen abzuschütteln. Aber wenn ihr abhauen müsst, dann rennt so schnell ihr könnt!«

Die Hyänen beobachteten sie aus bösen gelben Augen. Mit gesträubtem Nackenfell und gefletschten Zähnen pirschten sie sich heran. Sie öffneten ihre Schnauzen zu einem hämischen Grinsen, Geifer tropfte von ihren Lefzen. Kaltschnauze drückte sich zitternd an Heldenmuts Hinterteil. Doch Quälgeist fauchte immer noch.

»He, ihr«, jaulte sie, obwohl Heldenmut zweifelte, dass die Hyänen, die selbst heftig fauchten, sie hörten. »Ihr könnt mir nichts anhaben, ihr dreckigen Bestien. Ich bin die Tochter von Titan! Versucht es doch!«

Heldenmut hoffte, dass die Drohgeräusche der Hyänen Quälgeists wütendes Quieken übertönen würde. Aber nun trat die Anführerin einen Schritt vor, worauf die übrigen Hyänen verstummten.

Sie war ungewöhnlich groß. An ihren langen gelben Zähnen klebte geronnenes Blut, drei lange Narben zogen sich über ihre Schnauze und eine weitere tiefe Narbe über ihr Gesicht, wo ihr ein Gegner fast das linke Auge ausgekratzt hatte. Heldenmut bezweifelte, dass dieser Gegner die Chance gehabt hatte, es ein zweites Mal zu versuchen. Die vier Löwen sahen ihr entgegen und glücklicherweise hielt auch Quälgeist endlich ihr Maul.

Die Anführerin drehte den Kopf zu ihrem Stellvertreter um und fauchte: »Sollen wir?«

»Das wäre reine Energieverschwendung«, knurrte der Stellvertreter und leckte seine Schnauze. »Außerdem könnten die Wölfe gleich zurück sein.«

»Die Wölfe?« Heldenmut wunderte sich, dass sie anscheinend nicht näher kommen wollten.

Die Anführerin bewegte ruckartig ihren Kopf in seine Richtung. »Die Goldenen Wölfe. Du kennst sie bestimmt.«

»Jeder in Bravelands kennt die Wölfe«, ergänzte der Stellvertreter, »selbst der dümmste Löwe.«

»Wir wurden auch von ihnen angegriffen«, sagte Heldenmut, ohne auf die Beleidigung einzugehen. »Was haben sie euch getan?«

Die Anführerin sah fragend auf ihr Rudel, die anderen Hyänen nickten säuerlich. Sie trat noch einen Schritt weiter vor.

»Mein Name ist Schädelschluck«, knurrte sie. »Ich bin die Matriarchin dieses Rudels. Ich führe es schon seit vielen Monden an. Genau deshalb wollten mich die Wölfe. Sie sagten, sie wollten mein Herz fressen.«

»Wir haben diese Monster im Wald verloren«, fügte der Stellvertreter hinzu.

»Aber sie kommen bestimmt zurück«, sagte eine kleinere Hyäne. »Sie geben nicht auf.«

»Wenn die Goldenen Wölfe sich einmal etwas in den Kopf gesetzt haben, dann kommen sie immer wieder, bis sie es bekommen haben«, sagte eine andere Hyäne.

»Und sie sind in der Nähe«, fauchte Schädelschluck. »Wir riechen sie sogar trotz eures Löwengestanks.«

Heldenmut sah sie schweigend an, sein Schwanz peitschte hin und her. Er wollte mit diesen Hyänen nicht kämpfen. Er wollte genauso wenig wie sie seine Kraft vergeuden. Außerdem war seine Jagd nach Titan unmöglich, solange die Wölfe im Schatten der Bäume lauerten. Ihr Gestank übertönte alle Spuren, die zu Titan führen konnten. Außerdem konnten sie jeden Moment zuschlagen und jede noch so gute Strategie oder Pirsch zunichtemachen.

»Ich möchte diese Wölfe genauso loswerden wie ihr«, sagte er zu Schädelschluck. »Ausnahmsweise stehen Löwen und Hyänen auf derselben Seite.« Er rückte ein Stück weiter vor und warf den Kopf zurück. »Wir möchten diese Bestien aus unserem Land vertreiben, wie ihr. Am besten erreichen wir das, wenn wir zusammenarbeiten. Ihr seid viele und wir haben einen Plan.« Er sah von Schädelschluck zu ihrem Stellvertreter und wieder zurück. »Würdet ihr mich in euren Bau mitnehmen?«

Einen Augenblick herrschte Schweigen, sein Herz schwoll hoffnungsvoll an.

Dann hob Schädelschluck hochmütig eine Pfote, ging steif auf ihn zu und warf ihren Kopf zurück.

»Ich habe einen Plan.« Ihre Stimme klang seltsam tief und Heldenmut verzog verwirrt das Gesicht. »Zusammenarbeit, darum geht es. Das ist typisch Löwe, typisch Löwe. Genau das will ich und das werde ich auch erreichen, denn ich bin die Größte. Sieh meine stolze Mähne.« Großspurig schüttelte sie ihre Schultern, dass das struppige Fell zitterte. »Bin ich nicht schön? So prächtig und golden und so klug. Und ich habe auch Haare im Nacken.« Sie warf ihren narbigen Kopf hoch und kräuselte überheblich ihre Nase. »Ach nein, warte – ich habe mich getäuscht.«

Die Hyänen heulten und kreischten vor Lachen und Heldenmut begriff. *Sie äfft mich nach!*

Quälgeist kicherte und selbst Eifer musste ein Lachen unterdrücken. Nur Kaltschnauze sah beschämt zu Boden.

»Das macht sie nicht schlecht«, murmelte Eifer, »das musst du zugeben.«

»Das hat keinerlei Ähnlichkeit mit mir«, protestierte Heldenmut, worauf Quälgeist nur noch mehr prustete.

Die Ausgelassenheit der Hyänen erstarb, nur ein paar glucksten und kicherten noch leise. Schädelschluck kräuselte spöttisch ihre Lippen und betrachtete Heldenmut.

»Kopf hoch, eure Herrlichkeit. Wir werden deinen Plan erproben, wie immer er auch aussieht. Folgt uns, wir führen euch zu unserem Bau.«

Es schien ihr überhaupt nichts auszumachen, die Löwen mitten in ihr Territorium zu führen. Das empfand Heldenmut fast als größere Beleidigung als die Nachahmung. *Eines Tages werde ich ein Rudel haben, das die anderen Tiere respektieren*, dachte er.

Aber heute war wohl nicht dieser Tag. Er seufzte und drehte sich zu Eifer, Kaltschnauze und Quälgeist um.

»Seid vorsichtig«, ermahnte er sie. »Im Moment sind wir Verbündete, aber es sind immer noch Hyänen.«

»Das sehe ich selbst«, lästerte Quälgeist und hüpfte hinter ihnen her, »aber Angst habe ich trotzdem nicht.«

Heldenmut hasste es, hinter Schädelschluck herzutrotten, denn sie und ihr Stellvertreter hatten offenbar keine Angst, obwohl direkt hinter ihren Schwanzspitzen mehrere Löwen gingen. Ihre Überheblichkeit machte ihn rasend – außerdem jagte ihm die Situation angstvolle Schauder über den Rücken. *Sie könnten sich jederzeit umdrehen und uns in Stücke reißen.* Ihm ging es gegen die Ehre, zu den anderen Hyänen zurückzuschauen, die hinter ihnen herschlichen – er wollte sich seine Anspannung nicht anmerken lassen, selbst wenn sie ihn töten sollten –, aber sein Fell juckte unter ihren gelben Blicken.

Er wollte sich mit einem Blick auf Eifer rückversichern, aber sein Freund sah mindestens ebenso angespannt aus wie er. In diesem Augenblick prallte ein knochiges junges Hyänenmännchen gegen Heldenmuts Flanke. Er war von einem Kameraden mit dickem Bauch und breitem Gesicht gestoßen worden. Die beiden stritten sich.

»Du könntest nicht einmal eine Spitzmaus allein erledigen, das weißt du genau«, höhnte Dünnbein.

»Ha, ha. Du redest ja Faulfleisch«, grollte Fettbauch. »Ich wette, die Goldenen Wölfe würden schnell mit dir fertigwerden, wenn sie nur wollten. Aber wer will schon das Herz eines so miesen Jägers haben?«

»Schnauze, ihr zwei«, bellte eine Hyäne direkt vor ihnen. »Ich fress eure Augen, wenn ihr nicht endlich still seid, versprochen!«

»Ja, Blutzahn, das würde ich gerne mal sehen«, fauchte Dünnbein sie an. »Du Käferfresserin.«

»He, Blutzahn! Ich glaube, du könntest unsere Augen nicht einmal erwischen, wenn sie vor dir auf dem Boden rollen würden«, japste Fettbauch. Er und Dünnbein kicherten.

Heldenmut sah Eifer überrascht an. Dieser schüttelte verwirrt den Kopf. Wie organisierten diese Hyänen bloß eine gemeinsame Jagd, wunderte er sich. Dieses Pack schien sich in einem fort zu verhöhnen und zu zanken.

»Löwen verstehen viel mehr von Zusammenarbeit«, sagte er leise zu Eifer. »Da wundert es einen, dass die Hyänen sich nicht gegenseitig fressen.«

»Trotzdem sind sie geschickte Jäger«, erwiderte Eifer. »Wir sollten auf der Hut sein.« Er hatte kaum fertig gesprochen, als sich seine sehnigen Muskeln anspannten. »Da ist der Bau.«

Hinter den vereinzelt stehenden, verkrüppelten Akazien erhob sich eine helle, zerklüftete Felswand mit schattigen Einkerbungen. Heldenmut kniff die Augen zusammen und spannte seine Muskeln an. Ein paar Hyänen krochen schon geduckt in einen schartigen Spalt am Fuß der Erhebung und wurden von der Dunkelheit verschluckt.

»Wartet, Löwenjunge.« Er drehte sich zu Kaltschnauze und Quälgeist um. »Ich gehe zuerst hinein, ihr kommt hinterher. Eifer kommt als Letzter, um die Kleinen zu schützen!«

»Ich habe keine Angst«, krähte Quälgeist. »Ich sollte als Erste hinein!«

»Und mir ist das egal, ob du Angst hast oder nicht«, fauchte Heldenmut. »Ihr wartet. Hier.«

»Du bist nicht mein Rudelführer.« Quälgeist rammte entschlossen ihre Füße in den Boden, ihre Nackenhaare sträubten sich. »Du hast mir gar nichts zu sagen!«

»Na schön.« Heldenmut wölbte seine breiten Schultern und stieß Quälgeist zur Seite. Dann betrat auch er den Höhlengang.

Der Gang roch modrig und muffig. Die Dunkelheit war angenehm kühl im Kontrast zu der Hitze im Wald. Die Höhlendecke war so hoch, dass Heldenmut aufrecht darin gehen konnte. Er sah zurück und musste beinahe lachen, als er Quälgeist am Eingang stehen sah, die immer noch in der Sonne stand und vor Empörung bebte. Ihr hatte es wohl endlich einmal die Sprache verschlagen.

»Ich hätte aber zuerst reingehen können«, jaulte sie dann doch.

Eifer, der hinter ihr kam, schnaubte belustigt. »Jetzt kannst du hinein.«

Ihr blieb nun nichts anderes übrig, als beleidigt hinter Heldenmut und Kaltschnauze herzutappen. Eifer folgte auf ihren Fersen. Quälgeist schoss mörderische Blicke in Richtung Heldenmut, ihre Augen blitzten in der Dunkelheit.

Schweigend trotteten sie durch die Höhle, selbst die Hyänen hatte aufgehört zu brabbeln. Heldenmut war es nicht ganz wohl im Bauch. Es war nicht das erste Mal, dass er einen Hyänenbau betrat. Das Abenteuer war damals nicht gut ausgegangen. Seine Schwester Wagemut musste zu seiner Rettung kommen, als er vor dem rachgierigen Hyänenpack Reißaus nahm. Doch er schluckte seine Ängste hinunter und folgte den Hyänen in eine geräumigere Höhle.

Dort angekommen, drehten sie sich nach ihm um und beobachteten ihn mit glimmenden Augen. Die nach ihm kommenden Hyänen drängten sich an ihm vorbei und bildeten mit ihren Rudelkameraden einen Kreis um die Löwen. Heldenmut konnte sie nicht alle gleichzeitig im Auge behalten, sein Schwanz zuckte nervös.

»Also gut, Löwen«, knurrte Schädelschluck, »wie sieht euer großartiger Plan aus?«

Heldenmut holte tief Luft. »Die Wölfe sind uns schon auf der Spur«, begann er. »Bestimmt riecht ihr sie auch?«

Schädelschluck lachte höhnisch. »Natürlich riechen wir sie.«

»Sie wissen offenbar nicht, wie nah wir ihnen sind«, fuhr Heldenmut fort. »Sie sind sich zumindest nicht sicher. Vielleicht rechnen sie damit, dass ihr euch in eurem Bau versteckt habt – sie sind so arrogant, dass sie denken, ihr hättet Angst vor ihnen. Und sie wissen nicht, dass wir zusammenarbeiten.«

»Wir hoffen, dass sie das alles denken«, sagte der Stellvertreter von Schädelschluck.

»Ich glaube, die Wölfe sind klug, aber nicht so klug, wie sie sich einbilden«, sagte Heldenmut. Er hob seinen Kopf und blähte seine Nüstern, dann sah er sich in der Höhle um. Seine Augen hatten sich schon auf die Dunkelheit eingestellt. Im hinteren Teil der Höhle machte er dunkle Nischen und kleinere Gänge aus, die von der Haupthöhle wegführten. Der Ort war ein gutes Versteck und für einen Hinterhalt bestens geeignet.

Er wandte sich an Schädelschlucks Stellvertreter. »Wie heißt du?«

Die Hyäne entblößte ihre Zähne. »Knochenbrecher. Und das aus gutem Grund.«

Heldenmut ignorierte die versteckte Drohung. »Knochenbrecher, du holst dir deine schnellsten Rudelkameraden. Dann zieht ihr draußen Kreise und markiert eine Spur, die schließlich zum Bau führt. Die Wölfe sollen kommen, aber nicht zu schnell. Meinst du, du kannst sie im Kreis herum führen?«

»Seh ich aus wie ein Schliefer?«, fragte Knochenbrecher und grinste. »Natürlich können wir das.« Er machte eine ruckartige Kopfbewegung in Richtung seiner Kameraden, dann drehte er sich um und rannte hinaus.

Heldenmut war erleichtert. Die Hyänen, sonst hämisch und aggressiv, waren bereit, mit ihm zusammenzuarbeiten. »Schädelschluck, du kennst die Höhlengänge in diesem Bau. Kannst du die Hälfte deiner besten Kämpfer zusammenrufen und mit mir in dem Gang warten, der auf die Ebene mit den Akazien zuläuft?« Er zeigte mit dem Kopf Richtung Eingang.

»Nur die Hälfte? Ah ... ich weiß, was du meinst.« Schädelschluck nickte und kräuselte ihre vernarbte Schnauze. »Dann kann dein Freund mit Blutsauger und den Übrigen in einem anderen Gang lauern. Hier gibt es einen Gang, der auf die Südseite des Felsens mündet.«

»Das wäre perfekt!« Heldenmut nickte, sein Fell kribbelte vor Erregung. »Die Wölfe werden zuerst unsere Gruppe angreifen. Wenn sie mit uns beschäftigt sind, können Eifer und die anderen Kämpfer sie von der anderen Seite aus angreifen. Wir werden die Wölfe wie mit den Scheren eines Skorpions einklemmen.«

»Das könnte funktionieren. Ist gar nicht so anders wie eine normale Jagd«, stimmte Schädelschluck zu.

»Mit dem Unterschied, dass die Wölfe keine Grasfresser sind. Eine Gazelle könnte uns aus einer gewissen Entfernung kommen sehen, aber die Wölfe wissen nicht, dass wir hier sind. Unsere zweite Gruppe muss die Wölfe überrumpeln und sie angreifen, bevor sie mitkriegen, wie ihnen geschieht.«

Schädelschluck leckte nachdenklich ihre Lefzen. »Das mit dem Südausgang sollte klappen. Wenn wir beide die Wölfe am Eingang abfangen, können die anderen fast direkt hinter ihnen losschlagen.« Sie gab einigen ihrer Hyänen ein Zeichen. »He, ihr kommt mit mir und dem dicken Löwen mit. Blutsauger! Hast du kapiert, was wir vorhaben?«

Eine große, kräftige Hyäne trat vor und nickte. Heldenmuts Fell sträubte sich vor Empörung. Dick? Er war muskulös!

»Ja, Schädelschluck«, sagte Blutsauger. »Ich habe verstanden.«

»Du nimmst die Übrigen aus dem Rudel. Du kennst die Höhle, von der ich spreche. Dort wartest du mit dem schlaksigen Freund des Löwen. Er heißt Eifer.« Schädelschluck entblößte ihre Zähne und sah auf die versammelten Hyänen. »Haben alle aufgepasst? Ihr wisst, was zu tun ist?«

Die Hyänen jaulten und kläfften und nickten eifrig.

»Ja, ja!«

»Ja, Schädelschluck, wir haben zugehört! Zugehört!«

»Das ist eine sehr erfreuliche Ausnahme«, knurrte Schädelschluck. »Und hört mit dem Gejaule auf.« Sie sah in schuldbewusste Gesichter und kräuselte ihre Lippen. »Was steht ihr noch hier rum?«

Die Hyänen drehten sich um und schossen hinter Blutsauger her. Eifer sah Heldenmut schief von der Seite an, dann folgte er den beiden.

»Quälgeist, Kaltschnauze! Ihr bleibt im Bau. Und keine Widerrede.« Er sah Quälgeist streng an und fletschte die Zähne.

Sie blickte giftig zurück, sagte aber nichts und kugelte sich zusammen. Anscheinend war sie wegen seines Manövers am Höhleneingang immer noch beleidigt. Das sollte ihm nur recht sein.

Die übrigen Hyänen gingen mit Schädelschluck und Heldenmut zum Höhleneingang.

»Wenn das nicht klappt«, knurrte Schädelschluck leise zu Heldenmut, »kannst du etwas erleben.«

»Es wird klappen«, versicherte ihr Heldenmut zuversichtlicher, als ihm zumute war.

Kurz vor dem Höhleneingang kauerte er sich neben Schädelschluck und wartete. Die anderen Hyänen blieben hinter ihnen. Niemand brabbelte oder kläffte, das Rudel war plötzlich beängstigend ruhig und diszipliniert. Vor dem Felsspalt, der den Eingang bildete, wehte kein Lüftchen, kein Hyänengeheul zerriss die Stille, selbst die Vögel schwiegen. Heldenmuts Herz klopfte heftig. Er hoffte, dass es Eifer in der dunklen Höhle mit Blutsauger und den anderen Hyänen gut ging.

Sei kein Dummzahn. Wenn Eifer in Schwierigkeiten wäre, würdest du das früh genug erfahren.

Er holte tief Luft und musste fast würgen. Der Geruch der

anderen Hyänen zog in seine Nase. Er erkannte Knochenbrechers moschusartigen Duft. Der Vortrupp musste bereits seine Markierungen gesetzt haben und zurückgekommen sein, auch wenn Heldenmut sie noch nicht sah. Zwischen den dunklen, verkrüppelten Ästen der Akazien sah er huschende Schatten.

»Die Wölfe sind da«, flüsterte er.

Schädelschlucks Nackenhaare stellten sich auf und ihre Schultern wölbten sich unter ihrer Anspannung. Sie setzte vorsichtig einen Fuß vor und kräuselte in hämischer Vorfreude ihre Schnauze. Im Gras tauchten die schmalen Schnauzen der Wölfe auf, die nach Blut dürsteten. Dann kam das ganze Rudel in Sicht, das der Spur von Knochenbrecher und seiner Gruppe folgte.

»Jetzt!«, brüllte Heldenmut.

Er stürzte aus der Höhle. Aus dem Augenwinkel sah er Schädelschluck. Sie und die anderen Hyänen überholten ihn und rasten auf die Wölfe zu. Diese erstarrten, zauderten. Dann fletschten sie ihre Zähne und wollten sich auf die Hyänen stürzen. Einen winzigen Augenblick lang verließ Heldenmut der Mut.

Aber dann sah er Eifer und die anderen Hyänen, die im Rücken der Wölfe aus dem anderen Höhlenausgang hervorstürzten. Ein paar Wölfe bemerkten sie, blieben mitten im Rennen stehen und drehten sich um.

Aber Heldenmut konnte nicht länger zusehen. Schädelschluck war bereits mit einigen Wölfen in Kämpfe verstrickt und schnappte und biss um sich. Heldenmut selbst prallte mit einer großen Wölfin zusammen und brachte sie zu Fall.

Scharfe Zähne gruben sich in seine Vorderbeine. Er schleuderte sie mit seinen Vorderpranken zu Boden und packte sie an der Kehle. Seine Fangzähne gruben sich in warmes, bitteres Fleisch und ein Strom von Blut schoss in sein Maul.

Er stieß ihren schlaffen Körper zur Seite, wandte sich dem nächsten Wolf zu und schlug seine Zähne in dessen Rücken. Der Wolf jaulte und ruderte mit den Beinen, als Heldenmut ihn hochhob. Aus dem Augenwinkel bemerkte er Eifer, der seine Kiefer um die Kehle eines Wolfs geschlossen hatte und ihn würgte, bis er tot war. Aber er durfte sich nicht ablenken lassen.

Die Wölfe waren augenscheinlich völlig überrumpelt, sie schossen unkoordiniert hin und her, während sich die Hyänen wie im Rausch über ihre schmalen Körper hermachten.

Der schrille Schrei von Heimsuchung durchschnitt den Kampflärm. »Schwarzherzrudel, sammeln!«

Heldenmut schwang seinen Kopf zur Seite und suchte hektisch nach der Alphawölfin, doch als er sie entdeckte, floh sie schon Richtung Wald. Die anderen Wölfe rappelten sich auf, ließen von der Schlacht ab und hetzten hinter ihrer Anführerin her. Ein paar blutende Wölfe wollten sich davonschleppen, wurden aber von den Hyänen eingeholt und niedergemacht.

»Nehmt mein Herz! Mein Rudel!« Das Kreischen eines Wolfes zerrte an Heldenmuts Nerven. »Möge ich wir werden …!«

Doch schon waren zwei Hyänen über ihm, die seinem hohen, klagenden Schreien mit zufriedenem Grunzen und spitzen Zähnen ein Ende bereiteten.

Heldenmut verschnaufte und sah sich auf dem Schlachtfeld um. Ein paar Wölfe entwischten noch ihren Verfolgern und humpelten, mehr tot als lebendig, hinter ihrem Rudel her. Ihr Blut tränkte die trockene Erde. Über das Schlachtfeld schritt

Schädelschluck, ihre Schnauze zu einem zufriedenen Grinsen verzogen. Ein paar Hyänen setzten noch hinter den fliehenden Wölfen her, sie jedoch blieb vor Heldenmut stehen.

»Kein schlechter Plan«, knurrte sie. »Kein schlechter Plan für einen Löwen.«

»Und ihr seid keine schlechten Krieger«, erwiderte er. »Für Hyänen.«

Sie drehte sich grinsend um und raste hinter ihrem Rudel her. Ihr Kriegsgeheul verklang in der Ferne, als auch sie hinter den letzten Nachzüglern herjagte.

Heldenmut stand regungslos in der plötzlichen, unheimlichen Stille. Eifer tapste zu ihm und leckte sein blutiges Maul.

»Es hat geklappt«, knurrte er leise. »Fürs Erste.«

Zwei kleine Gestalten krabbelten aus dem dunklen, schmalen Höhleneingang. Quälgeist trottete vorneweg, Kaltschnauze hinterher. Sie hatte ihr stumpfes Näschen und ihren Schwanz keck erhoben.

»Also, das hat mir viel zu lang gedauert«, schnaubte sie. »Ich bin nur froh, endlich aus diesem Stinkeloch herauszukommen.«

»Das war großartig, Heldenmut«, sagte Kaltschnauze leise. »Quälgeist und ich haben vom Höhleneingang aus zugeschaut.«

»Danke«, sagte Heldenmut und sah Quälgeist betont unwirsch an. »Und jetzt können wir Titan jag– … ich meine, suchen, ohne zu fürchten, dass die Wölfe uns auf den Fersen sind. Kommt, wir gehen weiter.«

»Ja, aber wir müssen immer noch vorsichtig sein«, warnte Eifer. »Diese Schlacht hätte auch ganz anders ausgehen können.«

»Ist sie aber nicht«, sagte Kaltschnauze treu ergeben.

»Schon, aber wir sind ein hohes Risiko eingegangen«, erwiderte Eifer und zuckte mit dem Schwanz. »Wir haben Glück gehabt. Aber das muss nicht immer so sein.« Leise sagte er zu Heldenmut: »Das kann böse enden, mein Freund.«

»Ach, mach dir keine Sorgen«, erwiderte Heldenmut und rieb seinen Kopf an Eifers Kopf. »Ich bin jetzt sicherer denn je, dass alles gut werden wird. Du wirst sehen.«

11. KAPITEL

DIESE MORGENDÄMMERUNG war irgendwie anders. Sie glühte nicht golden und violett wie sonst, sondern war rot und bedrohlich grell. Aurora blickte mit einem vagen Gefühl von Angst um sich.

Die Herde kam in Bewegung und Panik breitete sich unter den Elefanten aus. Auch sie hatten offenbar Angst vor diesem ungewöhnlichen Licht. Aurora sah wieder zum Horizont und bemerkte trotz des stechend grellen Lichts, dass die Sonne nicht aufstieg. Sie schien sich wie die Elefanten ängstlich zusammenzukauern und goss ihre Strahlen nicht wie sonst über den Gebirgskamm.

Aurora streckte ihren Rüssel empor. Sie sah ein leuchtendes, rundes Etwas am Himmel, es war nicht die Sonne und auch kein Stern. Es war ein feuriger weißer Streifen, der viel zu schnell näher kam, als dass man ihn deutlich erkennen konnte.

Ein Komet? Sie hatte früher schon einmal einen Kometen gesehen, aber dieser hier stand nicht mit unbeweglichem Schweif am Himmel, sondern schoss auf die Herde zu und wurde mit jedem Augenblick größer und bedrohlicher. Er schien direkt auf ihre Familie zuzusteuern.

Angstvoll trompetend rannte die Herde davon, flüchtete mit panischem Gebrüll. Ihre großen Füße wirbelten rote Staubwolken auf, die in dem seltsamen Licht unheimlich glommen. Nur Aurora rührte sich nicht. Ihre Füße waren wie festgewurzelt, ihre Beine schwer und unbeweglich.

Der Komet war jetzt direkt über ihr. Er war riesig, und tödliche Feuerschlangen loderten aus ihm hervor, die ihre Haut mit ihrer Hitze einhüllten. Aurora wusste, dass dies das Ende war.

Sie wurde ruckartig wach. Der Himmel über ihr war dunkel, die Erde unter ihren Füßen angenehm kühl. Kein Komet verwandelte den Himmel in flammendes Rot. Nur die blassviolette Morgenröte schob sich langsam über die gezackte Horizontlinie jenseits des Waldes.

Aurora stieß bebend die Luft aus und blickte auf die erwachende Lichtung des Großen Vaters. Ein Traum. Es war alles nur ein Traum gewesen.

Sie fühlte sich schwach und unsicher auf den Beinen. Aurora schloss für einen Moment die Augen und sammelte sich. Als ihr Herz wieder normal schlug, öffnete sie die Augen wieder. Auf der anderen Seite der Lichtung bemerkte sie eine Gestalt, die sich in den verschlungenen Zweigen eines Feigenbaums reckte und streckte.

Kaum fühlte sie sich wieder sicherer auf den Beinen, ging Aurora zu Dorn hinüber. »Guten Morgen, Großer Vater«, sagte sie leise.

»Aurora.« Dorn gähnte so ausgiebig, dass alle seine Zähne bloß lagen. »Ist alles ruhig?«

»In der wirklichen Welt ja.« Sie lächelte etwas schief. »In meinen Träumen weniger.«

Er richtete sich auf und war plötzlich hellwach. »Was ist geschehen?«

Aurora zupfte mit dem Rüssel an einem Ast und ordnete erst ihre Gedanken, bevor sie antwortete. Der Traum war so wirr gewesen, so gewaltsam. Die Lichtung kam ihr beinahe unnatürlich friedlich vor. »Ich habe einen Kometen gesehen, Dorn. Aber er sah nicht so aus wie der Komet, den ich als Jungtier gesehen habe und der unbeweglich am Himmel gestanden hatte. Dieser war wild und schnell und wollte meine ganze Herde zerstören.«

»Was für ein schrecklicher Traum«, sagte Dorn kopfschüttelnd, »aber zum Glück nur ein Traum. Mach dir keine Sorgen, Aurora. Schau her, da ist kein Komet.« Er zeigte durch die Zweige nach oben. »Und es ist auch kein Stein vom Himmel gefallen. Ich glaube, wenn irgendwo ein Sternenfels auf Bravelands fallen würde, würde ich den Aufprall spüren.«

»Ich weiß«, sagte sie, »aber es war so wirklich, Dorn. Mehr eine Vision als ein Traum. Ich mache mir Sorgen … Sorgen, dass es nicht nur ein Traum war, sondern eine Botschaft. Dass meine Familie in Gefahr schwebt. Ausgerechnet ein Komet? Vielleicht bedeutet es, dass Komet selbst zu Schaden kommt. Oder dass sie die Wandererfamilie in eine schreckliche Gefahr führt …« Aurora schluckte und sprach nicht weiter.

Dorn sah sie ernst und aufmerksam an. Er streckte seine Pfote aus und streichelte ihren Rüssel.

»Was wirst du tun, Aurora?«

»Ich weiß nicht«, sagte sie ratlos. »Ich will hierbleiben und dir helfen. Ich fühle mich dem Großen Geist verpflichtet. Aber …«

»Der Große Geist hat Verständnis für die Treue zur Familie«, unterbrach Dorn sie sanft. »Er weiß, welche Ängste du um deine Herde hast. Du musst zu ihr gehen und dich vergewissern, dass es ihr gut geht.«

»Aber …«

»Aurora, du warst eine unbeschreiblich große Hilfe für mich, aber allmählich gewöhne ich mich daran – Entscheidungen zu treffen, Großer Vater zu sein. Der Große Geist ist bei mir.« Er lächelte. »Also kann nichts schiefgehen.«

Sie neigte ihren Kopf. »Danke, Großer Vater. Danke. Ich werde wiederkommen, das verspreche ich – nur …«

»Ich weiß. Deine Familie liegt dir am Herzen, Aurora. Und ich weiß, dass du erst ruhig sein wirst, wenn du sie in Sicherheit weißt. Deine Visionen solltest du nicht auf die leichte Schulter nehmen.«

Sie nickte. »Die Elefantenbullen werden jetzt ebenfalls ihre Wanderung beginnen. Ich werde mit ihnen ziehen, bis ich meine eigene Herde gefunden habe. Wo immer sie auch sein mag …«.

»Dabei kann ich dir helfen.« Dorn tätschelte ihren Rüssel und setzte sich. »Ich werde sie für dich finden, Aurora, dann weißt du wenigstens, in welche Richtung du gehen musst.«

Bang beobachtete Aurora, wie Dorn seine Augen schloss. Würde er voller Entsetzen aus seiner Trance erwachen und ihr erzählen, dass ihre Familie in schrecklicher Gefahr schwebte? Aber auf seinem Gesicht zeigte sich kein angstvolles Flackern. Schon öffnete er die Augen und lächelte.

»Es scheint ihnen gut zu gehen. Sie wandern in diesem Augenblick am Fuß eines Berges, der die Form eines kauernden Pavians hat. Der Morgen ist friedlich. Aber ich kann nicht erkennen, ob ihnen Gefahr droht. Du musst zu ihnen.

Ich habe dir schon gesagt, dass ich allein zurechtkommen werde.«

Hörte sie einen Anklang von Angst in seiner Stimme? Er gab sich solche Mühe, stark und ruhig zu sein, aber … Sie sah zu ihm hinunter.

In den vergangenen Tagen hatte er sich verändert, etwas in seinen Augen, seiner Haltung war anders geworden. Dorn war klein und besaß nicht die Kräfte eines Elefanten. Aber er strahlte Ruhe und Zuversicht aus. Vielleicht war ihre Sorge um ihn unbegründet? Er schien die Rolle des Großen Vaters von Tag zu Tag besser auszufüllen.

Seltsam, diese leichte Wehmut, die sie überkam. Hatte sie seinen Bedarf an Hilfe zu hoch eingeschätzt? *Und doch ist unbestritten, dass er in gewisser Weise verwundbarer ist, als Große Mutter es war …*

»Der Große Geist hat dich erwählt, Dorn«, sagte sie endlich. »Du wirst das schaffen. Bestimmt werden die einen oder anderen Probleme auftauchen, während ich fort bin, aber ich weiß, dass du sie wie ein Lö– … nein.« Sie lächelte. »… wie ein mutiger Pavian anpacken wirst.«

Die anderen drei Paviane rührten sich in ihren nahe gelegenen Nestern, gähnten und streckten sich. Aurora berührte Matschs Arm mit ihrer Rüsselspitze.

»Ich muss eine Weile fort«, sagte sie leise. »Wirst du auf Dorn aufpassen?«

Matsch rieb sich erschrocken die Augen, kletterte vom Baum hinab und stellte sich neben Dorn. »Natürlich. Wir werden alle auf ihn aufpassen, nicht wahr?« Er sah zu Nuss und Spinne hinauf.

»Auf jeden Fall«, sagte Nuss. Er sah sofort hellwach aus.

»Gut«, sagte Aurora. Sie strich Matsch über den Kopf. »Ich weiß, dass er deinen Rat braucht und schätzt, Matsch, noch mehr als meinen. Nuss und Spinne, ihr seid starke und tapfere Verteidiger unseres Großen Vaters.«

Nuss sah sie etwas verlegen, aber beglückt an. Er kratzte sich am Kinn. »Und wir werden ihn immer verteidigen. Das versprechen wir.«

»Spinne auch«, ergänzte Spinne. Seine Eidechse schielte aus seiner Achselhöhle hervor und er kitzelte sie am Hals.

»Ich danke euch«, sagte Aurora leise. »Ich weiß, dass ich auf euch zählen kann. Und Dorn auch.«

Gleichmäßig und unermüdlich stapften die Elefantenbullen über die vertrauten Wanderrouten. Gelbe Staubwolken stiegen unter ihren massigen Körpern auf. In der Ferne kam die gleißende Sonne über dem Berg hervor, der die Form eines kauernden Pavians hatte. Aurora war froh, dass sie in den langen Schatten der Elefantenbullen ging. Sie und Flint wanderten behaglich schweigend nebeneinander. Mops und Wiesel, die beiden kleinen Geparden, trotteten zu ihren Füßen.

»Du musst nicht neben mir gehen, junge Frau«, sagte Flint schließlich mit polternder Stimme.

»Aber das möchte ich«, sagte sie. Seine Gesellschaft war ruhig und entspannend, ganz anders als die von Wald – der junge Elefantenbulle kam immer wieder in ihre Nähe und wollte sich mit ihr unterhalten. Sie mochte ihn, aber manchmal zog sie Stille und Einsamkeit vor.

Die Gepardenjungen heiterten die ganze Reisegesellschaft auf. Wiesel und Mops wuchsen rasch, dachte Aurora. Sie verloren ihr flauschiges Kopfhaar und wurden von Tag zu Tag schlanker und langgliedriger. Die Wanderung war für sie ein aufregendes Abenteuer. Oft jagten sie Aurora einen Schrecken ein, weil sie plötzlich wegrannten. Aber sie kamen immer wieder zurück und hatten irgendein kleines Beutetier zwischen den Zähnen. Die Elefantenbullen beobachteten ihre Eskapaden belustigt. Für die Bullen war es eine nette Abwechslung, mit Jungtieren zu reisen, dachte Aurora. Die kleinen Elefanten wanderten normalerweise immer in den Herden ihrer Mütter und Tanten. Wald war der jüngste Bulle hier.

Ihre Gedanken schweiften zurück zu den Tagen, als sie mit Großer Mutter und den anderen Elefantenkühen wanderte. Das war noch gar nicht so lange her. Wie glücklich war sie gewesen, in ihrem Schatten zu gehen und darauf zu vertrauen, dass ihre Großmutter jeden Pfad und jeden Weg kannte und jede Gefahr vorhersah. Große Mutter musste die Wanderwege der Elefanten viele Male gegangen sein.

»Flint«, sagte sie plötzlich, »kannst du mir aus der Zeit erzählen, als Große Mutter noch jünger war? Als sie noch Sonne war?«

Flint sah sie belustigt an. »Als sie noch Sonne hieß? Sie war Aurora sehr ähnlich, wenn du das wissen willst. Immer … neugierig.«

In Auroras Verlegenheit mischte sich auch Freude. »Ich bin gar nicht wie Große Mutter«, erwiderte sie. »Sie war immer so ruhig, so entschieden. So beherrscht! Ich dagegen stolpere von einer Katastrophe in die nächste.« Sie wackelte mit den Ohren und lachte kläglich.

»Große Mutter war auch viel älter und erfahrener als du«, sagte Flint freundlich. »Aber das meinte ich nicht. Ich spreche von deiner Güte, deinem Einfühlungsvermögen.« Er blieb stehen und wandte seinen Kopf zu ihr. »Weißt du, der Große Geist erwählte Sonne nicht, weil sie immer alles richtig machte. Er erwählte sie, weil sie etwas viel Wichtigeres wusste: dass man nämlich nicht immer die richtige Entscheidung treffen kann. Sonne begriff, dass es auf manche Fragen keine Antwort gibt. Manchmal gibt es mehrere Pfade, die man gehen kann, und dann bleibt einem nur, seinem Instinkt zu folgen.«

Aurora überlegte sich gerade, was sie ihm antworten sollte, als vor ihr eine leichte Unruhe entstand. Wald war in einen unregelmäßigen Trab gefallen, weil er den kleinen Geparden ausweichen musste, die sorglos zwischen seinen Beinen spielten.

»Wiesel, Mops!«, rief Aurora erschrocken. »Passt auf!«

Wald sah zu ihr nach hinten und fiel wieder in seinen stetigen Wanderschritt. »Schon gut, Aurora«, rief er. »Das macht mir nichts aus und ich zertrete sie bestimmt nicht.« Er streckte seinen Rüssel aus, fegte die beiden Geparden auf und setzte sie auf seinen Kopf. Wiesel und Mops quietschten begeistert.

Aurora lächelte. »Danke, Wald. Du machst das wirklich prima mit den beiden.«

Wald strahlte. Er sah aus, als würde er vor Vergnügen gleich platzen. Aurora spürte, dass jemand sie an der Schulter berührte. Es war ihr Bruder, der sich zu ihr hatte zurückfallen lassen.

»Hallo, Brocken.« Sie stupste ihn sanft mit dem Rüssel an.

»Du weißt, dass es nicht die kleinen Geparden sind, die Wald so mag«, sagte er und lächelte spitzbübisch. »Er hat dich so gern, Aurora.«

»Oh!« Aurora sah zu dem jungen Bullen vor und ihr Herz zog sich ängstlich zusammen. »Meinst du wirklich, dass er sich für mich interessiert?«

Brocken lachte. »Ja. Hast du seine Blicke nicht bemerkt? Wie er immer versucht, mit dir ins Gespräch zu kommen?«

»Also ... ich ...« Aurora suchte nach Worten. »Glaubst du, er meint es ernst?«

»Wundere dich nicht, wenn er dich bittet, seine Lebensgefährtin zu werden«, sagte Brocken leise. »Mehr will ich nicht sagen.«

»Aber das geht doch gar nicht!«, rief Aurora. »Ich bin Fels angetraut, das weißt du doch. Das ist unumkehrbar. Ich kann nie mehr einen anderen Gefährten haben.«

»Also, ich habe nachgedacht.« Brocken trat unruhig von einem Bein auf das andere und blies mit dem Rüssel Staub auf. »Wir könnten doch die Regeln umgehen, oder? Nur dieses eine Mal. Fels war ein Fehler und der Große Geist hat Verständnis für Fehler – die Elefanten übrigens auch.« Er zögerte. »Du weißt, dass wir auf unserer Wanderung im Land der Herzen haltmachen?«

Aurora nickte schweigend. Ja, das wusste sie und sie fürchtete diesen Moment. Im Land der Herzen vereinigten sich die Paare und viele Elefanten fanden dort ihre Gefährten.

»Vielleicht willst du dort Wald dein Herz öffnen?« Brocken sah sie an. »Er wäre ein guter Gefährte, meinst du nicht?«

»Ja, Brocken, das wäre er ganz bestimmt«, sagte Aurora unbeirrt. »Aber nicht für mich. Ich kann an einen anderen Gefährten nicht einmal denken – nicht wegen der Tradition.« Der Verlust von Fels hatte ihr das Herz gebrochen. Es war noch nicht lange her, da hatte Brocken ihr erzählt, dass Fels die Elefantin Fluss aus der Trekker-Familie getötet hatte. Sie spürte den Schmerz darüber, dass sie die Liebe ihres Lebens zurückgewiesen hatte, als wäre es heute gewesen – auch wenn sie keine andere Wahl gehabt hatte, nach allem, was er getan hatte. »Würdest du das Thema bitte nicht mehr ansprechen?«

Ihr Bruder holte tief Luft, als wollte er ihr widersprechen, doch dann änderte er seine Meinung und nickte unwillig.

Und hoffentlich bleibt er dabei, dachte Aurora. Sie vermisste Fels so sehr. Es war für sie schon schwer genug, auch ohne dass Brocken sie auf der Wanderung ständig mit Wald zu verkuppeln suchte.

Sie trottete hinter den Bullen her. Die Sonne erreichte ihren höchsten Stand, dann senkte sie sich zum Nachmittag und Abend hin. Wenigstens wanderten die Elefanten so zügig, dass die Anstrengung Aurora von ihrer Trauer etwas ablenkte.

Unter dem heißen, wolkenlosen Himmel verschmolzen die Tage ineinander. Aurora schob die Erinnerung an Fels beiseite. Der Berg, der die Form eines Pavians hatte und in der Ferne flimmerte, kam immer näher, seine blau schimmernden Umrisse wurde grüner und ausgeprägter. Schließlich erkannte sie Felsen, Vertiefungen und einen dunklen Wald. Jetzt war es nicht mehr weit. *Einen Fuß vor den anderen*, ermahnte sie sich immer wieder. *Einen Fuß vor den anderen.*

Außerdem gab es andere Dinge, die ihr Sorgen machten, wichtigere Dinge. Wie kam Dorn ohne sie zurecht? Sie hoffte, dass er mit der Zeit immer mehr Sicherheit gewann. Vertraue dem Großen Geist…

Und dann waren da noch Wiesel und Mops. Sie fühlte sich für die kleinen Geparden immer noch verantwortlich, obwohl ihre Jagdfähigkeiten von Tag zu Tag besser wurden und sie sich inzwischen fast selbst versorgten. Die Jungen schleppten Eidechsen, Ratten und Erdhörnchen heran, die sie stolz vorzeigten, bevor sie sie fraßen.

Auch Wald brachte ihr Geschenke, aber das milderte nicht das tiefe Unbehagen, das sie empfand. Einmal brachte er ihr einen Zweig mit frisch knospenden jungen Blättern, einmal eine Jackfrucht, der sie einfach nicht widerstehen konnte. Der junge Bulle ergriff jede Gelegenheit, neben ihr zu gehen. Dann fragte er sie über ihr früheres Leben aus und erzählte ihr lustige Geschichten aus den früheren Wanderungen der Bullenherde.

»Habe ich dir schon einmal die Geschichte erzählt, als dein Bruder einen Zweig herunterzog, auf dem eine Schlange lag? So einen spitzen Schrei aus der Kehle eines ausgewachsenen Elefanten hast du noch nie gehört! Die Schlange hätte wahrscheinlich auch geschrien, wenn sie gekonnt hätte. Von Brocken war jedenfalls nur noch eine Staubwolke zu sehen …«

Wald konnte sie so leicht zum Lachen bringen. *Ich habe schon immer gewusst, dass er ein guter Gefährte sein würde*, sagte sie sich zum soundsovielten Mal. *Aber nicht meiner, wie ich Brocken schon gesagt habe.*

Sie wanderten unermüdlich weiter, ein Tag war wie der andere. Daher war es fast ein Schock, als der Bulle, der zuvorderst lief, eines späten Nachmittags mit einem lauten Trompetenstoß ihr Kommen ankündigte. Aurora blieb erschrocken stehen und blickte zum Horizont.

Die Savanne, von der Hitze in goldenen Dunst getaucht, streckte sich immer noch weit vor ihnen aus. Doch jenseits der Ebene sah sie den verlockenden Berg. Er war von grünen Wäldern bedeckt, aus denen da und dort dunkle Felsen ragten, und krümmte sich wie ein kauernder Pavian über die Ebene.

Aurora ging mit frischer Kraft weiter. Ihre Schritte wurden schneller, ihr Rüssel schwang hin und her. Am Fuß des Berges war eine kaum wahrnehmbare dunkle Linie, aus der allmählich vage Umrisse wurden. Als sie näher kamen, wurden die Umrisse deutlich: Es war eine Elefantenherde. Und es dauerte nicht mehr lang, bis Aurora die Elefanten erkannte.

Meine Familie! Sie trabte jetzt so schnell, dass sie sogar den größten Elefantenbullen überholte. Sie konnte es kaum erwarten, ihre Herde wiederzusehen. Doch als sie näher kam, stockte sie beunruhigt.

Irgendetwas stimmte nicht. Trotz der Nachmittagshitze fuhr ihr ein kalter Schauer über den Rücken. Ihre Tanten und Cousinen hatten sich besorgt um eine einzelne Elefantenkuh geschart, die ganz außer sich zu sein schien. Da Komet und Stern verstört hin und her liefen, sah Aurora schließlich, um wen es sich handelte: Es war Brise.

Aurora fiel in einen donnernden Galopp. Endlich hoben die Elefanten, die Brise umstanden, beunruhigt ihre Köpfe. Komet, die Matriarchin, schaufelte mit ihrem Rüssel Erdbrocken auf, um sie den herankommenden Fremden entgegenzuschleudern.

Doch dann ließ sie sie wieder fallen. Ihre Ohren klappten nach vorn und sie hob ihren Rüssel zu einem freudigen Gruß. »Aurora!«

Auch die anderen Elefanten ließen von ihren Drohgebärden ab und kamen freudig auf sie zu.

»Aurora! Bist du es wirklich?«

»Sie ist wieder da!«

Aurora blieb stehen, drückte ihren Kopf an Komets Kopf und begrüßte die anderen Elefanten, die sich nun um sie geschart hatten, mit kleinen Berührungen ihres Rüssels. »Oh, wie schön, euch endlich wiederzusehen«, rief sie. »Aber ich verstehe nicht. Was ist hier los? Was ist mit Brise passiert? Ist sie verletzt?«

»Nicht verletzt.« Komet trat einen Schritt zurück und sah sie ernst an. Die anderen Elefanten grummelten bekümmert. »Ja, Aurora, es ist etwas passiert. Ein Kalb soll geboren werden – aber Brise? Sie will es nicht akzeptieren, sie weigert sich. Sie will das Kleine nicht herauslassen.«

12. KAPITEL

ES GAB NUR EINS, was Aurora tun konnte. Sie sehnte sich so danach, wieder bei ihrer Herde zu sein, ihr zu helfen und sich wie die anderen schützend vor Brise stellen. Die werdende Mutter wiegte ihre kurzen Stoßzähne hin und her, erhob ihren Rüssel und trompetete ihre Verzweiflung hinaus.

»Das geht nicht, Komet! Es geht einfach nicht!«

Hinter dem Kreis der Elefantenkühe ging ein Bulle unruhig trompetend auf und ab. Komet drehte sich um und scheuchte ihn mit flappenden Ohren fort. »Geh weg, Spross. Das hier geht dich nichts an!«

Er ging widerwillig ein paar Schritte zurück und blieb dann wieder stehen. Aurora vermutete, dass er der Vater des Babys war. Doch Komet achtete nicht weiter auf ihn. Sie berührte Brise tröstend mit ihrem Rüssel.

»Lass das Kleine heraus, Brise! Lass es kommen, es ist bereit!«

»Nein, es ist die falsche Zeit!«, heulte Brise. »Es ist noch nicht Nacht! Unsere Kleinen sollen nicht bei Tag geboren werden!«

»Wir sind bei dir«, beruhigte Komet sie. »Niemand wird deinem Baby etwas antun. Das schwöre ich!«

»Brise«, rief Stern weinend, »mein kleiner Mond wurde auch an einem Nachmittag geboren und alles verlief gut bei der Geburt. Lass dein Baby heraus!«

Aurora hatte noch nicht viele Geburten gesehen, aber es war immer dunkel gewesen. Verstört streckte sie ihren Rüssel aus und streichelte Brises Leib.

»Lass es heraus«, polterte Komet. »Folge dem Willen des Großen Geistes.«

Brise hob ihren Kopf und stieß einen abgerissenen Angstschrei aus. Ihr Hinterleib begann sich rhythmisch zu bewegen, vor und zurück, vor und zurück.

Aurora stockte der Atem. Der dünne Sack, der das Baby einhüllte, quoll zwischen Brises Hinterbeinen hervor.

»Du kannst es nicht aufhalten«, murmelte Komet und rieb Brises Ohren, als die junge Mutter zusammenzuckte. »Lass dein Kleines nach Bravelands kommen.«

Brises Hinterteil schlingerte nach vorn, und sie sank beinahe auf ihre hinteren Knie, während sich die Vorderbeine fest in den Boden rammten. Und so plötzlich, dass Aurora beinahe schwindelte, plumpste das Neugeborene zu Boden, geschützt von dem mit Fruchtwasser gefüllten Sack.

Die Elefantenkühe stimmten in einen Chor aus erleichterten und verzückten Begrüßungsschreien ein. Brise drehte sich etwas erschrocken um und brüllte beglückt. Zärtlich streichelte sie das Baby, das bereits versuchte, sich aufzurappeln. Ein Teil des Fruchtsacks umhüllte immer noch seinen Kopf. Aurora streckte ihren Rüssel vor und zerriss die dünne Haut und der kleine Elefant schnappte nach Luft.

Eine Welle von Glück erfasste Aurora, die ihre dumpfen Sorgen, ihren Kummer um Fels einen Moment lang vergessen machte. Auch Brise schien ihre Befürchtungen wegen des Tageslichts vergessen zu haben. Sie streichelte und liebkoste das Kleine und half ihm auf die unsicheren Beinchen.

»Ein Weibchen!«, trompetete Komet begeistert. »Schwestern, Töchter, wir begrüßen ein neues Kalb in unserer Herde!«

Die Freudenschreie waren ohrenbetäubend und auch Aurora stimmte glücklich mit ein, streckte ihren Rüssel in die Höhe und trompetete ihren Dank an den Großen Geist hinaus. Das Baby kam wankend auf die Füße und tastete mit seinem winzigen Rüssel nach der Milch der Mutter, die ihm vorsichtig dabei half.

Brise schloss verzückt ihre Augen, als das Baby die Milchquelle gefunden hatte. »Du bist im Tageslicht geborgen, meine Kleine«, rief sie, »und du konntest vom ersten Augenblick an bis zur fernen Grenze von Bravelands blicken. Dein Name soll deswegen Horizont lauten.«

»Ein wunderschöner Name«, sagte Aurora leise.

Aurora wurde von einem unbezähmbaren Trieb erfasst, dem sie nicht widerstehen konnte. Mit Rüssel und Stoßzähnen schaufelte sie Erdbrocken um Erdbrocken auf die Reste der Geburt. Auch die anderen Elefantenkühe wurden davon erfasst und arbeiteten an Auroras Seite, kehrten mit den Stoßzähnen Erde und Staub zusammen und warfen sie über den abgeworfenen Fruchtsack und die blutige Schmiere, die den Erdboden färbte. Es musste sorgfältig geschehen, wusste Aurora instinktiv. Die Löwen, die sie gesehen hatten – zwei alte, rudellose Löwen –, lauerten immer noch hinter der flirrenden Hitzewolke außerdem gab es Schakale, die erregt hin und her gingen und die Elefanten nicht aus den Augen ließen.

Die Fleischfresser wussten bereits von der Geburt und es

würden noch mehr kommen und gierig Witterung aufnehmen. Die Arbeit der Elefantenkühe war ein uraltes, wichtiges Ritual. Aurora spürte tief in ihrem Inneren eine starke Verbindung, nicht nur zu ihrer Familie, sondern zu allen weiblichen Elefantenherden, die es vor ihr gegeben hatte und die die Mütter und Babys beschützten und ihren verräterischen Duft überdeckten.

Dies ist meine Familie, dachte sie. *Dies ist, wohin ich gehöre.* Sie hätte niemals so lange wegbleiben dürfen. Dies war die natürliche, richtige Lebensweise, dies war das Leben von Bravelands.

Ein paar Elefantenbullen kamen näher und auch Spross widersetzte sich Komets Drohungen und sah Brise sehnsüchtig an. Sein Rüssel suchte den Duft seines Kindes. Selbst die Gepardenjungen schlichen nach vorn und beäugten neugierig das Neugeborene.

»Sie ist wunderschön«, quäkte Mops.

»Horizont ist ein guter Name«, erklärte Wiesel.

Die Elefantenkühe sahen sich immer noch misstrauisch um, aber als das winzige Baby trank und seine wackeligen Beine ausprobierte, entspannten sie sich allmählich. Ein paar Elefantenkühe aus der Wandererfamilie hatten in Brockens Bullenherde ihre Gefährten wiederentdeckt. Sie begrüßten sich, zeigten kollernd ihre Zuneigung und berührten sich gegenseitig mit den Rüsseln.

Aurora bemerkte Sterns traurige Blicke, mit denen sie das Baby ansah. Kein Wunder. Sterns eigener, kleiner Sohn war vor nicht langer Zeit in den Zähnen des Titanrudels gestorben. Es musste ein bittersüßer Augenblick für sie sein. Aurora legte tröstend ihren Rüssel auf die Schulter der leidtragenden Mutter.

»Schau dir diese süßen Jungen an!«, rief Komet und sah auf die beiden kleinen Geparden hinab.

»Oh!«, rief Stern, froh über die Ablenkung. »Wie entzückend! Gehören sie zu dir, Aurora?«

»Gewissermaßen«, sagte Aurora trocken.

»Aurora ist unsere Mutter«, zwitscherte Mops. »Sozusagen. Gewissermaßen«

Aurora wurde es warm ums Herz und sie liebkoste die Köpfe der kleinen Geparden. »Ich tue, was ich kann, ihr Kleinen. Um eurer richtigen Mutter willen. Für Hurtig.«

Die Elefantenbullen und Elefantenkühe standen noch eine Weile zusammen und tauschten Grüße, Zärtlichkeiten und Neuigkeiten aus. Nach und nach, als die kleine Horizont sicherer auf den Beinen wurde, machten sie sich wieder auf die Wanderschaft und stapften unverdrossen auf die Ausläufer des Pavianberges zu.

Aurora fühlte sich viel leichter ums Herz, als sie mit ihnen weiterlief. Als hätte die Geburt von Horizont alles verändert. Ein solcher Glücksmoment war ein Hoffnungssignal für Bravelands. Vielleicht auch für Aurora? Das Land der Herzen war nicht länger ein Ort, den sie fürchtete. In der Gesellschaft ihrer Tanten waren ihre Schritte sicher geworden.

Diesmal war es Brocken, der niedergeschlagen wirkte. Mit hängendem Kopf ging er an ihrer Seite. Sie stupste ihn zärtlich mit dem Rüssel an.

»Was ist los, Bruder?«

Er seufzte. »Nichts, Aurora. Es ist nur, dass ich seit dem Unglück nicht mehr im Land der Herzen gewesen bin.«

Aurora atmete tief ein. *Natürlich, er hat hier seine geliebte Fluss verloren.*

»Sie ist ganz in der Nähe gestorben«, murmelte Brocken. »In der Schlucht am Rand der Ebene.«

»Oh«, flüsterte Aurora. »Das tut mir leid.«

Brocken richtete sich ein wenig auf und ging weiter. »Keine Sorge. Es ist alte Trauer. Aber sie tut immer noch weh.«

»Ich kenne dieses Gefühl«, sagte sie leise.

»Ich weiß. Wir werden den Schmerz im Land der Herzen gemeinsam durchleben«, polterte er und berührte ihre Schulter.

In diesem Augenblick blieb die Matriarchin Komet stehen und schmetterte einen freudigen Trompetenstoß hinaus. Sie waren angekommen. Aurora spähte nach vorn und sah Elefanten aus anderen Herden, die sich bereits auf der Ebene versammelt hatten und den Neuankommenden erwartungsvoll und aufgeregt entgegensahen.

Aurora sah sich um. Der Ort war so schön, dass sie ihre Trauer beinahe vergaß, obgleich er eine so schmerzliche Bedeutung für sie hatte.

Goldenes Gras wiegte sich in einem großen Bogen bis zum Fuß des Berges. Die Ebene stieg sanft an und war an drei Seiten von weißen Felsen begrenzt. Vom Berg waren lose Felsbrocken herabgefallen, die zwischen den langen Nachmittagsschatten im sonnigen Gras aufleuchteten.

Sie war so damit beschäftigt, die Landschaft zu bewundern, dass sie erst mit Verzögerung wahrnahm, dass die Elefanten sich nach ihr umdrehten und sie anstarrten. Rüssel wurden in die Höhe gestreckt, Ohren schlackerten, und Stimmen erhoben sich, manche fast unhörbar, andere laut und freudig.

»Aurora Wanderer! Sie ist es wirklich!«

»Die Elefantin, die die Große Herde angeführt hat! Die den Großen Geist in sich trug, wusstest du das?«

»Ist sie das wirklich, Mama?«

»Ja! Das ist die junge Elefantin, die den Falschen Anführer besiegt hat!«

»Aurora Wanderer! Mond und Sterne, so eine wunderbare Überraschung!«

Von allen Seiten trotteten Elefanten freudig auf sie zu. Erschrocken und ein wenig verlegen blieb Aurora stehen. Manche kamen sehr dicht an sie heran, berührten sie zur Begrüßung und neigten ihre Köpfe ehrerbietig vor ihr.

»Wir danken dir, Aurora Wanderer«, sagte eine alte Matriarchin mit besonders langen Stoßzähnen.

»Wir danken dir für alles, was du für Bravelands getan hast!« Das sagte ein junger Bulle mit strahlenden Augen.

»Das ist mein kleiner Sohn Stein.« Eine junge Mutter kam zu Aurora, ihr Baby im Schlepptau. »Du hast Bravelands für ihn wieder sicher gemacht. Ich bin dir auf ewig dankbar.«

Überwältigt murmelte Aurora ebenfalls Dankesworte und nickte ihren Bewunderern zu. Es kam für sie unerwartet und vermittelte ihr ein starkes Gefühl der Dazugehörigkeit, dennoch spürte sie ein nervöses Kribbeln. Obwohl sie sich freute, irritierte es sie auch, so bedrängt zu werden. Es war so schwer, durch das Gedränge die anderen Elefanten zu sehen, die sich in dem Tal tummelten

Aber warum wollte sie sie überhaupt sehen? Hoffte sie etwa, dass irgendwo dort draußen Fels auf sie wartete?

Ja.

Aber das durfte sie nicht einmal denken. Aurora schüttelte sich. Fels war nicht hier. Und selbst wenn, konnte sie nie mehr mit ihm zusammensein, nach allem, was er getan hatte.

Ihre Tanten hatten sich zerstreut und suchten nun ebenfalls

ihre Lebensgefährten. Aurora riss sich zusammen und nickte einem jungen Bullen zu, der sich ihr näherte.

»Du bist Aurora Wanderer, stimmt's?«, fragte er etwas außer Atem. »Ich möchte dir nur sagen, wie sehr ich dich bewundere. Magst du Akazienblätter? Ich mag am liebsten Fieberbäume. Kann ich dir später welche bringen? Das wäre schön. Warst du lange auf Wanderschaft, bis du hierhergekommen bist? Meine Brüder und ich mussten durch die Silberschlucht.«

Aurora fiel es schwer, sich auf sein Geplapper zu konzentrieren. Sie beschränkte sich darauf, zu nicken und Unverbindliches zu murmeln. »Ach ja ... Oh, wirklich ... Danke, sehr freundlich ...«

Schließlich gab der junge Bulle auf und entschuldigte sich. Aurora beobachtete, wie er sich einer dunkelhäutigen Elefantenkuh näherte. Andere Bullen und Kühe kamen schüchtern ins Gespräch und taten sich zusammen.

Am Rande des Tals sah sie Brocken, der unschlüssig mit einer Elefantenkuh mit cremefarbenen Stoßzähnen und flatternden Wimpern sprach. *Vielleicht kann Brocken seinen Schmerz um Fluss endlich vergessen?* Sie hoffte es so sehr. Ihr Bruder hatte sein Glück verdient.

Sie seufzte still. Sie konnte an diesem Glück nicht teilhaben, und es hatte auch keinen Sinn, sich die Sterne vom Himmel zu wünschen.

Gerade als sie so dachte, merkte sie, dass sich jemand von hinten näherte, und sie roch den intensiven Moschusgeruch eines Elefantenbullen. Sie drehte sich um.

»Aurora«, sagte Wald leise. Er sah so aufgeregt aus, dass ihr bang ums Herz wurde.

»Wald«, murmelte sie. Sie wusste, weshalb er gekommen war – Brocken hatte sie gewarnt –, und es tat ihr in der Seele weh.

»Ich … ich mag dich, Aurora, ich mag dich sehr.« Er schluckte. »Und ich glaube, du magst mich auch. Gibt es Hoffnung für mich – ich meine, darf ich dich fragen – Aurora …« Wald schluckte und machte die Augen zu. »Möchtest du meine Lebensgefährtin sein?«

Aurora zögerte ein Weilchen und nahm all ihren Mut zusammen. Sie konnte nicht verbergen, wie bewegt sie war. Es war sehr schmeichelhaft, von einem so stattlichen jungen Bullen gefragt zu werden. Wenn nur nicht …

Nun musste auch sie einen Kloß im Hals herunterschlucken. »Wald, ich bin geehrt. Wirklich sehr geehrt. Und es tut mir leid, sehr leid – aber ich bin schon Fels versprochen und kann dieses Versprechen nicht brechen. Es tut mir leid«, sagte sie und die Stimme versagte ihr beinahe.

»Aber ich glaube – nein, ich bin mir ganz sicher –, dass es eine Ausnahme geben kann. Alle bewundern dich, Aurora. Die anderen würden verstehen, dass dein Versprechen auf einem Missverständnis beruhte. Fehler passieren, Aurora.« Er schluckte wieder. »Du hast es verdient, glücklich zu sein. Und ich weiß, dass ich dich glücklich machen könnte.«

Oh, Wald. Es war ihr fast unerträglich, ihn zurückzuweisen. Doch sie musste es tun. »Es tut mir leid, Wald. Ich … ich kann nicht. Es wäre dir gegenüber nicht fair.«

Sein schmerzvoller Blick war schier unerträglich. Wald nickte.

»Ich verstehe.« Er setzte an, noch etwas zu sagen, schlackerte aber nur leicht mit den Ohren und ging davon.

Aurora blickte ihm zerknirscht nach, es tat ihr im Herzen weh.

»Ich habe zufällig mitgehört«, sagte neben ihr eine sanfte Stimme. Sie drehte sich um und sah in Komets mitfühlende Augen.

»Ich hatte keine andere Wahl, Komet«, flüsterte Aurora.

»Stimmt das wirklich?« Komet zögerte und harkte mit ihrem Vorderfuß durch das Gras. »Aurora, du hast Außerordentliches geleistet in deinem jungen Leben. Du hast mit Traditionen gebrochen – dich mit Löwen und Pavianen angefreundet, die Jungen einer toten Gepardin adoptiert. Wenn ein Elefant Traditionen verändern kann, dann du. Du bist jung. Wenn du deine übereilte Verlobung vergessen kannst und dich mit Wald verbinden willst, dann bin ich …«

Aurora schüttelte energisch den Kopf. »Danke, Komet. Wirklich, ich bin dir sehr dankbar. Aber es geht nicht. Ich mag Wald, das stimmt … aber ich kann Fels nicht vergessen, sosehr ich es mir auch wünsche.«

»Fels hat etwas Schreckliches getan«, gab Komet zu bedenken. »Jeder Elefant würde verstehen, wenn du deine Meinung ändertest.«

»Ich … ich kann nicht. Ich kann weder meine Meinung noch meine Gefühle ändern.« Aurora seufzte. »Vielleicht bin ich eines Tages bereit für eine neue Liebe, Komet. Aber nicht jetzt. Ich würde das nicht aushalten.«

Komet nickte langsam. »Nun denn, Aurora. Aber denke daran, dass auch ein gebrochenes Herz wieder heilt. Das ist immer so, auch wenn du dir das im Moment nicht vorstellen kannst. Ich … ich wäre sehr traurig, wenn du die größte Chance deines Lebens missen würdest.«

»Du meinst, mit Wald zusammen zu sein?« Aurora neigte ihren Kopf auf die Seite und senkte ihre Lider.

»Nein, Aurora. Ich meine, Kinder zu gebären. Ich sehe, wie du mit Wiesel und Mops umgehst, und ich habe dich mit dem kleinen Mond gesehen. Du wärst eine wunderbare Mutter.«

»Ach.« Aurora spürte einen schmerzhaften Stich in der Brust. Komet hätte es nicht extra erwähnen müssen. Sie wusste auch so, dass sie es unendlich bereuen würde.

»Aurora«, seufzte Komet, »ich hoffe aufrichtig, dass du jetzt wieder zur Herde zurückkommst. Du gehörst zu uns. Und wir vermissen dich so sehr.«

»Ich vermisse euch auch«, sagte Aurora bewegt. »Euch alle, vor allem, nachdem ich die Geburt von Horizont erlebt habe.«

»Was hindert dich dann daran?«, flüsterte Komet. »Du weißt, dass du hier willkommen bist. Mach dir nichts aus Morgana und ihrer scharfen Zunge.«

»Ich habe nichts gegen sie, wirklich. Ich mag Morgana«, gestand Aurora. »Ich weiß, dass ich zur Wandererfamilie gehöre, und sehne mich danach, zurückzukommen, aber …«

»Aber was?«

Aurora schwang erregt ihren Rüssel hin und her. Es war so schwierig, in Worte zu fassen, was sie bewegte. Aber sie hatte noch Flints Stimme im Ohr: *Auf manche Fragen gibt es keine Antwort. Manchmal gibt es mehrere Pfade, die man gehen kann, und es bleibt einem nur, seinem Instinkt zu folgen.*

»Ich weiß es nicht, Komet«, gestand sie. »Aber es ist ein Instinkt. Ein Instinkt, der tief in meinem Inneren sitzt, in meinem Blut, meinen Knochen.« Aurora holte entschlossen Luft. »Und wenn Große Mutter mich eins gelehrt hat, dann ist es, diesem Instinkt zu folgen.«

13. KAPITEL

»ICH HABE EINEN PLAN«, sagte Dorn. »Vielleicht wird er euch nicht gefallen, meine Freunde, aber hört mich an.«

Er saß auf der Lichtung des Großen Vaters. Die Abendschatten wurden länger. Die untergehende Sonne schien durch die Bäume und warf goldene Streifen auf den großen sandigen Platz. Nuss, Matsch und Spinne hatten sich in einem Halbkreis um Dorn platziert. Sie wechselten besorgte Blicke. Nuss kaute auf seiner Unterlippe und kniff die Augen zusammen.

»Sprich«, forderte er ihn auf.

»Ich weiß einfach nicht, wie ich mit den Wölfen umgehen soll, und ihr könnt mir glauben, dass ich gründlich darüber nachgedacht habe.« Dorn blickte seine Freunde nacheinander an. »Ich finde einfach keine Lösung. Mir bleibt also nichts anderes übrig, als mich mit ihnen zu treffen, aus dem Moment heraus zu reagieren und das Beste zu erhoffen.«

»Moment mal.« Nuss sprang auf und sah ihn groß an. »Matsch und Spinne und ich haben uns auch Gedanken darüber gemacht, und wir sind zu dem Schluss gekommen, dass das ein dummer Vorschlag war. Selbst vom Großen Vater kann man nicht verlangen, solche Ungeheuer zur Vernunft zu bringen. Geh auf keinen Fall dorthin!«

»Ja, Dorn, das darfst du nicht«, pflichtete Matsch ihm bei. »Das war ein Fehler von mir. Du solltest nicht immer auf mich hören. Ich hätte dich nicht zu diesem Schritt ermutigen sollen. Es ist viel zu gefährlich.«

»Spinne spricht gern mit anderen Tieren«, bemerkte Spinne nachdenklich, »und selbst er denkt, dass die Idee nicht gut ist.«

»Spinne weiß auch«, erwiderte Dorn etwas gereizt, »dass man andere Tiere nur richtig kennenlernt, wenn man mit ihnen spricht.«

»Du wirst diese Wölfe erst kennenlernen, wenn sie deine Pfotenknochen ausgespuckt haben«, bemerkte Nuss.

»Nein, hört mir zu«, sagte Dorn. Er wollte keine Unkenrufe hören. Sein Vorschlag versetzte ihn selbst schon genug in Schrecken. »Es wäre doch möglich, dass sie mir erklären, warum sie das tun. Und wenn ich es verstehe, kann ich sie vielleicht davon überzeugen, damit aufzuhören.«

»›Wäre doch möglich‹«, äffte Nuss ihm nach. »›Vielleicht‹. Das ist die schlechteste Idee, die du je hattest. Und ich habe schon ein paar schlechte Ideen von dir gehört.«

»Immer noch besser, als hierzubleiben und nichts zu tun«, rief Dorn. »Das ist doch keine Alternative!«

»Natürlich ist das eine Alternative«, fauchte Nuss und schlug mit der Faust auf den Boden, »wenn man sonst auf der Stelle aufgefressen wird!«

»Ich muss Nuss recht geben«, sagte Matsch und spielte ängstlich mit seinen Steinen. »Dorn, der Plan ist schlecht. Er kommt dir vielleicht vernünftig vor – wie auch mir zuerst –, aber diese Wölfe sind keine Tiere, die einem zuhören.«

»Nicht wie Eidechsen«, sagte Spinne und tätschelte den

Kopf seiner Eidechse. Die sah ihn entrüstet an und zwickte ihn in den Finger. »Eidechsen hören zu. Wölfe nicht.«

»Warte. Was ist eigentlich mit Großmaul?«, fragte Nuss plötzlich. »Dieser Löwe ist doch einer deiner besten Freunde, Dorn. Wenn man schon einen Löwen zum Freund hat, kann man ihn auch um einen Gefallen bitten. Er könnte doch ein paar größere Löwen zusammenrufen und den Wölfen den Garaus machen.«

»Das hieße, das Gesetz zu brechen«, erwiderte Dorn. »Und ich bin Großer Vater und werde so etwas nicht zulassen.«

Die Freunde starrten ihn an. Dorn biss die Zähne zusammen, damit sie nicht aufeinanderschlugen. Wenn sie nur nicht hier wären und ihm gute Ratschläge erteilten. Die Wahrheit war, dass er schreckliche Angst hatte. Aber er wusste einfach nicht, wie er das Problem sonst lösen sollte.

»Da kommt jemand.« Matsch erhob sich und drehte sich zum Pfad um, wo das Knistern von Zweigen zu hören war.

Spinne und Nuss folgten Matschs Blick und Dorn senkte müde seine Schultern. *Oh, bitte, Großer Geist, nicht wieder ein Zebra oder ein Warzenschwein, das in irgendeinen blöden Streit verwickelt ist. Ich habe genug echte Probleme, die ich lösen muss …*

Matsch sprang auf die näher kommende Gestalt zu, blieb aber abrupt stehen, als aus den Bäumen ein Pavian hervortaumelte: verdreckt, heruntergekommen, hinkend.

»Ranke?«, rief Matsch verwundert. »Ranke Kronblatt?«

Dorn stockte der Atem. Das einstige Kronblatt war kaum wiederzuerkennen, aber es war wirklich Ranke. Nuss knurrte und Spinne legte neugierig seinen Kopf auf die Seite. Dorn aber sah sie nur entsetzt an.

Ranke war einst eine schneidige, starke Pavianfrau. Sie war sich ihrer Macht so sicher gewesen, dass sie unsäglich überheblich geworden war. Jetzt war sie ein torkelndes Häufchen Elend. Sie sah halb verhungert aus und ihre langen Gliedmaßen waren nur noch Haut und Knochen. Am schlimmsten aber waren die Narben. Das halbe Fell war mit nackten, entzündeten Hautstellen und schwarzen Wundrändern übersät. Schockiert bemerkte Dorn, dass sich an ihrem Bauch etwas bewegte. Große, ängstliche Augen spähten zwischen ihren Vorderbeinen hervor, und Dorn begriff, dass es ein Baby war.

Er sprang auf sie zu und streckte seine Pfote aus, um ihr zu helfen, zog sie aber im letzten Moment wieder zurück, denn Ranke sah aus, als würde ihr die geringste Berührung unerträgliche Schmerzen bereiten. Sie sah ihn von der Seite an, zuckte zurück und drückte ihr Baby abwehrend an sich. Es war ein mageres, kleines Ding mit übergroßen Augen und einem Büschel schwarzen Fells auf dem Kopf, das wie ein verdorrtes Baobab-Blatt aussah.

»Nicht Ranke Kronblatt«, krächzte sie beinahe unhörbar. »Ranke Tiefwurz.«

Dorn sah sie entsetzt an. Diese einst so stolze Pavianfrau akzeptierte Beeres demütigende Herabstufung selbst dann, wenn Beere nicht anwesend war.

»Dein Baby. Ist es verletzt?« Dorn bückte sich, um es besser zu sehen. »Sein Kopf …«

»Das ist ein Muttermal, keine Wunde«, flüsterte Ranke. »Er ist unversehrt, dem Großen Geist sei Dank. Aber ich bin verletzt.«

»Was ist passiert?« Matsch legte seine Steine auf den Boden und rang seine Pfoten.

Ranke sah Dorn bittend an. Furcht schnürte ihm den Magen zu. Beere hatte Ranke für ihre Verbrechen gegen den Trupp der Morgenröte töten lassen wollen, doch Dorn hatte als Großer Vater darauf bestanden, dass sie verschont und verbannt wurde. Hatte Beere etwa seine Anordnung missachtet und ihre Drohung doch wahr machen wollen?

»Haben die Morgenrötler –«, setzte er heiser an.

Ranke schüttelte den Kopf. Schon diese kleine Bewegung verursachte ihr so viele Schmerzen, dass sie die Augen zusammenkniff. »Nein. Ich fand meinen Krummbaum-Trupp wieder. Oder das, was von ihm übrig war.« Sie hustete. »Wir fanden einen Ort, wo wir unbehelligt leben konnten. Wir hielten uns an die Forderungen von Beere Kronblatt.«

»Wer hat dich dann so verletzt?«, fragte Dorn verwirrt.

»Nicht *wer*.« Sie hustete wieder und spuckte dunklen Speichel aus. »*Was*. Eine tödliche, schreckliche Pflanze wuchs in unserem Lager. Sie wuchs rasend schnell. Ihre Blüten verbrannten, bissen und töteten uns in wenigen Augenblicken. Sie fraß auch die Pflanzen, fraß die Bäume, fraß meine Freunde und Kameraden. Sie starben schreiend im Rachen der tödlichen Blüten.«

Nuss und Matsch schauten sich ungläubig an. Dorn sah Ranke an, in seinem Kopf drehte sich alles. »Was?«

Doch Spinne trat vor und bot seine Handflächen dar. Er nickte begeistert.

»Feuer!«, rief er. »Schönes Feuer!«

Dorn sog die Luft ein. Spinnes Handflächen sahen ebenso nackt und roh aus wie das offen liegende Fleisch von Ranke. Und dann erinnerte er sich, wie Spinne mit einem weißen Steinsplitter die Feuerblume zum Blühen gebracht hatte. Sie war klein gewesen und hatte rot und golden geflackert, aber Dorn hatte sich sehr darüber erschreckt. Es war eine entsetzliche Vorstellung, dass sie so groß werden konnte, dass sie Paviane und Bäume tötete. Dorn mochte gar nicht daran denken.

»Ich konnte fliehen«, krächzte Ranke in das Schweigen. »Nur ich und mein Baby. Aber ich bin zu nah an das Lager der Morgenröte gekommen. Die Wachen haben mich entdeckt. Ich habe Angst, Dorn Hochblatt. Ich habe Angst, dass sie mich wieder verfolgen. Und diesmal werden sie mich töten. Seht mich an. Kann ich mich wehren? Kann ich mein Baby beschützen?«

Er schüttelte den Kopf, brachte aber kein Wort heraus.

»Ich bin zu dir gekommen, Großer Vater Dorn, weil ich nirgends mehr hinkann.« Ranke neigte ihren Kopf. Dorn stellte sich vor, welche Überwindung es sie kosten musste, ihren einstigen Feind um Hilfe zu bitten. »Ich habe dich früher verletzt und bedroht, aber jetzt bist du Großer Vater und ich unterwerfe mich deiner Gnade. Ich weiß, dass ich das Gesetz gebrochen habe, und vielleicht ist das die Strafe dafür, aber der kleine Keimling hier hat diese Strafe nicht verdient. Er ist unschuldig. Ich bin jetzt und für alle Zeit ein Tiefwurz und ich bitte dich um Deinen Schutz und deine Hilfe.«

»Natürlich werde ich dir helfen«, platzte Dorn heraus. Er war entsetzt über ihren Zustand. »Natürlich werden wir dich beschützen!«

Nuss sah ihn an. »Die Morgenrötler werden davon nicht begeistert sein«, sagte er. »Sie wissen jetzt, dass sie am Leben ist, und werden sie suchen.«

»Das ist richtig«, erwiderte Dorn bitter. Er zweifelte allerdings, dass Beeres Rachsucht so weit ging, dass sie Ranke verfolgen ließ – er hoffte es zumindest. Viper und Klette würde sich jedoch sicher an ihre Fersen heften. »Der Trupp der Morgenröte stellt für Ranke und Keimling immer noch eine Bedrohung dar. Aber ich glaube, ich habe eine Lösung.«

»Was immer du vorschlägst, Großer Vater, wir werden gehorchen.« Ranke ließ den Kopf hängen.

Dorn berührte zaghaft ihren Arm. »Gehe ins Gebirge hinauf, wo die Geier leben«, sagte er. »Dort bist du sicher. Es ist keine Heimat für Paviane, aber du wirst überleben, und ich denke, dass die Geier dich beschützen werden. Die Fremdartigkeit dieser Umgebung wird deine Strafe für den Gesetzesbruch sein.«

»Ich werde gehorchen, Großer Vater.« Rankes Unterwürfigkeit war fast nicht auszuhalten. »Nur lass mich hier für eine Weile ausruhen. Ich gebe dir mein Wort, dass ich dann ins Gebirge gehen und niemals wiederkehren werde.«

»Natürlich musst du dich ausruhen«, sagte Matsch, auf dessen Gesicht immer noch das Entsetzen geschrieben stand. Er sprang vor und führte Ranke behutsam zu seinem eigenen Nest, das sich auf dem untersten Ast des Feigenbaumes befand. Selbst dieses kurze Kletterstück schien für sie qualvoll zu sein – sie verzog gequält das Gesicht, als sie nach einem Halt suchte, und keuchte krächzend. Doch das Baby drückte sie mit einer Pfote fest an sich.

Dorn konnte seinen Blick kaum von der jammervollen Pavianfrau abwenden, als er sich auf seinen eigenen Lieblingsbaum zurückzog. Er war froh, dass er ihr helfen konnte. Sie war nur noch ein armer, verwundeter Schatten jener stolzen Pavianfrau, die sie einmal gewesen war. Die Nachricht über die Feuerblume fügte seinen Sorgen eine weitere hinzu. Wieso war sie plötzlich in Bravelands erblüht und brachte Tod und Verderben mit sich?

Dorn schloss seine Augen, lehnte sich an einen dicken Ast und ließ seinen Geist über Bravelands schweifen. Bei seiner verzweifelten Suche nach Antworten und Erkenntnissen war ihm das in den vergangenen Tagen zur Gewohnheit geworden. Es brachte ihm weder das eine noch das andere, aber die Handlung selbst wurde von Mal zu Mal einfacher für ihn.

Er senkte seinen Geist in den eines Nashorns, das träge ein paar trockenen Akazienblättern zerkaute. Er spürte, wie das Blatt seine Oberlippe kitzelte. Sein Körper war stark und massig, sein Gehirn schon bei einfachen Gedanken überfordert. Seine dreizehigen Hufe tapsten über trockene Erde. Er hob seinen gehörnten Kopf und entdeckte eine Impalaherde. Ohne nachzudenken, machte er einen Sprung und war plötzlich nicht mehr schwer, sondern leicht und beweglich, als könnte er fliegen. Etwas bewegte sich im hohen Gras und er sprang fort, floh auf zartgliedrigen Hufen vor den donnernden Pranken eines Löwenrudels

Und war wieder im Nashorn. Als hätte er nur eine bebende, zerbrechliche Verbindung hergestellt, die beim Rennen geplatzt war. Seine Fähigkeit war also noch nicht vollkommen, aber er war fest davon überzeugt, dass er eines Tages in der Lage sein würde, ohne bewusste Anstrengung von einem Geist in den anderen wechseln zu können.

Irgendwie war er nicht nur das Nashorn, sondern auch die trockene, nach Regen dürstende Erde unter seinen schweren Hufen. Er war das Gras, das sich zwischen den anschleichenden Löwen bewegte. Er war die warme Luft, die schwer über der Savanne hing, die im Sonnenlicht flirrte und bewegungslos auf die Wolken wartete, die sich hinter dem Horizont zusammenballten. Er war in der unermüdlichen Bewegung der Herden, der Gnus und Zebras und Büffel, die zielstrebig wie ein Starenschwarm ihren Wanderrouten folgten.

Plötzlich erschütterte etwas Dunkles, Böses seinen schweifenden Geist. Er wusste sofort, wo er gelandet war. Es war der Geist eines Goldenen Wolfes.

Oh, der Hunger, das Frohlocken, die Lust am Terror! Er und sein Rudel waren eins – *ich bin wir* –, gemeinsam trotteten sie zu einer silbrig glitzernden Wasserstelle. Vor ihm, vor ihnen stoben die Tiere auseinander und rasten in Panik davon. *Wir sind die Goldenen Wölfe. Wir sind die Angst. Wir sind der Tod.* Er legte seinen schlanken Kopf nach hinten und stieß ein schreckliches Freudengeheul aus.

Dorn taumelte nach hinten und spürte wieder die raue Baumrinde an seinem Rücken. Er war wieder bei sich. Er atmete schwer und schnell und unter seinem Fell prickelte seine Haut vor Abscheu. Er blinzelte heftig, bis er sicher war, dass er sich wirklich wieder in seinem eigenen Wald befand, mit seinen eigenen Freunden, die am Rand der Lichtung werkelten, und mit Ranke, die zusammengerollt in Matschs Nest schlief. Er atmete schwer.

Diese Wölfe. Welche Lust sie am Bösen hatten. Aber nicht nur sie erfüllten Dorn mit Entsetzen. Ihm schwirrte der Kopf von dem Ausmaß seiner Vision.

Er war nur ein kleiner Pavian, und sein rascher Geist war die einzige Waffe, die er je besessen hatte. Wie sollte er Bravelands schützen, dieses unermesslich große, lebendige Land?

14. KAPITEL

IM HELLEN MORGENLICHT, unterhalb der großen weißen Felsen, grasten die Elefanten und schlenderten gelassen und ohne Hast hierhin und dorthin. Alle, so erschien es Aurora, hatten sich zu Paaren zusammengefunden. Hier, im Land der Herzen, fühlten sie sich sicher. An diesem Ort waren sie zu Hause. Bienenfresser schossen durch die Luft, ihr buntes Gefieder blitzte in der Sonne. Hoch oben am Himmel zog ein Geierpärchen seine Kreise.

Aurora stand für sich und riss lustlos an einem tief hängenden Akazienzweig. Sie betrachtete die neuen Paare traurig, aber ohne Groll. Sie wäre gern Teil davon gewesen, aber sie gehörte nicht an diesen Ort, nicht mehr. Solange sie das von sich sagen konnte, war sie zufrieden, freute sich sogar für die Paare, die sich im Schutz des Tales ihrer Zuneigung aufs Neue versicherten.

Das Problem war nur, dass ihre Blicke sie der Lüge überführten. Fast gegen ihren Willen schweiften sie zum jenseitigen Ende des Tales, immer auf der Suche nach dem, den sie kannte und der nicht kam. Immer, wenn sie einen dunkelhäutigen Elefanten erblickte, machte ihr Herz einen kleinen, unerbetenen Sprung.

War er es dort drüben bei den Bäumen, fast verdeckt von einer Gruppe junger Elefanten? Aurora wusste, dass es höchst unwahrscheinlich war, aber der junge Bulle hatte die richtige Größe, und seine Stoßzähne waren cremefarben wie die von Fels. Ihre Lippen waren noch um den blättrigen Zweig geschlungen, sie spürte ein Ziehen im Bauch. Aber als der dunkelhäutige Bulle sich zu ihr umdrehte, waren seine Augen nicht grün und blickten auch nicht in das Innere ihrer Seele. *Er ist es nicht. Keiner von ihnen ist Fels.*

Aurora seufzte und sah beharrlich auf den Boden, als der fremde Bulle, mit seiner neuen Eroberung scherzend, davonschlenderte. Würde sie sich nicht so nach ihrem geliebten Fels sehnen, könnte sie sich mit Dingen abgeben, die wirklich wichtig waren: die Betreuung der kleinen Horizont und der beiden Gepardenjungen, die das Elefantenbaby mit spielerischen Kämpfen und harmlosen, lustigen Überfällen unterhielten. Horizont schlug mit ihrem winzigen Rüssel nach Mops und Wiesel, die zwischen ihren Füßen hin und her hüpften. Alle drei kicherten vergnügt.

Sie nahm den Geruch eines anderen Elefantenbullen wahr. Es war ein Geruch, den sie kannte, der sie nicht bedrohte. Sie war sogar froh, sich mit einem Erwachsenen unterhalten zu können. Aurora drehte sich zu ihm um.

»Hallo, Flint.«

»Aurora.« Der alte Elefant stieß sie freundlich mit dem Kopf an. »Du siehst nachdenklich aus. Dies wird nicht leicht für dich sein.«

Sie wollte nicht darüber sprechen, selbst mit Flint nicht. Heiter fragte sie ihn: »Triffst du dich hier mit einer Gefährtin?«

»Wie?« Er lächelte belustigt. »Ich bin zu alt, Aurora. Ich werde nicht mehr als aussichtsreicher Gefährte betrachtet und außerdem habe ich nicht mehr die Kraft für Tändeleien. Ich habe viele Nachkommen und bin auf alle sehr stolz. Das ist mehr, als ich mir wünschen kann.« Er stieß ein polterndes Lachen aus. »Das Alter befreit von vielen Trieben, Aurora, aber es schenkt einem auch mehr Einsicht. Herumrennen und brüllen, andere Bullen angreifen und kämpfen? Das kommt mir heute so dumm vor.«

Aurora sah ihn neugierig an. Er hatte es ernst und ohne Bedauern gesagt. »Ich nehme an, es gibt Zeiten, in denen es Sinn ergibt. Wie nennt ihr das noch mal – Rausch?«

»Das ist richtig.« Flint lachte erneut. »So ein Unsinn, wenn ich daran zurückdenke. Aber wie ich sagte, es hat mir viele Kälber und Großkälber gebracht. Alles hat seine Zeit, Aurora.«

Aurora fragte sich, ob auch Fels und Brocken, wenn sie später einmal an den Kampf zurückdenken würden, bei dem Fluss gestorben war, sich sagen würden, dass das alles ein überflüssiger Unsinn gewesen sei. Es kam ihr sehr merkwürdig und ungerecht vor. »Und heute erlebst du keinen Rausch mehr?«

»Manchmal spüre ich es noch – oder ein Nachbeben davon, wie das Echo eines wilden Trompetenstoßes. Aber es ist keine Feuersbrunst, die alles verzehrt. Es ist eher ein verglimmendes Feuer im Gras.«

»Von Grasfeuern habe ich schon gehört, habe aber noch nie eins gesehen«, sagte sie stirnrunzelnd.

»Und ich hoffe, du wirst es auch nie erleben. In der trockenen Jahreszeit bricht manchmal Feuer aus. Dann würdest du verstehen, was ich meine. Brüllende Flammen, die alles verschlingen und von Bäumen, Büschen und dem Gras nur etwas übrig lassen, was Asche genannt wird. Genau wie der Rausch, Aurora. Die Erinnerung an den Rausch ist wie verglimmende Asche und Rauch, aber er wird nie mehr auflodern.«

Sie verstand nicht genau, was er mit diesem Feuer meinte. »Wie ist so ein Rausch? Beschreibe es mir, Flint, dann verstehe ich, was Brocken durchmacht …«

Sie schluckte und dachte für sich: *Und was Fels durchgemacht hat.*

»Es ist ein Anfall von Wahnsinn. Fast wie ein Blutrausch. Du weißt nicht, was Feuer ist, aber stelle dir einen heraufziehenden Sturm vor. Die Luft ist drückend, es herrscht eine schier unerträgliche, schwüle Hitze. Du weißt, dass es erst Erleichterung geben wird, wenn der Sturm losgeht. Er muss erduldet werden, auch wenn er wild und fürchterlich werden wird.«

Aurora konnte sich diesen vornehmen, ruhigen, alten Elefanten nicht in einem solchen Anfall von Wahnsinn vorstellen. Zögernd fragte sie: »Hast du schon einmal von einem Elefanten mit Namen Fels gehört?«

»Fels?« Flint kniff die Augen zusammen. »Der Name kommt mir bekannt vor … Ist etwas mit ihm geschehen?«

»Nicht unbedingt mit ihm«, erwiderte Aurora leise. »Er wurde aus seiner Herde ausgestoßen, weil er im Rausch eine Elefantenkuh tötete.«

Flint sah sie überrascht an und spreizte seine Ohren. »Das klingt unwahrscheinlich. Wenn Bullen im Rausch sind, greifen sie gewöhnlich ihre männlichen Kameraden an, aber nicht ihre künftigen Gefährtinnen.«

»Aber ich weiß, dass es geschehen ist«, entgegnete Aurora. »Mein Bruder Brocken hat es mir erzählt.«

»Brocken?« Flint schien zu überlegen. »Aber woher will er das wissen? Kein Elefant kann sich genau an das erinnern, was während eines Rauschs passiert ist. Es ist alles ... verschwommen.«

Aurora sah ihn überrascht an. Flints Worte weckten widerstrebende Gefühle in ihr. Einerseits war es beruhigend, dass es doch nicht genau so gewesen sein könnte, wie Brocken erzählt hatte, aber andererseits ... Aurora hatte gerade erst angefangen, die Untaten von Fels, die ihr Bruder geschildert hatte, zu verarbeiten. Hatte sich Brocken womöglich getäuscht? »Wenn man es genau herausfinden könnte ...«

»Aber das geht nicht.« Flint wackelte mit den Ohren. »Wir können nur Vermutungen anstellen. Der Rausch ist ein Rätsel, Aurora.«

Aurora sah ihm nach, als er weitertrottete. Ihr Herz war in Aufruhr. Sie spannte ihre Muskeln an und hob ihren Kopf. Vielleicht würde sie nie erfahren, was an diesem schrecklichen Tag geschehen war, aber eins wusste sie mit Sicherheit: Sie konnte es nicht auf sich beruhen lassen. Und vielleicht bestand doch eine Möglichkeit, die Wahrheit herauszufinden ...

In ihrer Nähe plauderte eine ältere Elefantenkuh freundlich mit einer Matriarchin aus den Wüstenlandschaften des Nordens. Aurora hatte sich mit beiden schon einmal unterhalten und ging jetzt auf sie zu. »Klippe. Samum. Darf ich euch etwas fragen?«

Sie drehten sich gleichzeitig um und klappten ihre Ohren nach vorn. »Aurora Wanderer!«, sagte die Matriarchin. »Nur zu!«

»Ob wir dir helfen können, ist eine andere Frage«, schmunzelte Klippe.

Aurora holte tief Luft. »Fluss von der Trekkerfamilie verunglückte in einer Schlucht hier in der Nähe«, sagte sie.

»Ja, das war ein trauriger Tag.« Samums Miene verdüsterte sich und sie schüttelte den Kopf.

»Könnt ihr mir sagen, wo diese Schlucht ist?«

»Gehe nicht dorthin. Es ist ein trügerischer Ort«, warnte Klippe.

»Aber ich muss« bohrte Aurora weiter. »Es gibt dort etwas, das mich interessiert. Ich werde vorsichtig sein, das verspreche ich.«

»Das möchte ich dir auch raten«, sagte Klippe. »Ich will Komet nicht erklären müssen, warum du nicht zurückkommst.« Die beiden sahen sich zögernd an, dann nickte Samum.

»Also gut, junge Dame. Du gehst an dem Baobab vorbei und dann in gerader Linie in Richtung der Felsspalte, die du oben am Berg siehst. Nach ungefähr einhundert Schritten öffnet sich vor dir plötzlich die Schlucht. Sei aber vorsichtig.«

»Ja«, ergänzte Klippe. »Sie kommt schneller, als du denkst. Pass also gut auf.«

Aurora neigte dankend ihren Kopf, drehte sich um und trottete in Richtung des Baobabs. Zwei kleine Schatten huschten um ihre Füße, sie blieb stehen und sah hinab.

»Dürfen wir mitkommen?«, rief Wiesel und schlug gegen ein trockenes Grasbüschel. »Uns ist langweilig.«

Aurora lachte leise. »Also gut. Aber die Schlucht ist gefährlich, ihr Kleinen. Ihr müsst immer an meiner Seite bleiben und dürft nicht vorausrennen.«

Die Felsspalte im Bergkamm war leicht zu erkennen und zunächst war Auroras Blick fest auf sie gerichtet. Doch als der Abstand zwischen ihr und den anderen Elefanten größer wurde, musste sie immer öfter an die Warnungen von Klippe und Samum denken. Im trockenen Boden waren teilweise sehr tiefe Risse, die sie nur mit großen Schritten überwinden konnte. Die beiden Geparde duckten sich und sprangen über sie hinüber. Aber kein Riss war so groß, dass er einem ausgewachsenen Elefanten hätte gefährlich werden können.

Klippe und Samum hatten recht gehabt: Die Schlucht tauchte ganz plötzlich hinter einer lang gezogenen, leichten Erhöhung auf. Zum Glück bemerkte Aurora sie noch rechtzeitig. Ihr Herz setzte kurz aus. Gemeinsam mit den Gepardenjungen kroch sie nach vorn und spähte über den Rand.

Ein Schauder fuhr durch sie hindurch und ihr wurde schwindelig. Die Schlucht fiel steil und tief ab. Kein Elefant wäre in der Lage, dort hinunterzuklettern, und kein Elefant würde einen Sturz auf die Felsbrocken, die in der Tiefe lagen, überleben. Aurora machte ein Bachbett aus, dessen wellenartig geriffelter Sandboden an Wasser erinnerte, jetzt aber staubtrocken war.

»Wiesel, Mops«, sagte sie leise. »Könnt ihr etwas für mich tun? Es ist gefährlich.«

»Super!«, rief Mops. »Wir haben dir doch gesagt, dass uns langweilig ist!«

»Aber ihr müsst vorsichtig sein«, mahnte Aurora.

»Versprochen«, sagte Wiesel feierlich.

Aurora holte Luft. »Könnt ihr bis zum Boden der Schlucht hinunterklettern?«, fragte sie. »Und könnt ihr dort nach Elefantenknochen suchen? Wenn ihr welche findet, bringt mir einen herauf. Schafft ihr das, ohne euch zu verletzen?«

»Na klar.« Mops stolzierte mit erhobenem Schwanz an die Kante, ihr Bruder hüpfte hinter ihr her. Im Nu waren sie verschwunden und Auroras Magen zog sich zusammen. Aber sie hörte immer noch ihr aufgeregtes Quäken und Schnattern.

»He, nicht drücken, Wiesel!«

»Dann mach mir mehr Platz! Oh, pass auf, ein loser Stein.«

Ihre Stimmen wurden leiser und verklangen schließlich ganz. Aber sie hörte auch keine Schreckensschreie oder das Geräusch von herabpolternden Felsen. Aurora zwang sich zur Geduld und atmete wieder auf.

Es war sehr still, die Luft mild und friedlich. Auroras Ohren zuckten, als sie weit hinter sich eine Unruhe vernahm. Unwillig wandte sie sich vom Rand der Schlucht ab und sah zu den Elefanten hinüber.

Hinter den Herden und hinter den Felswänden, die das Land der Herzen säumten, hatte sich eine Staubwolke über der Savanne erhoben. Aurora runzelte die Stirn. Sie sah noch einmal ängstlich zu den Gepardenjungen hinunter, dann drehte sie sich um und ging, die Staubwolke misstrauisch im Auge behaltend, ein paar Schritte zu den Herden zurück. Dort drüben bewegte sich etwas, sie konnte nur nicht erkennen, was es war.

Die Bewegung wurde plötzlich deutlicher, und sie erkannte eine schwarze Büffelherde, die auf das Land der Herzen zuraste. Im ersten Moment war sie nur eine ferne, schmale Linie, die vom Staub verdunkelt wurde. Aber sie kam schnell näher. Stampfend warfen sie ihre Hörner hoch und rollten mit den Augen. Selbst aus dieser Entfernung klang ihr Gebrüll panisch. Die Erde bebte unter ihren großen, donnernden Hufen.

Aurora zögerte und war hin und her gerissen. Sie sah wieder zur Schlucht, dann wieder zu der Büffelherde, die jetzt schon viel näher gekommen war. Ihr Herz pochte. Bald würden sie das Land der Herzen erreicht haben.

Den Jungen würde nichts passieren, überlegte Aurora. Jetzt war es wichtiger, den Herden zu helfen. Eilig lief sie zu den Elefanten zurück und fand Flint am Rand seiner Herde stehend. Er sah beunruhigt den herandonnernden Büffeln entgegen und hatte seine riesigen Ohren warnend gespreizt. Hinter ihm trompeteten die Elefanten, schlugen mit den Ohren und rührten mit ihren Stoßzähnen und Füßen aufgeregt den Staub auf.

»Was hat die Büffel so erschreckt?«, wunderte er sich laut, als Aurora sich neben ihn stellte.

»Ich weiß es nicht, aber sie halten nicht an«, sagte Aurora.

»Auf höheres Gelände!«, trompetete eine Matriarchin, die sich zwischen ihnen und den Büffeln befand. »Alle auf höheres Gelände!«

Ihre Worte schreckten die Elefanten auf, die sich umdrehten und begannen, sich von den herannahenden Büffel fortzubewegen. Gefährten fanden ihre Partner, Anführer ihre Herden und gegenseitig scheuchten sie sich aus der Gefahrenzone. Aurora sah sich nach ihrer Familie um und entdeckte schließlich Komet, die mit Regen und den anderen auf die Ausläufer des Berges zurannte. Nur Brise war stehen geblieben und suchte mit hoch erhobenen Stoßzähnen das Durcheinander ab.

Brise sucht ihr Baby. Und in diesem Augenblick entdeckte Aurora auch schon die kleine Horizont, die kopflos erst in die eine, dann in die andere Richtung rannte. Das Elefantenbaby blieb stehen, wackelte im Kreis und quiekte panisch. *Horizont kann ihre Mutter in dem ganzen Staub und Durcheinander nicht sehen.*

Aurora erhob ihren Rüssel. »Brise!«, trompetete sie. »Horizont ist da drüben!«

Brise wirbelte herum. »Horizont! Töchterchen, warte, ich bin hier!«

Horizont blieb verunsichert stehen. Sie sah zu Aurora hinüber, dann drehte sie sich nach ihrer Mutter um. Aurora und Brise rannten beide auf sie zu. Plötzlich schien Horizont sich entschieden zu haben und stürzte auf ihre Mutter zu ...

Und im selben Augenblick waren die Büffel da. Ein Ansturm von mächtigen schwarzen Körpern, ein Mahlstrom von donnernden Beinen und starken, schwingenden Hörnern – ein Krachen wie ein losbrechender Sturm. Aurora wich erschrocken zurück, als die Büffelherde an ihr vorbei und genau auf das Elefantenbaby zuraste.

»Horizont!«, schrie sie.

Aurora drehte sich nach links und nach rechts, streckte Stoßzähne und Rüssel empor und starrte verzweifelt in den Tumult. Sie erhob sich auf ihre Hinterbeine, versuchte, das Gleichgewicht zu halten, und spähte über die donnernde Masse. Und da sah sie noch etwas anderes außer den Büffeln: Streifen von flüchtigem Gold, flink und hinterhältig.

»Die Goldenen Wölfe!«, schrie sie entsetzt. Sie griffen nicht die Büffel an, natürlich nicht. Die Massenpanik war nur eine Ablenkung. Auroras Herz setzte aus. Wenn die Büffel nicht das Ziel waren, mussten die Wölfe hinter ...

»Horizont!« Aurora warf sich entschlossen in das Büffelmeer. Manche wichen ihr brüllend aus, andere krachten überrascht grunzend mit ihr zusammen. Sie spürte einen Aufprall an ihrem Bein, dann noch einen. Ein Büffel kam schlitternd zum Stehen, stolperte kopfüber zu Boden, rappelte sich wieder auf und galoppierte weiter.

Von Horizont keine Spur. Verzweifelt kämpfte sich Aurora

durch das Chaos und kniff die Augen vor dem Staub zusammen.

Sie blieb stehen, wurde ständig von rennenden Körpern angerempelt. Wieder krachte ein Büffel frontal auf sie und brachte sie ins Schwanken, aber sie behielt ihr Gleichgewicht. An dieser Stelle hatte sie das Kalb zuletzt gesehen, sie war sich ganz sicher. Aber zwischen der stampfenden schwarzen Masse war keine Spur von Horizont, nicht einmal ein Fußabdruck. Düfte und Fährten waren von der trampelnden Horde ausgelöscht worden. Aurora drehte sich im Kreis und brüllte Horizonts Namen, aber ihre Schreie gingen im Getöse unter.

Schreckliche Erinnerungsfetzen stürmten auf sie ein: der kleine Mond, der, angsterfüllt und hilflos, von den Löwen zerfleischt wurde. Kaltes Entsetzen packte sie: Mond hatte sie nicht rechtzeitig erreicht. *Horizont musste sie erreichen!*

Es darf nicht noch einmal geschehen. Horizont darf nicht sterben!

Aber was sollte sie tun? Diese Büffelflut wollte kein Ende nehmen, die Herde rannte und rannte, ganz gleich, ob Aurora unter ihr begraben wurde …

Nein. Da und dort entstanden Lücken, als die Hauptherde auf die Hügel zuraste und kleinere Gruppen von Büffeln ihr folgten. Aurora holte Luft und schöpfte neue Hoffnung, als es um sie freier wurde. Doch dann musste sie einer Gruppe von einem Dutzend Nachzügler ausweichen, und im nächsten Moment kam noch ein Büffel, der brüllend hinter seinen Kameraden herrannte.

Die Herde lichtete sich. Aurora rang nach Luft und sah den letzten vereinzelten Büffeln nach, die hinter ihrer Herde herrannten. Die Staubwolke hob sich und Aurora konnte endlich mit neuer Hoffnung die freier werdende Ebene absuchen. In diesem Chaos konnten die Wölfe Horizont nicht herausgegriffen haben. Sie mochten geübte Jäger sein, aber sie konnten sie unmöglich durch diesen Ansturm von Tieren gescheucht haben. *Horizont muss hier irgendwo sein, sie muss …*

»Horizont! Horizont!« Brises entsetztes, verzweifeltes Trompeten drang durch die plötzliche Stille.

Aurora trottete vor und zurück und starrte über die aufgewühlte, staubige Ebene, bis ihre Augen tränten. Angst schnürte ihr die Kehle zu, als sie schließlich die schreckliche Wahrheit erfasste: Horizont war nicht mehr da. Mit einem halb unterdrückten Verzweiflungsschrei drehte sie sich um und rannte zur Mutter des verschwundenen Babys.

»Brise!«

Die Augen der Mutter waren panisch aufgerissen. »Aurora, sie haben mein Baby! Sie haben Horizont gestohlen! Die Wölfe. Ich habe sie gesehen!«

»Nein. Nein.« Aurora versuchte, sich und Brise vom Gegenteil zu überzeugen, und klammerte sich an eine schwache Hoffnung. »Hier ist kein Blut. Hier habe ich Horizont zuletzt gesehen und auf der Erde ist kein Blut. Sie haben sie nicht getötet.«

»Vielleicht jetzt noch nicht. Aber sie haben sie mitgenommen!«

Die riesige Büffelherde hatte die felsigen Bergausläufer erreicht, machte kehrt und galoppierte wieder in die Richtung, aus der sie gekommen war. Ihr blinder Galopp verlangsamte sich, als sie merkten, dass sie nicht mehr verfolgt wurden. Aurora blickte ihnen nach, als sie wieder auf die staubige Savanne trotteten. Die anderen Elefanten kehrten ebenfalls zurück und sammelten sich um Brise und streichelten sie tröstend mit ihren Rüsseln. Die Bullen kamen herbei und stellten sich, immer noch unruhig mit den Ohren schlagend, neben ihre Gefährtinnen.

Aurora wandte sich an Flint. »Die Wölfe haben das Baby von Brise gestohlen!«

»Was?«, polterte dieser entsetzt.

»Mein Kalb?« Spross rannte vor und streichelte Brise mit dem Rüssel. »Sie haben mein Baby gestohlen! Meine Horizont!«

Flints alte Augen funkelten entschlossen. »Wir werden sie finden, Spross. Wir werden sie zurückbringen!«

»Wir werden ganz Bravelands nach ihr absuchen, wenn nötig«, pflichtete Brocken ihm bei und schlug heftig mit den Ohren.

»Ich komme mit, Brocken«, verkündete Wald mit einem Blick auf Aurora. »Ich möchte auch helfen.«

»Und wir auch.« Ein halbes Dutzend junger Elefantenbullen trat vor.

»Ich danke euch«, sagte Spross. Sein gequälter Blick suchte die Savanne ab. »Dann lasst uns gehen!«

»Sucht sämtliche Gräben und alle Bachbette in der Nähe der Felsen ab«, befahl Flint. Er sah plötzlich wieder kraftvoll aus wie der junge, starke Herdenführer, der er einst gewesen war. »Die Wölfe sind wahrscheinlich noch bei den Ausläufern der Berge – sie können die Ebene noch nicht verlassen haben. Sie hätten Horizont nicht so weit geschleppt, ohne sie –« Er schüttelte den Kopf, als wollte er seinem Gedankengang nicht weiter folgen. »Wir werden sie finden. Wir werden das Kalb von Brise und Spross finden.«

Die Elefanten machten sich entschlossen auf den Weg, um sämtliche Ecken und Enden der Felsen abzusuchen, die die Ebene im Osten begrenzten. Der Staub senkte sich allmählich, verschleierte aber immer noch die Berghänge. *Ach, wäre Dorn doch hier*, dachte Aurora verzweifelt. *Er würde diese Wölfe im Nu finden.*

Aber das konnte sie auch. Wild entschlossen hob sie ihren Rüssel und sah in Richtung Schlucht. Sie stutzte. Die Gepardenjungen. *Sie können das Gelände vielleicht viel schneller absuchen als die Elefanten*, überlegte sie.

Doch keiner der Elefanten schien die Schlucht anzusteuern, die das Gelände zur Wüste hin tief einschnitt. Die Elefanten konzentrierten sich eher auf die Ausläufer des Berges. Aurora entschied sich, zur Schlucht zu gehen.

Die Luft klarte immer mehr auf. Die Büffel waren längst fort und hatten nur Verwirrung hinterlassen. Aurora nieste Staub aus, endlich atmete sie wieder reine Luft. Sie spähte nach links in die Ferne. Hatten die Wölfe das Land der Herzen doch schon verlassen? Flint hatte das nicht angenommen. Warum hätten sie das auch tun sollen?

Trotzdem meinte Aurora, draußen, wo das Grasland in dürre Ödnis überging und die Wüste begann, eine Bewegung zu erkennen. Das waren keine Büffel. Diese rennenden Gestalten waren viel kleiner und es waren auch viel weniger. Aurora rannte los und ließ im donnernden Lauf die Flanken des Pavianberges seitlich liegen.

Als sie das Land der Herzen hinter sich gelassen hatte, bekam sie fast keine Luft mehr. Endlich konnte sie das Szenario genauer erkennen: geschmeidige goldene Gestalten, die brutal eine größere Gestalt vor sich hertrieben. Horizont!

Die Wölfe kniffen das Kalb in die Fersen, bissen in sein Hinterteil und trieben es weiter voran, obwohl es vor Angst laut quiekte. Einer der Wölfe sah zurück und entblößte seine Fangzähne, als er Aurora erblickte.

Er jaulte etwas, woraufhin die anderen aus dem Rudel schneller wurden. Doch Horizont war an der Grenze ihrer Kraft angekommen. Sie konnte nicht noch schneller laufen, auch wenn die Wölfe ihr mit dem Tode drohten. Als Aurora, besessen vor Wut, vorwärtsstürmte, machte einer der Wölfe einen Sprung nach oben, packte das Elefantenbaby am Rüssel und brachte es zum Stehen. Das Kalb stolperte und sank auf die Knie.

Nun drehten sich alle Wölfe um und sahen fauchend der herandonnernden Aurora entgegen. Diese blieb schlagartig vor ihnen stehen und sah wütend auf die Wölfe herab. Sie spreizte ihre Ohren und schwang ihre Stoßzähne vor und zurück.

»Rührt sie nicht an!«, trompetete sie. »Lasst sie in Ruhe!«

Sie senkte ihre Stoßzähne und holte aus. Die Wölfe stoben bei dem Angriff auseinander und wichen Aurora mühelos aus. Sie jaulten und heulten höhnisch. Aurora blieb abrupt stehen und richtete ihre Zähne gegen eine Wölfin, die mit hämischem Gebell leichtfüßig davonsprang.

»Wir nehmen uns das zarte, kleine Elefantenherz. Schade, dass es so klein ist!«

»Aber größer als ein Impalaherz!«, jaulte ein anderer Wolf.

»Wahr. Wahr!«

»Ihr lasst sie in Ruhe!« Aurora sah mit Entsetzen, dass das Hinterteil des Elefantenbabys aufgebissen und blutig war. Sie zitterte vor Wut. Sie lief auf die Kleine zu und stellte sich schützend über sie. Den Wölfen warf sie einen warnenden Blick zu.

Wachsam aber gierig kreisten die Wölfe sie ein. Aurora schnaubte drohend und drehte ihren Kopf hin und her, um alle im Auge zu behalten.

Sie waren klein, aber sie waren so viele, und in ihren Augen flackerte etwas Mörderisches. Ein kalter Schauer fuhr durch Auroras Adern.

»Ach, den kleinen Elefanten wollen wir gar nicht«, kreischte die Anführerin. »Viel zu klein, gar nicht fett!«

»Mager!«, ergänzte ihr Stellvertreter.

»Aber dein Herz ...« Die Anführerin leckte ihre Lefzen. Geifer tropfte auf die trockene Erde.

Auroras Kehle war wie zugeschnürt und ihr Herz hämmerte heftig gegen ihre Brust. Der Staub brannte in ihren Augen und sie musste blinzeln. Wahrscheinlich war es nur eine Sinnestäuschung im gespenstischen Licht in Verbindung mit ihrer Erschöpfung, aber sie bildete sich einen Moment lang ein, dass sie nicht Wölfe, sondern Löwen vor sich sah. Schattenhafte Löwen, die neben den Wolfsgestalten einherschlichen.

Aurora kniff kurz ihre Augen zusammen, dann starrte sie wieder auf das Rudel. Die geisterhaften Löwen waren verschwunden, sie sah nur die grausamen Gesichter hungriger Goldener Wölfe.

»Kommt doch, wenn ihr euch traut, mein Herz zu stehlen«, knurrte sie.

Sie hatte sich zu sehr auf die vor ihr lauernden Wölfe konzentriert. Jetzt spürte sie erschrocken, wie sich Krallen in ihre Flanke bohrten. Sie drehte sich um und holte gegen die Wölfe aus, die sich von hinten angeschlichen hatten. Einer sprang unglaublich hoch und landete auf ihrem Rücken. Seine Krallen bohrten sich tief in ihr Rückgrat.

Aurora schüttelte sich in panischer Angst. Ein Wolf fiel jaulend zu Boden, wurde aber gleich von zwei anderen abgelöst. Entsetzen packte Aurora. Sie holte wieder mit ihren Stoßzähnen aus, als ein anderer Wolf ihren Rüssel anfiel und sich so fest darin verbiss, dass ihr vor Schmerz schwindelte.

Staubwolken und gleißendes Sonnenlicht wirbelten durch ihr Sichtfeld. Sie verlor das Gleichgewicht und fiel taumelnd auf die Knie. Das war doch nicht möglich – das konnte nicht sein. Diese Wölfe waren so dünn und klein. Sie konnten doch nicht sie, eine ausgewachsene, junge Elefantenkuh, zu Fall bringen.

Nur, sie verhielten sich gar nicht wie Wölfe. Eine Erinnerung blitzte in Auroras angststarrem Gedächtnis auf. Sie griffen wie Löwen an, das war es. Hatte ihre Vision sie davor warnen wollen? Dass diese Wölfe die Kraft und Brutalität von Löwen besaßen? *Nein, das kann nicht sein –*

Sie schüttelte heftig ihre Schultern und schleuderte die Wölfe, die sich an ihr festkrallten, ab. Nun konnte sie endlich wieder nach Horizont schauen. Das Elefantenkalb stand taumelnd auf und einen Moment lang trafen sich ihre Blicke.

Ein riesiger Wolf schlich auf Aurora zu. Seine Augen leuchteten in der staubigen Luft ungewöhnlich golden, seine Zähne funkelten. Aurora drehte sich entschlossen zu dem Kalb um.

»Renn!«, brüllte sie Horizont an. »Renn!«

Das Letzte, was sie sah, bevor der Wolf sie ansprang und ihr seine Krallen ins Gesicht schlug, war das winzige Elefantenkalb, das auf die weite Wüste zustürzte. Horizont entkam.

Aurora spürte eine Welle der Erleichterung, selbst dann noch, als das herabströmende Blut ihre Sicht verwischte.

Danke, Großer Geist. Danke. Und jetzt könnt ihr mich haben.

15. KAPITEL

HELDENMUTS PRANKEN SCHMERZTEN. Wie musste es erst Kaltschnauze und Quälgeist gehen, die so viel jünger und kleiner waren. Ihr kleines Rudel war bereits eine gefühlte Ewigkeit unterwegs. Nachdem sie den Todeswald endlich hinter sich gelassen hatten, war die Erde trocken und heiß geworden und verbrannte ihre empfindlichen Pfotenballen. In der sandigen Ödnis wuchs kaum ein Grashalm.

Heldenmut blieb stehen und hob zur Abkühlung im Wechsel die Pranken hoch. Dann schnüffelte er an einem kargen Stein, an dem ein paar verkümmerte Pflanzen klebten. Er nagte an einer, aber ihr Saft schmeckte bitter. Er schüttelte seine Mähne und spuckte aus.

»Keine Spur von Titan«, knurrte er mit einem Blick auf Eifer.

Doch dieser hörte ihm nicht zu. Er stand teilnahmslos ein Stück weiter vorn und zuckte mit dem Schwanz.

»Eifer!«, versuchte es Heldenmut noch einmal. »Riechst du auch nur einen Hauch von Titan?«

Eifer drehte seinen Kopf zu ihm um und blinzelte. »Es hat keinen Zweck, Heldenmut. Wir könnten ewig suchen und kein Härchen von ihm finden. Schau dir die Jungen an.« Er deutete nickend auf Kaltschnauze und Quälgeist, die gekrümmt und schwer atmend hinter ihnen hertapsten. »Sie sind erschöpft. Sie können nicht mehr viel weiter. Das können wir ihnen auch nicht abverlangen.«

»Aber wir müssen ganz in der Nähe sein!«, widersprach Heldenmut. »Es kann nicht mehr weit sein.«

Mit einem Blick auf Quälgeist sagte Eifer leise: »Selbst wenn wir Titan finden würden, wären wir zu erschöpft, um gegen ihn zu kämpfen.«

Heldenmut betrachtete die Löwenjungen mit ihren herabhängenden Köpfen und matten Augen und musste seinem Freund verbittert recht geben. »Nur noch ein kleines Stückchen«, bat er. »Lass uns noch ein bisschen weitergehen.«

Eifer seufzte resigniert. »Also gut.«

Die vier Löwen trotteten weiter über die rissige, heiße Erde. Heldenmut versuchte, die gleißende, brennende Sonne auf seinem Rücken zu ignorieren. Diese Gegend war ein echter Fehlschlag, aber welcher Löwe ließ sich durch eine kleine Unannehmlichkeit schon entmutigen?

Ein kluger Löwe, sagte eine leise Stimme in seinem Kopf, *denn für die Jungen ist es mehr als eine kleine Unannehmlichkeit.*

Heldenmut warf seinen Kopf zurück und ignorierte seine innere Stimme.

Etwas huschte zwischen die Steine und für einen Augenblick fühlte Heldenmut frischen Mut durch seine Adern fließen. Er machte einen Satz, steckte eine Pranke zwischen die Steine und bohrte seine Kralle in etwas Weiches, Nachgiebiges.

Er zog die Pranke wieder heraus und warf mit triumphierendem Brummen eine sich krümmende Eidechse vor

Kaltschnauzes und Quälgeists Pfoten. »Hier. Etwas zum Fressen. Wir machen eine Pause.«

Quälgeist hatte immer noch genug Kraft, um spöttisch ihr Schnäuzchen zu verziehen, als sie sich auf den Boden fallen ließ. »Großartiges Fressen«, maulte sie.

Trotzdem schnappte sie sich die Eidechse und fauchte Kaltschnauze warnend an.

»Ich fresse zuerst, Nichtsnutz.« Quälgeist holte mit ihrer kleinen Pfote aus und traf seine Nase. Kaltschnauze zuckte zurück.

»He!«, knurrte Heldenmut verärgert. Er hob die mittlerweile tote Eidechse auf. »Wer sich so benimmt, bekommt gar nichts. Hier bist du nicht die noble Erbin von Titan.« Er warf die Eidechse zu Kaltschnauze, der sich dankbar über sie hermachte.

Er wandte sich von Quälgeists wütenden, hungrigen Blicken ab und ließ sich neben Eifer nieder. »Sie wird von Tag zu Tag nerviger«, polterte er.

Eifer nickte und legte seinen Kopf auf die Vorderpranken. »Ich weiß nicht, wie lange ich sie noch ertrage. Wenn wir wieder in der Savanne sind und sie allein überleben kann, würde ich sagen, dass wir die Göre wegschicken. Sie macht nur Probleme. Und sie macht Kaltschnauze nur unglücklich.«

Heldenmut leckte Eifers Ohr. »Ich ... bin anderer Meinung«, sagte er leise. »Ich denke, dass Quälgeist uns noch nützlich sein kann. Wir sollten sie bei uns behalten.« Er zögerte einen Moment und überlegte, ob er es aussprechen sollte. Dann knurrte er: »Das hätte Stachel getan.«

»Stachel?« Eifer hob ruckartig seinen Kopf.

»Genau. Stachel war böse, ich weiß. Aber er war auch

schlau. Er wusste, wie er Dinge zu seinem Vorteil wenden konnte.«

»Stachel Kronblatt wäre der Letzte, dem du nacheifern solltest«, fauchte Eifer.

»Das werde ich auch nicht, Eifer. Versprochen.« Heldenmut sah seinen Freund an. »Aber es wird nicht einfach sein, Titan zu besiegen. Stachel hätte gewusst, wie er das anstellen muss. Und ich ... ich denke einfach, wenn ich mir vorstelle, was er tun würde, könnte uns das vielleicht von Nutzen sein ...«

Eifer erhob sich und sah ihn böse an. »Weißt du was, Heldenmut? Dir ist wichtiger, was Stachel denken würde, als was ich meine. Und ich bin derjenige, der hier lebt und atmet, genau hier neben dir!«

»Nein!«, protestierte Heldenmut und setzte sich auf. »Ich lege großen Wert auf deine Meinung, Eifer, wirklich! Aber ich ... ich habe einen Eid geschworen. Verstehst du das nicht? Ich habe geschworen, Titan zu töten, und habe keine andere Wahl, als das durchzuziehen. Dafür brauche ich jede Hilfe, die ich bekommen kann.«

»Sogar die eingebildete Hilfe eines toten Pavians?« Eifer kräuselte sein Maul.

»So ist das doch überhaupt nicht gemeint!«, explodierte Heldenmut. Er erhob sich und sah seinem Freund in die Augen. »Ich bitte ihn nicht um Hilfe, das geht nicht! Ich versuche nur, mir vorzustellen, was er getan hätte. Das ist nicht so schlimm, Eifer! Was schadet es, wenn es hilft, Titan zu töten?«

»Dass du einem Gesetzesbrecher nacheiferst?« Eifer schnaubte. »Weißt du, was du zu leicht vergisst, Heldenmut? Du bist nicht der Einzige, dem Titan unrecht getan hat. Erinnerst du dich daran, wie wir uns kennengelernt haben? Du warst Teil des Titanrudels, als diese Bestie meinen Vater tötete!«

»Ich weiß das ...«

»Ach, wirklich? Manchmal denke ich, du hast es vergessen.« Eifers Augen funkelten vor Wut. »Ich habe Titan gehasst, weil er Furchtlos getötet hat. Aber wem nützt mein Hass? Also habe ich ihn abgelegt. Weil ich wusste, dass ich sonst mein ganzes Leben lang von Rachegedanken besessen wäre! Ich wäre so von der Vergangenheit blockiert, dass ich nicht mehr in die Zukunft schauen könnte!« Er sah Heldenmut wütend an, sein Atem ging schnell und stoßweise. »Und so bist du jetzt, Heldenmut. Du denkst nur noch an die Vergangenheit. Genau jetzt, in diesem Augenblick, ist Titan für dich wichtiger, als ich es bin.«

Heldenmut trat einen Schritt zurück. Er war schockiert. »Das stimmt nicht«, knurrte er.

»Doch, genau so ist es. Du solltest dir das eingestehen. Vielleicht würdest du dann wieder einen Sinn im Leben finden.«

»Ich habe einen Sinn im Leben«, brüllte Heldenmut. Der Zorn brannte in seiner Kehle. »Ich werde Titan finden und ich werde meinen Eid erfüllen. Wie jeder anständige Löwe es tun sollte! Ich werde Titan töten – erst dann werde ich wieder in die Zukunft blicken können. Was soll eine Zukunft, wenn ich zum Eidbrecher werde?«

Eifer sah ihn lange an und schwieg. Ausnahmsweise konnte Heldenmut seinen Blick nicht lesen – oder, gestand er sich ein, er hatte Angst, ihn zu lesen.

Während die beiden jungen Löwen sich angespannt und regungslos anstarrten, zog ein Geruch in Heldenmuts Nase, und er schnüffelte unwillkürlich. *Büffel.*

Es war nicht nur Hunger, der in ihm aufflammte, es war auch Erleichterung. Auch wenn es eine höchst gewöhnliche Unterbrechung war, so mussten er und Eifer sich wenigstens nicht mehr voller Verachtung gegenüberstehen.

»Riechst du das? Wir könnten jagen.«

»Wir beide und zwei Löwenjunge gegen einen Büffel?«, spottete Eifer.

»Komm, wir versuchen es«, knurrte Heldenmut. »Sei doch nicht so negativ.« *Wie mit allem*, hätte er am liebsten noch hinzugefügt. »Komm schon!«

Als sie in die Richtung rannten, aus der der intensive, grasige Geruch kam, bemerkte Heldenmut, dass sein Freund, entgegen seiner Bedenken, neue Kraft geschöpft hatte. *Er würde genauso gern wie ich ein paar Bissen Büffelfleisch fressen.* Über der trostlosen Ebene lag eine dichte Staubwolke. Ein gutes Zeichen, denn dann musste es sich um eine große Herde handeln. Vielleicht waren auch ein paar Kälber darunter, Neugeborene, die hinter den anderen zurückblieben, denn erwachsene Büffel konnten einem Löwen alle Knochen im Leib brechen …

Ein verzweifelter Schmerzenslaut zerriss die Luft. Heldenmut stockte der Atem und er blieb stehen. Er hob seinen Kopf und nahm in der leichten Brise Witterung auf. Er kannte diesen Geruch, er kitzelte in seiner Nase. Aber das war nicht möglich … oder doch …?

»Das ist …« Er schnüffelte noch einmal und runzelte die Stirn. »Das ist Aurora!«

»Aurora Wanderer?« Eifer blieb neben ihm stehen, seine Ohren zuckten enttäuscht. Sehnsüchtig sah er auf die Büffelspur.

»Ja!« Heldenmut schüttelte den Kopf, als wieder ein gequälter Trompetenstoß ertönte. »Pass auf, dass Kaltschnauze und Quälgeist hierbleiben, Eifer. Ich muss zu ihr!«

»Du musst *was?*« Aber Eifers verärgerter Ausruf verhallte hinter Heldenmut, der schon davongestürzt war.

Aurora konnte nicht weit entfernt sein. Heldenmut hörte deutlich ihre rasenden Schreie, und als er durch den gelblichen Dunst näher kam, entdeckte er ein blutiges Gemenge am Boden. Er kniff die Augen zusammen, um in der staubigen Luft besser sehen zu können. Die junge Elefantenkuh lag auf der Seite, trotzdem versuchte sie, ihren Kopf zu heben und sich gegen ihre Peiniger zu wehren. Heldenmut sog wütend die Luft ein.

Die Wölfe. Die Goldenen Wölfe!

Ein Dutzend oder mehr dieser Bestien machten sich an Auroras ausgestrecktem Körper zu schaffen. Sie bissen und zerrten an ihr, bohrten ihre scharfen Krallen in ihren Leib und scharrten mit ihren Hinterbeinen. Ein besonders großer Wolf hatte seine Schnauze um Auroras breite Kehle gelegt, als wäre er ein viel größeres Raubtier, das einen viel jüngeren Elefanten ersticken wollte.

Was denken diese brutalen Bestien eigentlich, wer sie sind?, dachte Heldenmut fassungslos. *Löwen?*

Er zögerte nicht einen Moment. Kaum war er in Reichweite, sprang er den großen Wolf an und stieß ihn von Aurora hinunter. Er packte ihn mit den Zähnen im mageren Nacken, schüttelte ihn, brach ihm das Genick und biss ihm gleichzeitig die Kehle durch. Er schleuderte den schlaffen Körper des Wolfs von sich und wandte sich den anderen zu.

Diese duckten sich überrascht. Fauchend richtete Heldenmut sich auf und hieb mit seinen Pranken um sich. Seine Krallen gruben sich tief in ihr Fleisch. Jaulend und kreischend wirbelten die Wölfe herum und machten sich aus dem Staub. Ihre verwundeten Kameraden schleppten sich hinter ihnen her. Heldenmut machte sich nicht die Mühe, sie zu verfolgen. Er hatte bemerkt, dass ihre Anführerin, Heimsuchung, nicht dabei war. Er brüllte noch einmal aus voller Kehle, drohend und voller Verachtung, dann wendete er sich wieder Aurora zu.

»Aurora«, sagte er ängstlich. »Aurora Wanderer!«

Die junge Elefantenkuh zitterte am ganzen Leib, aber sie rappelte sich auf und stemmte ihre Vorderfüße in den Boden. Keuchend hielt sie einen Moment inne und Heldenmut betrachtete besorgt ihre zahlreichen Wunden.

Über ihr Hinterteil, ihren Hals und ihren Rücken verliefen tiefe Kratz- und Bisswunden. Aus einer klaffenden Wunde auf ihrer Schulter lief dunkles Blut auf die trockene Erde. Ihre Verletzungen sahen schmerzhaft aus, aber nicht lebensbedrohlich, wie Heldenmut erleichtert feststellte.

»Aurora, was ist passiert?«

Endlich stand sie auf allen vieren. Sie schwang taumelnd und zitternd hin und her.

»Sie hätten mich umgebracht«, krächzte sie benommen. »Es hätte lang gedauert, aber sie hätten es geschafft. Ich danke dir, Heldenmut.«

»Nicht nötig«, knurrte er. »Sie bilden sich ein, sie seien Löwen, aber sie sind nur Abschaum. Es war nichts Besonderes.«

»Es war außerordentlich.« Aurora schloss die Augen und strich mit der Spitze ihres Rüssels über seine Mähne. Dann riss sie erschrocken die Augen auf. »Horizont! Ist sie in Sicherheit?«

Heldenmut sah sich stirnrunzelnd um. »Horizont?« Die Staubwolke verzog sich ein wenig und er sah nicht weit entfernt eine Gestalt. Kleine Ohren, die unglücklich wackelten, ein winziger, dünner Rüssel, der verzweifelt hin und her wedelte. »Ist sie das da drüben? Wenn ja, dann lebt sie. Sie wirkt verängstigt, aber sie lebt.«

Aurora drehte sich um. Sie humpelte schwerfällig auf das Elefantenbaby zu. Heldenmut trottete neben ihr.

»Dann haben die Wölfe also die Wahrheit gesagt«, murmelte sie, als sie ihren Rüssel nach dem Baby ausstreckte. »Sie wollten nicht sie. Sie wollten mich.«

»Vergiss diese Bestien«, fauchte Heldenmut.

Horizont starrte ihn aus großen, weiß geränderten Augen an, ihre kleinen Ohren zitterten. Sie drängte sich etwas näher an Aurora heran.

»Das ist Heldenmut, meine Kleine«, flüsterte Aurora. »Hab keine Angst. Er ist mein Freund.«

»Genau«, sagte Heldenmut und versuchte, möglichst liebenswürdig und möglichst wenig bedrohlich auszusehen, doch das Baby riss seine Augen nur noch weiter auf und drückte sich noch enger an Aurora. »Ich bringe euch zu eurer Herde zurück. Wo ist sie?«

Aurora deutete mit ihrem Kopf erschöpft zu ein paar Felsvorsprüngen. »Im Land der Herzen, dort drüben hinter der Wüste. Sieh nur, sie kommen schon. Wir haben alle nach Horizont gesucht. Ich hatte wohl das *Glück*, sie zu finden …« Sie lachte bitter und etwas abgehackt.

Die Elefanten trotteten eilig auf sie zu – es waren sehr viele, männliche und weibliche Tiere gemischt, wie Aurora verblüfft feststellte. Der Anführer war ein großer grauer Bulle, der Heldenmut irgendwie bekannt vorkam. Als die Herde sich um Aurora und Horizont scharte und sich eine Elefantenkuh mit weit aufgerissenen, furchtsamen Augen durch die Menge drängte, stieß Aurora das Baby leicht in ihre Richtung.

»Horizont!«, rief sie und drückte den kleinen Elefanten mit dem Rüssel an sich. »Mein Kalb! Du bist in Sicherheit. Ich danke dir, Aurora.«

»Danke Heldenmut«, sagte Aurora matt. »Er hat uns beiden das Leben gerettet.«

Der große Elefantenbulle streichelte Aurora mit seinem Rüssel und berührte mit unendlicher Zärtlichkeit ihre Wunden. »Aurora, meine Schwester«, brummte er. »Du bist schwer verletzt. Sehr schwer verletzt.«

»Es geht schon wieder, Brocken«, erwiderte sie. »Die Wunden sehen schlimm aus, sind aber nicht besonders tief.«

Brocken hob seinen Kopf und spreizte warnend seine Ohren. Seine Augen sprühten Funken. »Wer ist denn das?«

Heldenmut drehte sich um. Eifer sah verblüffend klein aus, als er zwischen den Elefantenbeinen hindurchlief. Die Löwenjungen, die neben ihm liefen, wirkten geradezu winzig. Da fiel Heldenmut zum ersten Mal auf, dass er sich selbst inmitten einer Ansammlung gefährlicher Tiere befand, die viel größer waren als er, so groß, dass sie ihn leicht mit den Füßen hätten zerquetschen können. Er hatte plötzlich das Gefühl, die Haut würde über seinen Knochen zusammenschrumpfen, doch dann riss er sich zusammen und versuchte, möglichst würdig und stark auszusehen.

»Das ist Eifer«, knurrte er in der tiefsten Stimmlage, die er aufbringen konnte. »Keine Sorge. Er ist ein Freund.«

Er wusste, dass Eifer ihn für verrückt hielt, weil er davongerannt war, um einen Elefanten zu retten. Er wusste, dass Eifer wütend auf ihn war, weil er von seiner Rache an Titan so besessen war. Und doch las er aus dem ernsten Gesichtsausdruck seines Freundes, aus seinem bewussten, langsamen Gang noch etwas anderes. Eifer blieb vor der Elefantenherde stehen. Heldenmut sah ihn neugierig an. Kaltschnauze und Quälgeist warteten ein Stück weiter hinten – selbst Titans Töchterchen konnte beim Anblick der Elefanten nicht verhindern, dass ihr Fell bebte.

»Heldenmut, dort hinten liegt etwas Furchtbares«, sagte er leise und sah zu den Elefanten hoch. »Ihr Elefanten sollt wissen, was wir gefunden haben. Aber ich möchte gleich klarstellen: Das, was eurem Freund widerfahren ist, hat nichts mit uns zu tun.«

Durch die Elefantenherde ging ein verärgertes und gleichzeitig neugieriges Grollen. Brocken schnaubte verwirrt und rechte mit einem Fuß über den Erdboden.

Heldenmut stellte seine Ohren auf. »Wovon sprichst du, Eifer?«

»Ein Elefant, wie gesagt.« Eifer hob ruckartig seinen Kopf und deutete hinter sich. »Ein toter Elefant.«

16. KAPITEL

»EINDEUTIG WÖLFE«, sagte Nuss. »Ganz eindeutig.«

Die vier Paviane starrten auf den mit Blättern übersäten Boden der Große-Vater-Lichtung. Auf den sandigen Wegstücken, die die Elefanten gerodet hatten und die noch nicht von neuem Grün überwuchert worden waren, waren deutliche, schmale Pfotenabdrücke zu sehen.

Spinne kauerte sich, die Vorderpfoten über die Spuren gespreizt, auf den Boden und atmete tief ein. »Ja«, sagte er, »das waren Wölfe.«

Dorn betrachtete die Fährten mit einem entmutigenden Gefühl im Bauch. Die Abdrücke waren frisch – die Wölfe waren in ihr Lager gekommen, während sie alle geschlafen hatten. Keiner von ihnen hatte etwas gehört. Sie hätten alle im Schlaf getötet werden können.

»Wenigstens ist Ranke nicht mehr da«, murmelte Dorn. »Ein Baby wie Keimling wäre eine willkommene Beute für sie gewesen.«

»Schau, da drüben«, rief Matsch und zeigte auf einen großen, alten Mahagonibaum am westlichen Rand der Lichtung. »Hier waren sie auch. Siehst du die Krallenspuren?«

»Sie haben nicht gerade versucht, ihren Besuch geheim zu

halten«, bemerkte Nuss. Er hüpfte zu Matsch hinüber und betrachtete die Kratzer in der Rinde. »Nein, das ist etwas anderes. Das sind keine Wolfsspuren, Matsch. Hier ist jemand auf den Baum geklettert.«

Spinne schlurfte zu ihnen hinüber. Seine Eidechse lugte nervös über seine Schulter. Er drückte sein Gesicht an die Rinde. »Nee. Das waren auch Wölfe. Spinne kennt den Geruch.«

»Das ist doch verrückt.« Nuss riss seine Augen auf. »Das ist unmöglich. Wölfe können nicht auf Bäume klettern.«

»Diese schon.« Dorn war hinter seine drei Freunde getreten und starrte den Baumstamm an. »Ich habe euch doch von Auroras Vision erzählt? Vom Tod des kleinen Flusspferdes? Das Baby sah, wie sich die Wölfe unter der Wasseroberfläche wie Krokodile heranschlichen.« Er schluckte. »Wenn sie wie Krokodile schwimmen können, können sie auch wie Leoparden klettern.«

»Aber …« Nuss berührte zitternd die Kratzspuren. »Das wäre nicht auszudenken, Dorn. Das würde ja bedeuten …«

»Es bedeutet, dass sie die Eigenschaften der Tiere, die sie getötet haben, in sich aufnehmen«, sagte Dorn. »Aurora hat das schon vermutet. Sie fressen nicht nur die Herzen, sondern stehlen auch ihren Geist und ihre Kraft.«

Die vier Paviane sahen sich schweigend an. Sie hätten vielleicht noch viel länger so schreckensstarr dagestanden, wären sie nicht von Hufgetrappel gestört worden, das aus dem Wald herüberschallte.

Dorn drehte sich um und sah ein halbes Dutzend Zebras auf die Lichtung traben. Ihre Augen waren weiß gerändert und ihr Fell verschwitzt. Angst packte ihn, als er feststellte, dass er sie kannte. Er rannte ihnen entgegen.

»Raumähne! Was ist passiert? Warum seid ihr nicht auf eurer Wanderung?«

Das vorderste Zebra kam stolpernd zum Stehen. Es sah erschöpft aus, neigte aber ehrerbietig den Kopf. »Großer Vater. Wir dachten, dass du es wissen solltest.«

»Was?«, fragte Matsch und sprang an Dorns Seite. Er warf seinem Freund einen besorgten Blick zu.

»Die Wanderung ... sie verlief schlecht.« Raumähne ließ seinen Kopf sinken. »Ein Überfall ... sie haben Silberstreif getötet und sein ... Herz genommen. Seinen Geist. Wir sind vor Schreck davongelaufen.«

»Verständlich«, murmelte Nuss zornig.

Dorn hatte einen Kloß im Hals. »Sie haben euren Anführer getötet?«

»Die Wölfe haben die ganze Herde in ein Sumpfgebiet getrieben. Viele von uns sind dort ertrunken.«

Spinne kratzte sich am Ohr. »Aha, eine alte Hyänentaktik, wenn Spinne sich nicht irrt.«

Dorns Kehle war wie zugeschnürt. Entgeistert sah er Raumähne an. »Es ... es tut mir so unendlich leid. Ich hätte euch niemals sagen dürfen, dass es sicher wäre, auf die Wanderung zu gehen.«

»Es ist nicht deine Schuld, Großer Vater!« Ein anderes Zebra hatte sich nach vorn gedrängt und stand jetzt neben Raumähne.

»Natürlich machen wir dir keine Vorwürfe!«, ergänzte Raumähne. »Wer hätte solche Gräuel vorhersehen können? Sie gehören nicht zu Bravelands – sie sind Abschaum!«

»Wir dachten nur«, sagte ein drittes Zebra bescheiden, »dass es unsere Pflicht sei, dich zu informieren, Großer Vater. Wir mussten dir diesen abscheulichen Gesetzesbruch melden.«

Dorn sah die Zebras schweigend an. Er schüttelte den Kopf. Wieso hatte ihm ein so katastrophaler Fehler unterlaufen können, wenn der Große Geist ihn leitete? »Nein, meine Freunde«, sagte er ruhig. »Ich mache mir Vorwürfe, und es tut mir leid, was passiert ist. Ich schwöre euch – ich werde alles in meiner Macht Stehende tun, um diese Wölfe zu stoppen.«

Die Zebras sahen sich an. Raumähne nickte betrübt.

»Wir wissen das, Großer Vater. Wir vertrauen dir.«

Sie drehten sich um und trotteten niedergeschlagen und erschöpft von dannen. Dorn sah ihnen nach, sein Herz schnürte sich zusammen.

Ich lüge sie an. Was unternehme ich denn gegen die Wölfe? Nichts!

»Dorn.« Matsch berührte ihn leicht an der Schulter. »Dorn, ich weiß, wie betroffen du bist, aber ... es sind noch andere Tiere gekommen, die deinen Rat wollen.«

»Jetzt schon?«, flüsterte Dorn. Eine kleine Schar Erdmännchen huschte auf die Lichtung. Sie richteten sich erwartungsvoll auf ihre Hinterbeine auf, ihre Schwänze standen steil in die Höhe.

Nun, dies war jetzt seine Aufgabe. Seine Berufung, die er zu erfüllen hatte. »Seid gegrüßt«, sagte er und versuchte, eine möglichst kraftvolle, autoritäre Miene aufzusetzen. »Was kann ich für euch tun, meine Freunde?«

»Großer Vater«, pfiff der Anführer. »Großer Vater, wir wollten dir nur sagen ...«

»Sagen, was wir gesehen haben«, fiel ein anderes Erdmännchen ein.

»Etwas Schlimmes!«, quiekte ein drittes und drängte sich nach vorn.

»Etwas Schreckliches!« Ein viertes Erdmännchen hüpfte vor, um Dorns Aufmerksamkeit zu bekommen.

Der Anführer blickte seine Schar streng an, dann wandte er sich wieder an Dorn, wobei er ein paar Blätterreste von seinem Brustfell bürstete.

»Ein Pavian«, teilte er mit. »Wir haben gesehen, wie ein Pavian von einem anderen Pavian angegriffen wurde. Der erste Pavian war eine Mutter und sie hatte ein Baby dabei! Aber der böse Pavian hat sie getötet!«

Dorn stellte sich auf seine Hinterpfoten. »Was?«, flüsterte er. Ihm wurde schlecht.

Das Erdmännchen holte tief Luft und setzte noch einmal an. »Ein Pavian. Wir haben gesehen, wie ein Pavian von einem anderen Pavian angegriffen wurde. Der erste Pavian war eine Mutter …«

»Schon gut, ich habe verstanden«, unterbrach ihn Dorn mit erhobenen Pfoten. »Ihr braucht es mir nicht noch einmal erklären.« Und mit banger Stimme sagte er: »Führt mich hin.«

»Arme Ranke«, flüsterte Dorn.

Die vier Paviane starrten auf den leblosen, mageren, von alten Brandnarben übersäten Körper des ehemaligen Kronblatts. Rankes Augen waren groß und leer, aber eine frische Verletzung war nicht zu sehen. Wären diese toten Augen und die eingetrocknete Blutlache unter ihrem Kopf nicht gewesen, hätte man glauben können, sie schliefe nur. Die Erdmännchen hatten sich um sie versammelt und waren endlich still.

Dorn ging in die Hocke und drehte den Leichnam vorsichtig um. Rankes Hinterkopf war ein Brei aus Knochensplittern und Blut. Bebend stieß er die Luft aus.

»Keine Spur von ihrem Jungen, Keimling«, sagte Nuss finster. »Wer immer sie getötet hat, muss ihn mitgenommen haben. Oder irgendein Raubtier.«

»Oder er ist einfach weggelaufen«, sagte Dorn, vor Mitgefühl zitternd. »Ohne seine Mutter wird er im Wald nicht überleben.«

»Armer kleiner Keimling«, murmelte Spinne. »Wegrennen ist keine gute Idee, weiß Spinne. Er wird vom Baum fallen. Oder gefressen werden.«

Dorn wollte sich nicht vorstellen, was Keimling alles zustoßen konnte. »Diese Wunde.« Seine Stimme hatte einen harten Klang angenommen, als er auf Rankes Kopf zeigte. »Es gibt nur einen Pavian, der auf diese Weise tötet.«

»Genau«, sagte Matsch bitter. Er hob einen gezackten Stein auf, der in der Nähe der Leiche lag, und zeigte ihn herum. Blut und Fell klebten daran.

Dorn konnte den Blick nicht von der Waffe wenden. Er erwartete halb, dass Stachel mit höhnischem, triumphierendem Grinsen hinter einem Baum hervortreten würde. Mit einem Stein hatte Stachel auch Borke Kronblatt den Schädel eingeschlagen. Mit einem Stein hatte er versucht, Dorn zu töten. Und wer waren die natürlichen Erben von Stachels Niedertracht?

»Die Kronwachen«, flüsterte Dorn. »Sie müssen das getan haben.«

Matsch nickte grimmig. »Beere Kronblatt hat dein Urteil über Ranke akzeptiert«, sagte er. »Aber Klette, Viper und die anderen waren immer dagegen.«

Dorn erstickte beinahe vor Zorn. »Ich werde mich darum kümmern.« Er drehte sich zu den Erdmännchen um. »Ich danke euch, dass ihr mir von diesem furchtbaren Gesetzesbruch berichtet habt. Ich verspreche euch, dass ich die Täter finden und Ranke und Keimling irgendwie Recht widerfahren lassen werde. Matsch, Nuss, Spinne, ihr bleibt bei dem Leichnam. Ich werde mich allein darum kümmern.«

Bevor die Erdmännchen antworten konnten, war er schon auf und davon. Er blickte nicht einmal zurück, um zu sehen, ob die drei Freunde ihm gehorchten. Er rannte und rannte und sein Herz dürstete nach Gerechtigkeit. Ungehorsam gegenüber dem Großen Vater war eins, aber eine säugende Mutter zu ermorden – eine Mutter, die bereits verletzt und geschwächt war? Das war zu viel. Dorn stürmte zum Langbaumlager. Er musste die Zähne zusammenbeißen, um nicht in Wutgeheul auszubrechen.

Als er auf die Kronblattlichtung stürzte, fand gerade eine Versammlung statt, doch das kümmerte ihn nicht. Er schob sich durch eine Menge entrüsteter Paviane.

»He!«, rief Blüte Heilblatt. »Hier muss niemand drängeln!«

»Dorn?«, sagte Lily, als sich auch andere erstaunt nach ihm umdrehten.

»Was willst du hier?«, wollte Splitter wissen.

»Wir haben eine Versammlung!«, rief der alte Zweig. »Das ist in höchstem Maße regelwidrig!«

Dorn ignorierte ihre Proteste und Klagen und rannte bis zum Kronstein vor. Zwischen ihm und Beere Kronblatt standen die Kronwachen in einer disziplinierten Reihe und starrten ihn voller Verachtung an. Dorn blieb stehen, richtete sich auf und erwiderte ihre Blicke, ohne auch nur mit der Wimper zu zucken.

Beere erhob sich auf ihre Hinterbeine und sah finster auf ihn herab.

»Was soll das?«, fragte sie kalt. »Mein Trupp und ich haben gerade die Wiederaufnahme der Drei Hochtaten diskutiert – die du, Großer Vater Dorn, einst abgebrochen hast. Was soll nun diese neuerliche Störung?«

»Diese Störung«, sagte Dorn mit geballten Fäusten, »geschieht wegen Ranke Tiefwurz, einer ermordeten Mutter und ihrem hilflosen Jungen Keimling.« Er sah Beere über die Köpfe der Kronwachen hinweg zornig an. »Das Gesetz wurde schmählich und offen gebrochen. Es wurde von deinen Kronwachen gebrochen. Sie waren es, die Ranke ermordet haben.«

Auf der Lichtung trat Stille ein. Die Paviane sahen ihn erstaunt an, niemand sagte auch nur ein Wort. Einige sahen beunruhigt auf Beere, die selbst sprachlos war.

»Wie kannst du es wagen!«, platzte sie schließlich hervor und entblößte ihre Fangzähne. »Was fällt dir ein, Dorn Hochblatt! Meine Kronwachen haben mit diesem Tod nichts zu tun. Wie kannst du nur eine solche Ungeheuerlichkeit behaupten? Kannst du das beweisen?«

Dorn starrte sie an und einen Augenblick lang meldete sich in seinem Inneren ein leiser Zweifel. Wo waren seine Beweise?

Er hatte keine. *Ich weiß es einfach.* Er biss die Zähne zusammen.

»Ranke wurde von einem Pavian umgebracht!«, fauchte er. »Daran besteht kein Zweifel. Und die einzigen Paviane, die ein Interesse daran haben, sind deine Kronwachen!«

»Also keinen einzigen Beweis!«, zischte Beere.

Als die beiden Gefährten sich anfunkelten, kam in den Reihen der Kronwachen Unruhe auf. Zwei aus der vordersten Linie traten zur Seite und sahen überrascht nach hinten.

Zwischen ihnen trat Klette nach vorn, sein einzelnes Auge glitzerte hasserfüllt und er grinste Dorn verächtlich an.

»Er braucht keinen Beweis, mein Kronblatt.« Klette sah nicht Beere, sondern Dorn an. »Ich habe Ranke getötet und ich gestehe es voller Stolz. Ich habe sie zum Wohle dieses Trupps getötet.« Nun richtete er seinen Blick endlich auf Beere. »Was du längst hättest tun sollen.«

Den Pavianen auf der Lichtung verschlug es den Atem, erstauntes Murmeln war zu hören.

»Ruhe! Seid alle still!« befahl Beere. Doch in ihren Augen glänzten Fassungslosigkeit und Angst, als sie den Befehlshaber ihrer Kronwachen ansah.

»Klette.« Ihre Stimme zitterte. »Das kann nicht wahr sein!«

Er zuckte die Achseln. »Warum sollte ich es sonst zugeben? Auch wenn es eigentlich kein Geständnis ist, denn ein Geständnis würde Schuld voraussetzen. Ich empfinde keine Schuld. Diesem Pavian den Schädel einzuschlagen, war einer der stolzesten Momente meines Lebens.«

Beere starrte ihn mit offener Schnauze an. Ihr fehlten die Worte. Schließlich schluckte sie und schüttelte sich. »Eine säugende Mutter«, krächzte sie. »Wie konntest du das tun, Klette?«

»Wie ich schon sagte. Mit Stolz.« Er warf anmaßend den Kopf nach hinten. »Es war ein Racheakt für all ihre Unverschämtheiten und Beleidigungen. Für die Ehre unseres Trupps. Ranke hatte den Tod verdient.«

Beere richtete sich hoch auf, ihre Augen blitzten. »Dann

bist du nicht länger Mitglied meiner Kronwache!«, schrie sie. »Du bist nicht länger ein Hochblatt. Von diesem Augenblick an bist du wieder ein Tiefwurz. Und du wirst ein Tiefwurz bleiben bis zum Ende deiner Tage!«

Klette stocherte in seinen Zähnen, dann betrachtete er ungerührt den Samen, den er herausgezogen hatte. Er sah überhaupt nicht beunruhigt aus, dachte Dorn mit einem unbehaglichen Kribbeln im Fell. Der einäugige Pavian verzog verächtlich das Gesicht, sah kurz die anderen Kronwachen an und zuckte wieder die Achseln. Erst dann richtete er das Wort wieder an Beere.

»Tut mir leid, Beere«, sagte er höhnisch grinsend, »aber du besitzt nicht länger die Befugnis, mich zu degradieren.«

Dorn zog scharf die Luft ein. Erschrockenes Murmeln machte sich auf der Lichtung breit und ein paar entrüstete Protestschreie waren zu hören. Aber nicht viele, bemerkte Dorn. Nicht genug.

Ein Gefühl des Grauens zog seinen Magen zusammen. Es war, als löste sich alles auf, was er je gekannt hatte, jede Gewissheit. *Alles fällt auseinander*, dachte er mit banger Vorahnung.

»Kronwachen!«, schrie Beere. »Nehmt Klette gefangen!«

Dorn beobachtete die Kronwachen, wie sie Blicke wechselten und nickten. Ein paar von ihnen gingen auf Klette zu. Andere Wachen folgten. *Gut*, dachte Dorn. *Die anderen Wachen werden mit ihm fertigwerden.* Klette war doch zu weit gegangen.

Dann drehten sich alle Wachen zum Kronstein um. Sie standen herausfordernd an Klettes Seite und sahen zu Beere hinauf.

Klette lächelte.

Das Schweigen war so schwer, als könnte es den Wald erdrücken. Dorn traute seinen Augen nicht, seine Kehle war ganz trocken, als läge ein schwerer Stein darin. Hinter ihm, aus dem Trupp, hörte er ein paar erschrockene Schluchzer, ein paar schwere Atemzüge … und ein paar gedämpfte Zustimmungsrufe. Seine Haut kribbelte.

»Ein Kronblatt«, erklärte Klette, »ist ein überholtes Konzept. Dafür haben wir Beweise. Denken wir nur daran, was in den vergangenen Jahreszeiten alles geschehen ist.« Er lehnte sich großspurig an den Kronstein und schürzte seine Lippen, als würde er nachdenken. »Borke und Raff – sie waren schwach, freundlich ausgedrückt. Diese zwei Kronblätter haben den Aufstieg von Stachel erst ermöglicht. Von ihm – deinem Vater – wollen wir lieber gar nicht erst reden …« Klette sah zu Beere hoch. »Und nun …?«

Klette spuckte aus, bevor er in einem glatten, bedrohlichen Tonfall fortfuhr: »Und nun haben wir Beere Kronblatt: eine Pavianfrau, die es zulässt, dass ihr Gefährte sich in die Führung dieses Trupps einmischt. Sie lässt Dorn diktieren, wie sich der Trupp der Morgenröte zu verhalten hat, wie wir zu leben haben. Andererseits … Beere ist Stachels Tochter. Was hätten wir auch anderes erwarten sollen.«

»Alles Lügen!«, rief Beere. Ihr Augen blitzten vor Zorn.

Und endlich gab es ein paar lautstarke Proteste aus dem Trupp.

»Beere ist nicht Stachel!«, schrie Mango zornig.

»Sie ist ein weises Kronblatt!«, rief eines der Heilblätter. »Wie kannst du nur solche Dinge behaupten, Klette?«

»Weil sie wahr sind«, fauchte Klette. »Alle unsere Kronblätter haben uns, den Trupp der Morgenröte, im Stich gelassen. Sie haben nicht zum Wohl des Trupps, sondern nur für ihr eigenes Wohl gehandelt. Das geht jetzt schon zu lange, und wir, die Kronwachen, sagen: Jetzt ist Schluss! Wir brauchen keine mangelhaften Führer. Von jetzt an werden wir, die Kronwachen, unsere Weisheit bündeln und alle Paviane vertreten. Wir werden den Trupp zum Wohle aller führen!«

»Nein!«, schrie Mango zornig und stürmte nach vorn, flankiert von Blüte und Zweig, die ihr wütend und entschlossen folgten.

Aber Klette zuckte nur kurz mit der Pfote, worauf sechs Kronwachen vorwärtseilten, um sie aufzuhalten. Sie fielen über die drei Rebellen her, rangen sie nieder, schlugen auf sie ein.

»Halt«, schrie Beere. »Klette, das muss sofort aufhören!«

Doch dieser beachtete sie nicht. Mango, Blüte und Zweig fauchten und wehrten sich nach Kräften, aber sie waren in der Unterzahl und wurden bald unter einem Haufen wütender, starker Paviane begraben. In dem erschrockenen Schweigen der übrigen Paviane klang das Geräusch der schlagenden Pfoten besonders abscheulich. Beere stieß ein kurzes, zorniges Schluchzen aus.

»Habe ich – haben wir uns klar ausgedrückt?«, fragte Klette und blickte kalt über den Trupp.

Kein weiterer Pavian sprang zur Verteidigung des Kronblatts vor, und Dorn musste den Knoten runterschlucken, der sich in seinem Hals bildete. Er wusste, dass Beere um ihr Leben fürchten musste, wenn er nicht etwas unternähme.

Er schob sich entschlossen nach vorne, vorbei an den drei geschundenen, blutenden Gestalten. Er drehte sich zum Trupp um und fletschte seine Zähne.

»Hört mir zu! Beere ist eure Anführerin! Das wisst ihr alle. Ihr habt sie selbst zum Kronblatt gewählt – sie hat sich den Kronstein nicht selbst angeeignet. Ihr habt gewählt! Sie ist eure rechtmäßige Anführerin – nicht diese Schläger hier!«

Viper sprang zu ihm vor und stieß ihn leicht mit der Pfote an. Hämisch rief sie: »Hier? Habt ihr das gesehen? Ist das euer Großer Vater? Ernsthaft? Der Große Geist lebt doch nicht in diesem erbärmlichen Affen.« Ihre Lippen kräuselten sich geringschätzig. »Seitdem er zum Großen Vater aufgestiegen ist, hat er diesem Trupp nur geschadet. Er hat seine Position dafür missbraucht, uns zu schwächen, wo er nur konnte.«

»Ganz recht, Viper – selbst Stachel ist nicht so tief gesunken.« Klette nickte. »Er war böse, ja, aber als Großer Vater hat Stachel unserem Trupp zu Macht und Stärke verholfen. Er hat Paviane zu Treibblättern befördert! Er hat uns über alle Tiere von Bravelands Autorität verliehen! Was hat Dorn jemals für uns getan?«

»Nichts!«, rief ein Pavian von hinten. Dorn sah schockiert zu Knospe hinüber, der ihn feindselig und verbittert ansah.

Viper lächelte Dorn kurz an, dann wandte sie sich wieder an den Trupp. »Glaubt ihr weisen Paviane wirklich, dass der Große Geist uns so etwas antun würde? Dass der Große Geist einen Anführer wählen würde, der seinesgleichen bei jeder Gelegenheit angreift?«

Die Luft knisterte. Kein Pavian erhob seine Stimme zu Dorns Verteidigung. Manche sahen schuldbewusst zu Boden, andere sahen ihn mit ebenso viel Feindseligkeit an wie Knospe.

»Er ist ein Falscher Anführer«, verkündete Viper mit einem zufriedenen Nicken. »Dorn Hochblatt: Du bist nicht unser Großer Vater.«

Dorn war viel zu verletzt und schockiert, um etwas zu sagen. Ihm war, als hätte ihm jemand sämtliche Atemluft aus dem Körper gepresst. Er hatte Angst vor einem Zusammenbruch. Als der leise Singsang begann, hörte er die Worte ganz deutlich.

»Falscher Anführer. Falscher Anführer.«

Es begann als leises Murmeln und schwoll dann an. Andere Beleidigungen mischten sich unter die Worte.

»Falscher Großer Vater.«

»Falsches Kronblatt.«

»Falscher Anführer.«

Die Kronwachen führten den Chor an, aber alle Paviane des Trupps stimmten mit ein.

»Falscher Anführer. Falscher Anführer.«

Die Stimmen trommelten an seine Ohren und ihm wurde schwindelig. Wenn es Stimmen zu seiner Verteidigung gab, so gingen sie im Lärm der Ablehnung unter.

»Falscher Anführer. Falscher Anführer. FALSCHER ANFÜHRER!«

Klette erhob eine Pfote und sofort trat Stille ein.

»Hiermit erkläre ich«, sagte er feierlich, »dass Dorn und Beere ab sofort verbannt sind, verschmäht und verstoßen. Keiner von euch möge zum Langbaumlager zurückkehren. Ihr seid hier nicht mehr erwünscht.« Er zog triumphierend die Luft ein. »Verschwindet, ihr niederträchtigen Verräter, und kehrt nie mehr zurück.«

Einen schrecklichen Augenblick lang dachte Dorn, er und Beere sollten ermordet werden, denn die Paviane rannten schnatternd und kreischend in Scharen nach vorn. Aber sie hatten es nur auf den Kronstein abgesehen. Sie bewarfen ihn von oben bis unten mit Kot und fauligen Früchten, verschmierten und schändeten ihn, bis er nicht mehr zu erkennen war. Beere wich, so gut es ging, aus, taumelte und rutschte vom Stein hinab. Sie wankte, nach Luft ringend, nach hinten, schlug die Pfoten über ihre Schnauze und sah zu, wie ihr ehemaliger Trupp das Symbol ihrer Autorität entweihte.

Rasende Angst ergriff Dorn. Er sah zu den Kronwachen hinüber, deren Augen boshaft und bedrohlich glühten.

»Beere«, drängte er, »wir müssen hier weg!«

Er packte sie am Arm und zog sie fort, während die Kronwachen vortraten und Steine aufhoben, die sie in ihren Pfoten hin und her warfen. Mit einem verzweifelten Schrei drehte Beere sich schließlich um und rannte mit ihm davon.

Dorn sprang zwischen den Bäumen hindurch, setzte über Felsen und tote Äste und flüchtete so weit und so schnell er konnte vor dem Krawall am Kronstein. Manchmal sah er über seine Schulter, aber Beere war immer noch da und rannte genauso kopflos wie er. Ihre Augen waren vor Verzweiflung und Verwirrung weit aufgerissen. Dorn wurde erst langsamer, als er sicher war, dass niemand sie verfolgte und sie weit genug von der Kronsteinlichtung und dem aufgebrachten Pulk entfernt waren.

Er sprang auf einen modrigen Baumstamm und rang keuchend nach Luft. Sein Herz hämmerte wie wahnsinnig. In der Ferne hörte er Gebrüll und Jubelschreie. Vögel stoben erschrocken in die Luft. Aber keiner der Paviane machte Jagd auf sie. Das mussten sie gar nicht, dachte Dorn mit einem flauen Gefühl im Magen. Für den Trupp der Morgenröte waren er und Beere so gut wie tot.

Sein Herz sehnte sich nach der Gefährtin. Er streckte eine

Pfote aus, um Beere auf den Baumstamm zu helfen, aber sie schlug sie mit blitzenden Augen weg.

»Das ist alles deine Schuld«, fauchte sie. »Allein deine!«

»Beere, beruhige dich. Bitte.« Bestürzt und verzweifelt griff er nach ihr.

»Rühr mich nicht an«, knurrte sie. »Das wäre nie geschehen, wenn du nicht versucht hättest, den Trupp der Morgenröte herumzukommandieren. Nicht du warst unser Kronblatt, sondern ich! Aber du bist ständig mit deinen dummen Belehrungen und großspurigen Urteilen gekommen. Du hast meine Autorität untergraben, Dorn.«

»Nein, Beere! Ich wollte dir doch nicht schaden. Ich …«

»Vielleicht wolltest du nicht, aber du hast es getan!«

Zorn wallte in ihm auf. »Und vielleicht wäre das alles nicht geschehen, wenn du nicht die stärksten Paviane zu mächtigen Kronwachen ernannt hättest. Sieh nur, was dabei herausgekommen ist … sieh doch, was sie getan haben! Waren die Starkzweige deines Vaters nicht Warnung genug für dich?«

Sie sah ihn mit großen Augen an. »Was fällt dir ein, meinen Vater ins Spiel zu bringen!«, zischte sie. »Ich habe für den Trupp der Morgenröte mein Bestes gegeben!« Ihre Stimme steigerte sich zu einem Kreischen. »Behauptest du etwa, ich sei wie Stachel?«

»Ich habe dich gewarnt, die Kronwachen aufzustellen!«, schrie Dorn. »Kein Wunder, dass sie dachten, sie dürften Ranke umbringen. Du hattest selbst gesagt, du wolltest ihren Tod. In ihrer Gegenwart!«

»Ich habe Ranke nicht umgebracht! Ich bin für Klettes Taten nicht verantwortlich! Klette dachte, er könnte tun, was er will, weil du meine Autorität untergraben hast! Du, Dorn!«

Der Zorn in ihren goldenen Augen war schier unerträglich. Dorn wich zurück und schwieg. *Was machen wir hier?* Er wusste plötzlich, dass er mit seinen Anschuldigungen wegen Rankes Tod zu weit gegangen war. Ihm wurde speiübel.

Beere fletschte ihre Zähne und zischte: »Du bist vielleicht ein echter Großer Vater – ich vertraue dem Großen Geist immer noch, auch wenn ich nicht weiß, was er sich dabei gedacht hat –, aber du bist ein schrecklicher Großer Vater.« Und dann knurrte sie aus tiefster Kehle: »Und ein noch schrecklicherer Gefährte. Du behauptest, du würdest mich lieben? Wann hast du mir das jemals gezeigt?«

Dorn versuchte zu sprechen. Wörter bildeten sich in seiner Kehle, Wörter, die sie beruhigen, sie zu ihm zurückbringen, die alles zwischen ihnen wieder in Ordnung bringen würden. Aber er brachte kein Wort heraus. Seine Kehle war ausgetrocknet und wie zugeschnürt, sein Herz vor Pein wie gelähmt.

»Ich will dich nie mehr wiedersehen, Dorn. Du hast mein Leben ruiniert. Halte dich von mir fern, von dem, was von mir noch übrig ist.«

Beere schüttelte heftig ihren Kopf, drehte sich rasch um und verschwand in den Tiefen des Waldes.

17. KAPITEL

AURORAS KEHLE WAR WIE ZUGESCHNÜRT, und ihr Herz hämmerte wild, als sie und die kleine Gruppe von Elefanten hinter Heldenmut über die ausgetrocknete Ebene stapften. Sie wollte sich nicht ansehen, was Eifer und die Löwenjungen gesehen hatten, aber es musste sein.

Der tote Elefant war deutlich zu erkennen, ein kauernder, dunkler Fleck auf dem sonst so fahlen, trockenen Gras. Brocken blieb über der leblosen Gestalt stehen. Er drehte sich nach ihr um und hob warnend seinen Rüssel, aber er musste nichts sagen. Aurora wusste plötzlich, wer dort lag. Sie rannte los, der Schmerz bohrte sich wie ein Stachel in ihr Herz.

»Wald.« Sie blieb neben dem Leichnam stehen und sog gepeinigt die Luft ein.

Heldenmut trottete schnüffelnd um den toten Körper. »Du kennst diesen Elefanten?«

»Ja«, schluchzte sie.

»In seiner Brust ist eine Wunde.« Brocken berührte mit der Rüsselspitze sacht den Brustkorb und öffnete ihn. Die Brusthöhle war leer. »Sie ... haben sein Herz genommen.«

»Das ist unmöglich«, sagte Flint und schwang erregt seinen Rüssel hin und her. »So etwas darf nicht geschehen!«

»Aber es ist so«, polterte Brocken bitter.

»Unheil«, hauchte Komet mit schreckensweiten Augen. »Wie kann ein Wolfsrudel, und sei es noch so groß, einen ausgewachsenen Elefantenbullen töten? Wie Flint gesagt hat – es ist unmöglich!«

»Die Goldenen Wölfe können alles«, knurrte Heldenmut.

Aurora traute sich kaum, Wald anzusehen, aber sie biss die Zähne zusammen und zwang sich dazu. Das war sie ihm schuldig. Wäre sie weniger abweisend gewesen, hätte sie ihm eine Spur Hoffnung gemacht, dass sie seinem Werben nachgeben würde, wäre der arme Wald gar nicht auf die offene Ebene hinausgegangen. »Oh, Wald«, flüsterte sie gequält, »es tut mir so leid.«

Brocken strich ihr zärtlich über die Seite. »Es ist nicht deine Schuld, Aurora. Du darfst dir keine Vorwürfe machen.«

»Er war so … so liebenswert«, murmelte Aurora. »Ein so edler Elefant und so sanft.«

»Aber er hat hart gekämpft.« Flint zeigte mit seinen Stoßzähnen auf ein paar tote Wölfe, die nicht weit entfernt lagen.

Aurora dachte daran, was über die Macht der Wölfe erzählt wurde. War es wirklich so, dass sie die Stärke der Tiere, die sie töteten, in sich aufnahmen? Der tote Wald schien der Beweis dafür zu sein, denn es gab kein Tier, das einen ausgewachsenen Elefantenbullen bezwingen konnte – außer einem Löwen, einem ganzen Rudel von Löwen.

»Hier ist eine Blutspur«, bemerkte Heldenmut und zeigte mit dem Kopf auf dunkle Streifen, die sich zur offenen Wüste hinzogen. »Euer Freund hat mindestens noch einen von ihnen verwundet.« Er berührte die toten Wölfe mit seinen Pranken und schüttelte sich. Beiden war der Brustkorb aufgerissen, das

Herz von der eigenen Art gefressen worden. »Das sind perverse Bestien.«

»Wir müssen etwas unternehmen!« Aurora hob ihren Rüssel, sie empfand plötzlich eine unbändige Wut. Sie sah die Elefanten nacheinander an. »Sie dürfen damit nicht davonkommen, Brocken! Komet! Wir müssen diese Wölfe stellen und dieses Gemetzel beenden.«

»Aurora hat absolut recht«, knurrte Brocken und scharrte mit seinem Fuß über die trockene Erde.

Flints sonst so gütige Augen blitzten zornig. »Ich bin schon länger auf dieser Welt als ihr alle, aber so etwas habe ich noch nie gesehen. Diese Wölfe sind ein Fluch für Bravelands, sie müssen vertrieben werden.«

Heldenmut trottete herbei. »Ich stimme euch zu, Elefanten. Die Goldenen Wölfe sind für alle Tiere in Bravelands eine Gefahr. Ich habe sie getroffen, sie sind für Argumente nicht zugänglich. Sie töten und töten, ohne hungrig zu sein. Sie verschlingen die Seelen und lassen das Fleisch liegen. Das ist doch gegen das Gesetz?«

»Das stimmt«, ließ sich Komet vernehmen. »Es wäre kein Gesetzesbruch, diese Wölfe zu töten. Stimmt doch, Aurora?«

Aurora nickte. »Ja, ganz sicher nicht, Komet.«

»Dann sollten wir sie aufspüren, bevor sie zu weit fort sind«, verkündete die Matriarchin.

»Dann geht«, sagte Flint barsch. »Ich bin für einen Kampf eigentlich noch nicht zu alt, vor allem nicht für einen gegen diese Gesetzesbrecher. Aber ich würde euch nur ausbremsen. Ich bleibe hier und kümmere mich um die kleinen Geparden. Dann hast du wenigstens eine Sorge weniger, Aurora.«

»Danke, Flint.« Aurora stieß ihn dankbar an. »Komet,

auch du solltest hierbleiben. Unsere Familie braucht dich. Brocken, Heldenmut und ich werden mit diesen Feiglingen fertig, falls wir sie finden.«

»Nun gut, Aurora.« Komet neigte leicht ihren Kopf, als wäre Aurora ihre Matriarchin und nicht umgekehrt. »Aber seid vorsichtig!«

Brocken hob mit einem Mal seinen Kopf und spähte über die Savanne. Er spreizte sein eines Ohr und richtete es ein wenig nach oben.

»Die Wölfe sind nicht weit entfernt«, sagte er. »Hört nur.«

Sie standen eine Weile schweigend da und reckten ihre Köpfe zur Savanne hin. Aurora lauschte angespannt. Ihr Bruder hatte recht. Durch die leichte Brise drang ein schwaches Heulen zu ihnen herüber.

Heldenmut zuckte mit den Ohren und sagte finster: »Ich höre sie auch.« Er fiel in einen gestreckten Lauf, Brocken und Aurora donnerten hinter ihm her.

Als wäre es den Goldwölfen egal, ob sie verfolgt werden, dachte Aurora. Sie hatten eindeutige Spuren hinterlassen, verbreiteten einen durchdringenden Geruch und hatten sich nicht einmal die Mühe gemacht, auf festem Boden zu laufen. War es Hochmut oder eine abartige Todessehnsucht?

Aber sie merkte, dass ihre Wut größer war als ihre Angst. Armer Wald – die Wölfe hatten nicht nur sein Leben genommen, sondern auch seine Seele. Er würde nie im Land der Ahnen durch Sonnenlicht und süßes Gras wandeln.

Und dafür mussten die Wölfe bezahlen, schwor sie Wald in der Tiefe ihres Herzens.

Heldenmut verlangsamte seinen Schritt. Er hob seinen Kopf und nahm Witterung auf.

»Sie sind ganz in der Nähe«, fauchte er. »Hört euch das an!«

Ein unheimliches, aberwitziges Heulen, das sich mit verzückter Erregung vermischte, zog zu ihnen herüber. Auroras Blut gefror, aber sie hatte auch jetzt keine Angst. Diese mordlüsternen, wahnsinnigen Wesen durften Bravelands nicht zerstören.

Heldenmut ging noch langsamer und schnüffelte am Boden, er spitzte seine Ohren und entblößte seine Zähne. Er sah zu Aurora hinüber, als suchte er einen ganz anderen Geruch.

Aurora erspähte etwas weiter entfernt eine Stelle mit blutig verfärbtem Sand. Auch Heldenmut hatte sie entdeckt, warf seinen Kopf hoch und spurtete los.

Aurora galoppierte hinter ihm her und hinter ihnen kamen die anderen Elefanten. Es war sofort klar, was geschehen war. Die dunklen Flecken waren Blut, das in der Sonne fast schon getrocknet war. Der weite Umkreis der Blutspritzer sprach dafür, dass es einen Kampf gegeben hatte. Ein Durcheinander blutiger Pfotenspuren führte in unterschiedliche Richtungen von dem Kampfplatz fort.

»Sie haben wieder ein Tier getötet!«, brüllte Brocken zornig.

Aurora wurde ganz still, reckte ihren Rüssel und schnüffelte. Ihre Ohren zuckten. »Da drüben!«, schrie sie.

Sie trottete zu dem Kadaver, der vom Sand schon halb zugeweht war. Schwarz-golden gestreiftes Fell bewegte sich im Wind, und als Aurora näher kam, sah sie den Kopf des Tieres: gelbe Augen, sie waren offen, aber eindeutig tot. Die schmale Schnauze war wie zum Fauchen verzerrt.

In ihrem Kopf drehte sich alles. *Das ist ein Wolf!*

»Das ist Heimsuchung«, platzte Heldenmut heraus, als er neben Aurora stand. Er schnüffelte und legte die Ohren nach hinten. »Dieser Wolf war ihre Anführerin!«

»Ihre Anführerin!«, fragte Brocken schockiert. »Bist du sicher? Aber wodurch ist sie gestorben?«

»Ich glaube, es waren die Wölfe«, knurrte Heldenmut und wich vor dem fürchterlichen Anblick zurück. Sein Nackenhaar war gesträubt. »Ihr eigenes Rudel!«

»Ich vermute, dass sie sie bremsen wollte«, polterte Brocken. Er blies ein wenig Sand von Heimsuchungs Körper. »Seht her – sie war es, die Wald verwundet hatte.« Eine große Wunde klaffte an ihrem Hinterlauf, so tief, dass der Knochen zum Vorschein kam.

»Sie hat dafür gesorgt, dass niemand aus der Reihe tanzt.« Heldenmut verzog kopfschüttelnd sein Maul. »Jetzt sind ihnen keine Grenzen mehr gesetzt.« Aurora und Brocken sahen ihn erschrocken an.

Er scharrte den Sand um Heimsuchungs Brustkorb beiseite. Dann trat er zur Seite und zeigte mit dem Kopf auf die Öffnung, die sich hinter den Hautfetzen auftat.

»Sie haben ihr Herz genommen«, sagte er leise.

Aurora schauderte.

»Demnach haben sie einen neuen Alpha«, polterte Brocken.

»Heimsuchung war schlimm genug«, sagte Heldenmut. »Ich möchte nicht wissen, was für einer der neue Anführer ist.«

Lange standen sie da und sahen schweigend auf den verstümmelten Kadaver.

»Ich muss euch etwas sagen.« Heldenmut sah zu Aurora

und Brocken auf. »Ihr werdet es kaum glauben. Aber die Wölfe haben das Titanrudel niedergemetzelt.«

»Das Titanrudel?«, rief Aurora fassungslos. Es war das gefürchtetste und gewalttätigste Löwenrudel in ganz Bravelands gewesen! Sie war Zeuge seiner Grausamkeit geworden, als sie den kleinen Mond getötet hatten.

Heldenmut nickte. »Wir haben die Überreste entdeckt. Eifer, die Jungen und ich. Die Wölfe haben ihre Herzen aufgefressen.«

Aurora schluckte. »Als die Wölfe mich angriffen«, murmelte sie, »sah ich etwas. Ich dachte, es sei eine Luftspiegelung oder eine aus der Angst geborene Sinnestäuschung. Ich sah die Wölfe ganz deutlich, aber ich sah auch ... ich sah neben ihnen die Umrisse von Löwen.«

Heldenmut sagte langsam: »Die Seelen des Titanrudels. Es ist also wirklich so, dass sie die Kräfte ihrer Opfer in sich aufnehmen.«

»Das würde auch erklären, wie sie Wald überwältigen konnten«, sagte Brocken bitter.

Aurora nickte. »Mit jedem Getöteten werden die Wölfe mächtiger.« Plötzlich kehrte ihre Angst zurück und ihr Magen zog sich zusammen. Sie sah über die Ebene. »Ich denke, wir waren zu voreilig«, gestand sie. »Und ich denke auch, dass die Wölfe längst fort sind. Nachdem sie Heimsuchung getötet haben, hält sie nichts mehr zurück.«

»Du hast recht«, sagte Brocken. »Es bringt nichts, sie weiter zu jagen, und selbst wenn wir sie finden würden, wäre der Ausgang ungewiss. Ich schlage vor, dass wir unseren Rachefeldzug verschieben.«

»Die Weisheit der Elefanten«, sagte Heldenmut trocken,

»aber ihr habt recht. Zeit, zu Eifer und den Jungen zurückzukehren.«

»Und wir werden nicht vergessen, was die Wölfe getan haben«, ergänzte Brocken, als sie den Heimweg antraten. »Dies ist eine unerledigte Aufgabe, die noch vor uns liegt.«

Heldenmut nickte. »Doch nun heißt es erst einmal Auf Wiedersehen.«

Die beiden Elefanten beobachteten, wie er Witterung aufnahm und dann mit ausladenden Sprüngen nach Nordwesten rannte. Aurora seufzte und nickte ihrem Bruder zu. Dann machten sich beide auf den langen Rückweg zum Land der Herzen. Der Himmel war beinahe schwarz, nur am Horizont glühte noch ein violetter Streifen, als Aurora und Brocken zu den Herden zurückkamen. Hier und dort flimmerten die ersten Sterne und über den fernen Hügeln ging der Halbmond auf.

Kaum ein Elefant nahm zur Kenntnis, dass sie wieder da waren. Nur ein paar begrüßten sie mit gedämpften Lauten und zwei oder drei sanften Berührungen mit dem Rüssel. Alle waren bedrückt und trauerten um Wald, dessen Leichnam so lange an der Stelle, wo er gestorben war, liegen bleiben sollte, bis seine Gebeine an seinen letzten Ruheort, das Land der Ahnen, gebracht werden konnten.

Aurora sah Brise, die ihr Baby nicht von ihrer Seite ließ. Ihre Umrisse verschmolzen fast mit der dunkler werdenden Nacht. Sie erkannte Komet und Stern, die leise miteinander sprachen, die Köpfe eng aneinandergelegt.

Aber eine Elefantenkuh löste sich aus der stummen Herde und kam langsam zu ihnen herüber. Sie hatte lange cremeweiße Stoßzähne.

»Da kommt deine zukünftige Gefährtin, Bruder«, murmelte Aurora.

»Baobab«, sagte dieser mit belegter Stimme.

Er mag sie wirklich, dachte Aurora. *Ich freue mich.* »Ein schöner Name. Geh doch zu ihr.«

Brocken zögerte einen Moment, dann nickte er leicht. Als er zu Baobab ging, atmete Aurora erleichtert aus. So beruhigend Brockens Gegenwart war, sie brauchte ein wenig Zeit zum Nachdenken.

Sie entfernte sich ein Stück von den anderen und betrachtete den nächtlichen Himmel. Der silberne Seelenpfad, der sich über Bravelands wölbte, war jetzt deutlich zu erkennen.

Aurora spürte ein weiches Streichen an ihrem Vorderfuß und hörte ein leises Maunzen. Sie blickte nach unten.

»Wiesel, Mops«, murmelte sie.

»Hallo, Aurora«, schnurrte Wiesel. Er klang viel leiser als sonst. Die beiden kleinen Geparden hatten offenbar von den schrecklichen Ereignissen des Tages erfahren. Behutsam legte er einen Knochen vor Aurora ab.

»Wir haben in der Schlucht etwas gefunden«, flüsterte er. »Ich hoffe, es nützt dir etwas, Aurora.«

Aurora starrte den Knochen an. »Und er stammt von einem Elefantengerippe?«

Mops nickte. »Er lag genau da, wo du gesagt hast. Am Fuß des Abhangs. Ein paar kleinere Knochen waren zersplittert, dadurch konnten wir dieses Stück nach oben bringen. Ich glaube, es ist ein Stück vom Rippenknochen.«

Arme Fluss, dachte Aurora mitfühlend. Für ihre Herde musste es schlimm gewesen sein, sie dort unten liegen zu lassen, aber sie hätten es niemals geschafft, den steilen Abhang hinunterzuklettern, um sie zu suchen. Die kleinen Geparden waren sehr mutig gewesen.

»Danke«, flüsterte sie.

Aurora wollte den Knochen zuerst gar nicht berühren, weil sie Angst davor hatte, was er ihr sagen würde. Aber dann holte sie tief Luft und krümmte ihren Rüssel um seine glatte, ausgeblichene Oberfläche.

Erschrocken sog sie die Luft ein, merkte dann aber, dass sie sich nicht mehr in ihrem eigenen Körper befand. Nacht und Sterne waren verschwunden, die Sonne stand hoch am Himmel und brannte auf die Savanne hinab. Sie war die junge Elefantenkuh Fluss Trekker und sie raste durch das Land der Herzen direkt auf die Schlucht zu. Angst und Gewissensbisse schnürten ihr das Herz zusammen.

»Aufhören! Bitte hört auf!«, schrie sie.

Die beiden Elefantenbullen am Rand der Schlucht beachteten sie nicht. Sie sahen sich mit lodernden Augen an und schlugen immer wieder Köpfe und Stoßzähne aneinander. Brocken wich nach hinten aus, drehte sich einmal um sich selbst und holte mit seinen langen Stoßzähnen aus, um Fels von der Seite anzugreifen. Doch dieser duckte sich und stieß nun seinerseits zu. Wieder schmetterten ihre Köpfe aneinander, und es donnerte, dass die Erde bebte.

»Hört auf! Ich will das nicht!«

Manche Elefanten sagten, Fluss könne sich glücklich schätzen, dass zwei so stattliche Bullen um sie kämpften. Vor diesem Kampf hätte sie das vielleicht ebenso gesehen. Aber die Wirklichkeit war fürchterlich. Der Rausch war fürchterlich. Die beiden würden sich sogar umbringen, wenn sie nur könnten, das spürte Fluss an der knisternden Luft und roch es an dem auf die Erde spritzenden Blut. Und sie sah es in den flammenden, wahnsinnigen Augen.

»Brocken! Fels! Ihr seid zu nah am Abgrund. Bitte, bitte, geht dort weg!«

Vergeblich. Sie wollten, sie konnten nicht hören. Als hätte der Kampf nichts mit ihr zu tun. Ein beißender Geruch von Raserei und Hass stieg in Fluss' Nase und sie fühlte sich einer Ohnmacht nahe.

Ich muss sie aufhalten, dachte sie verzweifelt. Sie werden sonst hinunterstürzen. Ich muss sie aufhalten.

Sie rannte durch den aufgewirbelten Staub, hob ihren Rüssel und trompetete verzweifelt: »Hört auf, ihr beiden! Bitte! Hört mir doch zu!«

Verschwommen nahm sie wahr, wie Brocken plötzlich einen Satz nach vorn machte, mit dem Stoßzahn Fels an der Schulter traf und seine Haut durchstieß. Fels brüllte vor Schmerz und taumelte nach hinten, Brocken wankte zur Seite.

Fluss rannte so schnell, dass sie Fels nicht mehr ausweichen, nicht rechtzeitig anhalten konnte. Er prallte mit voller Macht gegen ihre Schulter, sodass sie zur Seite geschleudert wurde. Ihre Füße kamen ins Rutschen, ein Hinterbein schlitterte über den Rand der Schlucht und hing in der Luft.

Panik erfasste sie. Sie scharrte mit dem Fuß am Rand des Abgrunds und fand einen dürftigen, bröckeligen Halt.

»Brocken! Fels! Helft mir!«

Der Fuß rutschte weiter über den Rand, das andere Hinterbein rutschte nach und ihr Bauch schlug auf eine scharfe Felskante. Der Schock ließ das Blut in ihren Adern gefrieren. Langsam rutschte sie nach hinten ab, die Felskante ritzte ihren Bauch auf.

»Hilfe!«

Ihre verzweifelte Stimme musste durch den Nebel des Wutrauschs an Fels' Ohr gedrungen sein. Er wich Brocken taumelnd aus und drehte sich zu Fluss um, seine Augen wurden starr vor Schreck. Er machte einen Satz auf sie zu, streckte seinen Rüssel nach ihr aus und schlang ihn verzweifelt um ihren Rüssel.

Es war, als fände alles verlangsamt statt. Sein Rüssel, der ihren Rüssel umfing, aber keinen festen Griff bekam. Der Rausch, der in seinen Augen verglomm und furchtbarem Entsetzen und Hoffnungslosigkeit Platz machte. Er und Brocken schienen für sie schon in unerreichbarer Ferne zu sein. Und dann verlor ihre Rüsselspitze den letzten Kontakt mit seinem Rüssel.

Einen Moment, einen winzigen Moment war es, als würde selbst die Luft den Atem anhalten. Und in diesem Augenblick der Reglosigkeit dachte Fluss, der Große Geist hielte sie sicher in seinen Händen.

Dann schwand die Felskante, raste vor ihr davon. Als ihr Körper in die Tiefe fiel, rauschte schiere Verzweiflung durch ihre Adern, die sogar ihre Angst überdeckte. Ihre Flanke prallte auf einen hervorstehenden Felsnase, aber sie spürte den Schmerz überhaupt nicht. Dann fiel sie weiter, auf den näher sausenden Boden zu, der sie zerschmettern würde.

Aurora schrie vor Angst und zuckte vor ihrer Vision zurück.

Das grelle Tageslicht war verschwunden. Die Nacht war tiefschwarz. Sie zitterte und rang nach Luft. Sie fröstelte am ganzen Leib.

Oh Fluss. Arme Fluss.

Aber nun kannte sie die Wahrheit. Endlich verstand sie.

Fels hatte Fluss nicht getötet. Auch Brocken nicht. Es war ein schrecklicher, tödlicher Unfall gewesen.

»Aurora? Aurora? Ist alles in Ordnung?« Wiesel und Mops strichen ängstlich um ihre Füße, ihre flauschigen Schwänze kitzelten sie.

»Ja, ihr Jungen. Ich danke euch«, sagte Aurora mit rauer Stimme. Sie schlackerte mit ihren Ohren. »Ihr habt gefunden, was ich brauchte. Könnt ihr noch etwas für mich tun?« Sie blickte traurig auf den Knochensplitter.

»Bringt dies zum Leichnam von Wald, dort drüben, wo die Bullen stehen. Wenigstens ein kleines Stück von ihr soll einmal ins Land der Ahnen kommen. Fluss Trekker soll dort ihren Frieden finden.«

Aurora sah den beiden kleinen Geparden nach. In ihrem Inneren wuchs wieder ein dumpfer Schmerz, der nach und nach zu stechen begann.

Sie hatte den schlimmsten Fehler ihres Lebens begangen, als sie Fels davonjagte. Und jetzt war es zu spät, etwas daran zu ändern.

18. KAPITEL

DIE LICHTUNG DES GROSSEN VATERS lag schweigend da, nur die Grillen zirpten und hin und wieder quakte ein Baumfrosch. Das milde Mondlicht warf fahle Schatten auf Matsch, der auf dem Boden kauerte und aufmerksam seine Mondsteine betrachtete. Dorn sah ihm dabei zu, wollte verfolgen, was Matsch aus ihnen herauslas, aber es war ihm fast unmöglich, sich darauf konzentrieren, da sein Kopf voller Zweifel und Sorgen war.

Er hatte als Großer Vater versagt, zu einem anderen Schluss kam er nicht. Er hatte Ranke und auch die Zebras in einen gewaltsamen Tod geschickt. Er hatte Beere helfen wollen, aber seine Bemühungen hatten nur ihren Sturz herbeigeführt. Er hatte kein einziges Tier aus Bravelands vor den Goldenen Wölfen beschützt.

Er musste das wieder in Ordnung bringen. Er musste seine Fehler, seine vielen katastrophalen Entscheidungen wiedergutmachen. Er hatte die ganze Zeit darüber nachgedacht und war nur auf eine Lösung gekommen, eine schreckliche Lösung. Es war die schlimmste Entscheidung, die er je getroffen hatte, aber es war die einzige Möglichkeit. Ihm blieb nichts anderes mehr übrig …

»Dorn!« Matsch hatte sich umgedreht und sah beunruhigt zu ihm hoch. »Die Steine. Sie sagen, dass etwas Schreckliches über Bravelands kommen wird!«

Dorn unterdrückte ein Stöhnen. »Noch etwas Schreckliches?«

»Ich weiß. In letzter Zeit sind so furchtbare Dinge geschehen.« Matsch ließ die Schultern hängen. »Aber dies hier sieht schlimmer aus als alles Bisherige, Dorn. Bitte hör zu … Höre, was die Steine uns sagen wollen!«

Dorn legte eine Pfote auf die Schulter seines Freundes. »Mach dir keine Sorgen, Matsch. Ich glaube, ich weiß, was die Steine sagen. Aber vergiss nicht – Bravelands ist stark. Es währt ewig. Und es wird auch damit zurechtkommen.«

Matsch richtete sich auf und sah Dorn erschrocken an. »Dorn? Was ist los? Du wirkst verstört. Ist alles in Ordnung?«

Dorn schüttelte sich. Er durfte Matsch und den anderen nicht verraten, was er vorhatte. »Schon gut, Matsch. Ich bin einfach etwas erschlagen, habe mir über so vieles den Kopf zerbrochen.« Dann fragte er: »Matsch, kannst du etwas für mich tun? Kannst du Beere suchen? Ich weiß, dass sie in dem Akazienhain am Rand des Waldes ihr Lager eingerichtet hat, beim Sternenglanzfluss. Könntest du nach ihr sehen und ihr helfen, wenn sie Hilfe braucht? Das würde mich sehr beruhigen.«

»Willst du nicht selbst zu ihr gehen?«, fragte Matsch verwundert.

Dorn vermied es, seinem Freund in die Augen zu sehen. »Ich muss etwas anderes erledigen.«

Matsch runzelte erstaunt die Stirn, doch dann nickte er. »Natürlich mache ich das für dich, Dorn. Beere wird mich vielleicht nicht lange um sich haben wollen, aber ich werde wenigstens dafür sorgen, dass sie alles hat, was sie braucht.«

»Danke, mein Freund«, murmelte Dorn, »das bedeutet mir sehr viel.«

Matsch sah ihn noch einmal ratlos an, dann sammelte er seine Steine ein und sprang davon. Spinne und Nuss befanden sich auf der anderen Seite der Lichtung. Sie knabberten Nüsse und unterhielten sich über die unterschiedlichen Eigenschaften von Eidechsen.

»Komm schon, Spinne, sie können ihre Farbe wechseln und so«, zog Nuss ihn auf.

»Freund Nuss kann ein Chamäleon nicht mit einer Agameneidechse vergleichen«, erwiderte Spinne. »Wieso sollte Spinnes wunderschöne Eidechse ihre Farben verändern?«

Dorn verzog seine Schnauze kurz zu einem bedauernden Lächeln, dann machte er sich heimlich davon.

Es war eine herrliche Nacht, kühl und ruhig. Am Himmel funkelten die Sterne. In der Ferne heulte ein Schakal. Gedämpfte Hufschläge drangen an sein Ohr. Es waren die Wachen einer schlummernden Gazellenherde. Dorn bewegte sich in möglichst dunklen Bereichen, denn er wollte mit niemandem sprechen und sich nicht mit noch mehr Problemen beschäftigen. Sein Blick war unverwandt auf die Ebene gerichtet, bis er in der Ferne Wasser schimmern sah.

Er beschleunigte seine Schritte und rannte in großen Sätzen auf die Wasserstelle zu. Hier wurde deutlich, wie viel sich in Bravelands verändert hatte. Keine Herden scharten sich am Ufer des Sees, keine gedämpften Gespräche waren zu hören, keine Tiere bespritzten sich in den Untiefen mit erfrischendem Wasser. Nur eine Gruppe von Wesen hielt sich am Ufer auf und das war ein Rudel fahler, magerer Wölfe. Sie lungerten dort herum, als gehörten ihnen die Wasserstelle und die ganze Savanne dahinter. Die anderen Tiere hatten sie alle vertrieben.

Als Dorn näher kam, sprangen die Wölfe auf und erhoben sich wie Erdmännchen gleichzeitig auf ihre Hinterbeine. Sie spähten zu ihm hinüber und blinzelten mit ihren gelben, glühenden Augen. Sie rissen ihre Schnauzen weit auf und grinsten sich bösartig an. Dann ließen sie sich auf alle viere fallen.

Plötzlich sahen sie gar nicht mehr wie Erdmännchen aus, dachte Dorn. Sie sahen aus wie das, was sie eigentlich waren: ein Rudel von grausamen Wölfen, die die Herzen einer armen Erdmännchenkolonie gefressen hatten.

Eine lange Weile verharrte Dorn auf der Stelle, seine Pfoten waren vor Angst wie festgewurzelt. Dann holte er tief Luft und ging weiter.

»Ihr sucht den Großen Vater«, sagte er mit zusammengebissenen Zähnen. Die Wölfe wechselten hinterhältige Blicke, dann kam der größte von ihnen auf ihn zu.

»Ganz genau«, knurrte er. »Wenn du uns sagst, wo wir ihn finden, lassen wir dich vielleicht am Leben, Pavian.«

Dorn schluckte. Er durfte seiner Angst nicht nachgeben, auch wenn jede Faser in seinem Körper nach Flucht schrie.

»Der Große Vater ist hier«, sagte er. »*Ich* bin der Große Vater von Bravelands. Ich bin hier und ich bin wehrlos. Kein anderes Tier ist bei mir.« Dorn schloss kurz seine Augen, sein Herz hämmerte kläglich. Aber er wollte jeden einzelnen, kostbaren Herzschlag spüren, denn es blieben ihm nicht mehr viele.

Er sog die Luft ein, dann fauchte er. »Fresst mein Herz, wenn ihr unbedingt müsst. Aber damit lasst es gut sein.«

Der große Wolf starrte ihn an, als könnte er sein Glück

nicht fassen. Er drehte sich zu seinen Kameraden um, sein Schwanz zuckte vergnügt, dann drehte er sich freudig grinsend wieder zu Dorn um.

»Das ist eine echte Überraschung, welch unerwartete Freude«, sagte er höhnisch. »Wir werden dein Herz unserem neuen Alpha bringen. Oh, er wird es mit Genuss fressen! So prall und voller Geist!«

»Er wird sehr zufrieden mit uns sein«, ergänzte ein anderer Wolf und zuckte mit den Ohren. »Wollen wir ihm verschweigen, dass der Pavian sich ergeben hat? Wir erzählen unserem Alpha, wir hätten ihn selbst gefangen!«

»Erzählt eurem Anführer, was ihr wollt«, sagte Dorn dumpf. »Bringen wir es hinter uns.«

»Oh, das werden wir«, erwiderte der große Wolf mit seidiger Stimme. »Wir alle sind wir. Aber so schnell wird es nicht gehen. Doch tröste dein leckeres Herz, Großer Vater! Du machst das Schwarzherzrudel glücklich, sehr glücklich!«

Dorn wusste, dass er jetzt nicht mehr weglaufen konnte, selbst wenn er gewollt hätte. Aber das wollte er auch nicht. Er hatte seine Entscheidung getroffen. Es war alles, was er tun konnte. Für Bravelands.

Als die Wölfe ihn umzingelten, blitzten Bilder in seinem Kopf auf: seine Freunde Matsch, Nuss und Spinne. Sein ehemaliger Trupp, von denen er einige sehr gemocht hatte. Heldenmut und Aurora. Und Beere, natürlich. Was auch immer sie von ihm denken mochte, sie war die Liebe seines Lebens, auf immer und ewig.

Ich werde dich so vermissen, Beere.

Er hoffte, dass der Große Geist schnell einen neuen Großen Anführer finden würde. Einer, der seine Aufgabe besser machen würde als er. Denn eins wusste er mit Sicherheit: Das Herz, das die Wölfe fressen würden, war nicht das eines Großen Anführers, sondern das eines Pavians von mittlerem Rang, der nie über seine Stellung hätte hinausgehen dürfen.

Trotzdem war es ein Schock, als sie angriffen. Als hätte jemand einen mit Zähnen und Klauen gespickten Schleier über ihn geworfen. Im ersten Augenblick erstarrte Dorn vor Entsetzen, dann bekam er einen harten Schlag auf die Brust, der ihn nach hinten schleuderte. Erst als der Schmerz einsetzte, begriff er, was mit ihm geschah.

Dann spürte er ihn. Einen stechenden Schmerz, der durch seine Brust und seinen Brustkorb fuhr, unerträglich und brennend. Ein Wolf, der über ihm stand, schlug seine Fangzähne in seine Brust und riss an seinem Fleisch. Seine Zähne kratzten auf Knochen. Dorn heulte auf.

Die anderen Wölfe sprangen hinzu. Dorn sah nur ihre weißen, scharfen Zähne und das Dunkel ihrer aufgerissenen Rachen. *Bitte, Großer Geist, lass es schnell vorbei sein –*

Durch Blut und Schmerzen hindurch hörte Dorn ein gewaltiges Tosen, es klang, als würde plötzlich ein Fluss über seine Ufer schwappen. Die Zeit schien stillzustehen, dann wurden er und die Wölfe von einer riesigen Welle aus dem See überschwemmt. Es war Wasser, richtiges Wasser.

Die Wölfe sprangen erschrocken zurück, ihre Nackenhaare sträubten sich. Sie waren durch und durch nass. Dorn wollte sich schütteln, aber es tat so weh, dass er nur kraftlos schreien konnte.

Was ist passiert?

Krokodile: eine ganze Gruppe von Krokodilen, zehn oder noch mehr. Sie tapsten mit erstaunlicher Geschwindigkeit an

Land. Das vorderste riss sein schreckliches Maul auf, schloss es um den größten Wolf und zog ihn von Dorn fort. Dann ging das Krokodil zurück ans Ufer und tauchte, den Wolf immer noch zwischen den Zähnen, ins Wasser ein.

Dorn sah nur verschwommen das blutige Schauspiel, das sich vor ihm abspielte. Die Krokodile machten sich über die Wölfe her, so viel begriff er. Der Rest war ein Durcheinander aus schnappenden Kiefern, reißenden Zähnen und jaulenden, heulenden Wölfen. Dorns Angreifer wurden unter Kreischen und Kämpfen einer nach dem anderen weggezerrt und unter Wasser gezogen.

Dorn erhob sich taumelnd, konnte kaum auf seinen Pfoten stehen, hielt sich aber irgendwie aufrecht. Er rieb wie von Sinnen seine Augen, die vom Blut und dem Geifer der Wölfe verschmiert waren. Er wollte abwehrbereit sein, wenn die Krokodile zurückkamen, um auch ihn zu holen.

Noch einmal jaulte ein Wolf, noch einmal peitschte der Schwanz eines Krokodils knallend auf das Ufer, dann trat Stille ein. Das Wasser plätscherte nur noch leise und riffelte den Sand auf, bis die Wellen schließlich ganz versiegten.

Dorn starrte auf den See. Nach und nach erschienen die zerfetzten Kadaver der Wölfe an der Oberfläche.

Dann tauchten die schuppigen Rücken der Krokodile wieder auf. Dorn stieß einen kraftlosen Schreckensschrei aus und torkelte nach hinten. Doch als die Krokodile aus dem blutgetränkten See ans Ufer kamen und auf ihren stummeligen Beinen auf ihn zugingen, erschienen sie ihm plötzlich gar nicht mehr sehr bedrohlich.

Dorn sackte in sich zusammen. »Was habt ihr – warum – warum habt ihr …?«

»Wir standen in deiner Schuld«, fauchte das größte und älteste der Krokodile. Seine Sandzunge klang kehlig und rau, seine glühenden Augen ließen Dorn nicht los. »Kein Großer Anführer hat sich jemals für uns interessiert. Bis du kamst. Du hast der Gruppe von Riss am Schlickfluss geholfen, das ist allen Krokodilen bekannt.« Er ging noch ein bisschen weiter vor, sodass seine lange Schnauze beinahe Dorns Brust berührte. »Wir glauben nicht an den Großen Geist. Das heißt, wir haben nicht an ihn geglaubt – bis jetzt. Sollte es ihn wirklich geben, dann lebt er in dir.«

Die Krokodile drehten sich ohne ein weiteres Wort um und glitten in den See. Unter Gurgeln und Platschen verschwanden auch die Wolfskadaver, über die die Krokodile sich wieder hermachten. Dorn war klar, dass er diese Wölfe nie mehr sehen würde. Ihn schauderte, und er war froh, dass er nicht sehen konnte, was sich unter der Wasseroberfläche abspielte.

Von ohnmächtiger Enttäuschung übermannt, sank er zitternd in die Knie.

Er war nicht einmal in der Lage, sich zu opfern. Wie unfähig konnte man als Großer Vater denn sein? Er hatte sich den Goldenen Wölfen ausgeliefert, ihnen seine Brust entblößt, ihnen sein Herz dargeboten und trotzdem versagt.

Und diese Qualen. Sein Opfergang war misslungen, aber die Schmerzen waren entsetzlich. Blut tränkte sein Brustfell, ein brennender Schmerz hatte sich um seinen ganzen Brustkorb gelegt. Dorn ließ sich unglücklich auf den Boden fallen. Vielleicht würden die restlichen Goldenen Wölfe kommen und ihm den Garaus machen. Dann, vielleicht dann, würden sie Bravelands in Ruhe lassen …

Verschwommen nahm er wahr, wie zwei Paviane entlang

des Ufers auf ihn zurannten. Der eine war klein und dürr, der andere wunderschön mit einem goldbraunen Fell. *Nein, das sind keine Geister. Ich kann nicht einmal richtig sterben.*

Als Matsch und Beere bei ihm ankamen und bekümmert schnatterten, wich alle Kraft aus seinem Körper. Barmherzige Dunkelheit hüllte ihn ein und ertränkte sein ganzes Elend. Er verlor das Bewusstsein.

Dorn blinzelte. Er lag auf dem Rücken und sah über dem Blätterdach das erste Morgenlicht. Er befand sich wieder auf der Lichtung des Großen Vaters. Aber er war weder erleichtert, noch empfand er Dankbarkeit gegenüber den beiden Pavianen, die ihn gefunden hatten. Er empfand nur Leere und stechende, schier unerträgliche Schmerzen.

Beeres geliebtes Gesicht beugte sich über ihn. Sie drückte einen Bausch feuchter Blätter auf die Wunde in seiner Brust.

»Ich hoffe, das hilft, Dorn«, murmelte sie. »Ich bin kein Heilblatt, habe aber von meiner Mutter manches gelernt. Ich glaube, dass die Blätter der Schakalbeere gemischt mit Honig Linderung schaffen. Ich hoffe es. Die Wunde ist sehr tief.«

Mit einer Pfote strich sie zärtlich über seinen Kopf. Ihre Berührung tat Dorn im tiefsten Herzen weh.

»Es tut mir so leid, Beere«, krächzte er. »Es tut mir alles so leid. Wie alles gekommen ist. Mit dem Trupp und allem.«

»Psst, Dorn«, sagte sie beschwichtigend. »Auch mir tut es leid, aber jetzt kommt es nur darauf an, dass du gesund wirst. Du musst am Leben bleiben, Dorn. Ich würde es nicht ertragen, dich zu verlieren.« Ihre Stimme wurde fast zu einem Flüstern. »Und Bravelands auch nicht.«

Bei ihren letzten Worten flammten die Verzweiflung und

die Schmerzen erneut auf. *Ich habe es versucht … ich habe versucht, Bravelands zu retten.*

»Beere, ich …« Aber das Sprechen war zu anstrengend, neue Schmerzwellen wogten durch seinen Körper, er spürte, wie es wieder dunkel um ihn wurde, und er ließ sich fast dankbar in die Bewusstlosigkeit fallen. Beeres zarte Berührungen waren das Letzte, was er wahrnahm.

»Haut ab! Lasst ihn in Ruhe, ihr gemeinen Aasfresser!«

Dorn blinzelte benommen, langsam kam er wieder zu Bewusstsein. Der Schmerz war jetzt dumpf und pochend, aber als er sich aufrichten wollte, stach er wie ein Splitter in seine Brust.

Dorn zuckte zusammen, schaffte es aber, von seiner Umgebung ein wenig wahrzunehmen. Die Lichtung war ein einziges Gestöber von schwarzen schlagenden Flügeln, und Nuss hüpfte wie von Sinnen auf und ab und versuchte, die riesigen Vögel mit einem Stock zu vertreiben.

»Ich sagte, ihr sollt abhauen!«, kreischte Nuss. »Noch ist er nicht tot!«

»Nuss, nein!«, keuchte Dorn mit ausgetrockneter Kehle. »Matsch … Matsch, er soll aufhören …«

Matsch nickte und eilte zu Nuss.

»Nuss, hör auf!«, schrie Matsch und zog den Freund an dem Arm, der den Stock hielt. »Die Geier sind hier, weil sie Dorn helfen wollen!«

Nuss zögerte, den Stock immer noch zum Schlag erhoben. Mit einem drohenden Blick auf die Vögel warf er ihn schließlich zu Boden und ging mürrisch davon.

Windreiter sah Nuss böse an, dann hüpfte sie flügelschlagend zu Dorn hinüber. Ihre Schar folgte ihr eilig, die Flügel abwehrend ausgebreitet.

Dorn sah zu Windreiter hoch. Er war sich nicht sicher, ob sie tatsächlich hier war, um ihm zu helfen, aber das interessierte ihn auch nicht mehr.

Was spielt es für eine Rolle, ob sie mich frisst oder heilt.

Windreiter war so groß, dass ihr Schatten die herabfallenden Sonnenstrahlen bedeckte, aber auch das war Dorn egal, und sowieso hatte das Licht ihn geblendet. Mit leichter Verwunderung merkte er, dass die Federn der Geier nass glänzten. Die große Geierdame spreizte ihre Flügel und schüttelte sie über ihm aus.

Tröpfchen spritzten auf Dorns Gesicht und Körper. *Sie sind wunderbar kühl*, war sein erster Gedanke. Als ein paar in seine Schnauze rannen, erkannte er sofort ihren süßen Geschmack: Windreiter hatte Wasser aus dem heiligen Teich gebracht, jenem Teich hoch oben in den Bergen, wo Dorn seine Bestimmung zum Großen Vater angenommen hatte.

»Ruhe, Großer Vater«, krächzte die Geierdame. »Ruhe und werde gesund.«

Dorn dachte kurz, er könnte unmöglich ihren Befehl befolgen, da die Schmerzen so schlimm waren. Doch dann spürte er dankbar, wie stille, schwarze Dunkelheit ihn wieder einhüllte.

Als Dorn erwachte, stand die Sonne hoch über dem Blätterdach. Ihre gleißenden Strahlen glitzerten und funkelten zwischen den Zweigen hindurch. In den Bäumen über ihm hockten dunkle Schatten mit ausgebreiteten Flügeln. Die Geier waren also immer noch da und wachten über ihn.

Dorn stützte sich auf und prüfte die Kraft in seinen Schultern. Die Schmerzen hatten stark nachgelassen. Seine Muskeln fühlten sich an, als wären sie wieder einsatzbereit. Mit einem tiefen Atemzug setzte er sich ganz auf und sah sich blinzelnd um.

Neben ihm hockte Beere und strahlte ihn erleichtert und voller Liebe an. »Dorn! Du bist wach!«

Nuss boxte in die Luft. »Super!«

Spinne grinste und Matsch hüpfte zu ihm und umarmte ihn. Dorn zuckte zusammen, aber er nickte und lächelte seinen Freund an. Matsch sollte nicht denken, dass er seine Zuneigung nicht schätzte, aber autsch, das hatte wehgetan.

»Willkommen im Land der Lebenden«, rief Matsch und presste seine Pfoten zusammen, als wollte er sich von einer weiteren Umarmung abhalten.

»Das Wasser der Geier hat geholfen«, sagte Spinne glücklich und stocherte zwischen seinen Zähnen. »Spinne hat so etwas gespürt.«

Dorn blickte zu den Geiern hoch und nickte dankbar. Sein Opfer mochte misslungen sein – aber es war zugegebenermaßen doch sehr schön, am Leben zu sein.

Windreiter nickte ihm anerkennend zu, dann hob sie ruckartig ihren Kopf und sah prüfend zum Himmel. Von dort stürzte sich in einem Durcheinander aus blitzendem Rot und wild flatternden blauen Flügeln eine Schar von Turakos auf die Lichtung herab.

»Großer Vater!« Ein männlicher Turako landete auf einem Ast unweit von Dorn und streckte aufgeregt seinen Kopf zu ihm aus. »Du musst kommen, komm schnell! Der Himmel verschwindet!«

»Ja! Ja! Komm schnell!«, wiederholte seine Schar. Rote

Flugfedern blitzten auf, als Dorn verwundert zu ihnen aufsah. »Es frisst den Himmel auf, Großer Vater!«

»Wieso? Was meint ihr?« Dorn sprang auf seine Hinterpfoten. »Was frisst den Himmel auf?«

»Komm! Komm!« Der Vogel hob wieder ab und stieg mitsamt seiner Schar aufgeregt in die Lüfte.

Windreiter sah Dorn schweigend an.

»Ich habe keine Ahnung, was sie sagen« murmelte Beere. »Aber es klingt, als bräuchten diese Vögel deine Hilfe.« Sie lächelte Dorn verlegen an und berührte ihn ganz sanft.

»Worauf wartest du … Großer Vater?«

19. KAPITEL

ER DURFTE VORERST nicht mehr an Titan denken. Bald würde Heldenmut die Spur des Tyrannen wieder aufnehmen und ihn zur Strecke bringen – doch jetzt lag eine noch wichtigere Aufgabe vor ihm. Er musste Dorn vor dem neuen Anführer der Goldenen Wölfe warnen. Wenn dieser Alphawolf noch brutaler und kaltblütiger als Heimsuchung war, war Bravelands noch mehr bedroht. Das musste der Große Vater erfahren.

An der Spitze von Eifer, Quälgeist und Kaltschnauze setzte Heldenmut in großen Sprüngen über die gelbe Savanne. Sein Ziel war die Wasserstelle. Vielleicht war Dorn gar nicht dort. Vielleicht war er auf der Lichtung des Großen Vaters. Vielleicht besuchte er gerade Beere Kronblatt im Langbaumlager. Dorn konnte überall sein, aber Heldenmut musste ihn finden und ihm die Nachricht überbringen, mochte es noch so lange dauern. Heldenmut biss die Zähne zusammen und holte mit seinen Pranken zu einem noch schnelleren Lauf aus.

»Mach langsamer, Heldenmut!«, brüllte Eifer hinter ihm.

Heldenmut fiel in einen schnellen Trab und schaute finster nach hinten. »Warum denn? Wir müssen Dorn so schnell wie möglich finden! Dann können wir wieder Jagd auf Titan machen!«

»Weil die Jungen nicht mithalten können, das ist doch klar.« Eifer blieb stehen und stupste Quälgeist aufmunternd in die Seite.

»Sie schaffen das schon.« Aber Heldenmut sah, dass die beiden Löwenjungen sich nur noch mühsam über den Boden schleppten.

»Natürlich schaffe ich das«, sagte Quälgeist matt und tapste mit ihren Pfoten voran.

»Nein, sie schafft das nicht.« Eifer blieb stehen. »Heldenmut, sie sind einfach nicht so groß und schnell wie wir.«

Heldenmut rümpfte seine Schnauze. Es fiel ihm schwer, Mitleid für Quälgeist aufzubringen, aber auch Kaltschnauze sah erschöpft aus. Seine Ohren und seine Schultern hingen schlaff nach unten. »Ich dachte, du wärst froh, eine andere Aufgabe zu haben, Eifer«, knurrte er. »Wir sind gerade nicht hinter Titan her. Das wolltest du doch immer?«

»Was ich nicht will, sind zwei Löwenjungen, die vor Erschöpfung tot umfallen«, fauchte Eifer und funkelte Heldenmut böse an. »Wenn sie es nicht schaffen, dann ist es so. Sie machen doch nicht absichtlich schlapp.«

»Sie könnten sich ein bisschen anstrengen«, entgegnete Heldenmut.

»Nein«, knurrte Eifer. »Sie versuchen ihr Bestes, ob du es glaubst oder nicht.«

Heldenmut fletschte seine Zähne. Er hatte darauf keine Antwort, denn Eifer hatte natürlich recht und das missfiel ihm gründlich. Er sah Eifer finster an. »Nun, wir müssen uns jedenfalls beeilen. Nach dieser Mission steht Titan wieder an und – huch!«

Kaum ein Hasensprung von ihm entfernt hatte sich eine

Löwin aus dem Gras erhoben und sah zu ihnen herüber. Heldenmut kam vor Schreck ins Stolpern. Er erstarrte und sah die Löwin misstrauisch an. Auch Eifer war stehen geblieben und stand stocksteif da, nur sein Schwanz zuckte nervös hin und her.

Aus dem hohen Gras erhob sich nun eine größere Anzahl von Löwen und betrachtete die Neuankömmlinge. Das Rudel sah nicht gerade freundlich aus, dachte Heldenmut. Quälgeist und Kaltschnauze hatten zwischen Eifer und Heldenmut Schutz gesucht. Sie schnauften aufgeregt und versuchten, die vielen fremden Löwen alle auf einmal in Augenschein zu nehmen.

Nur, dass sie gar nicht fremd waren, stellte Heldenmut fest. Einige der Löwen erkannte er.

»Das Titanrudel«, knurrte er.

»Oder das, was von ihm übrig ist«, murmelte Eifer. Er führte die beiden Jungen etwas näher zu Heldenmut und schirmte sie mit seinem eigenen Körper ab.

Es gab nur einen Löwen aus dem Titanrudel, dem Heldenmut gern begegnet wäre, und das war dessen Anführer. Aber unter diesen abgemagerten, erschöpften Löwen war keine Spur von der narbigen Bestie mit der schwarzen Mähne.

»Sie haben uns erst gesehen, als wir beinahe mit ihnen zusammengestoßen wären«, flüsterte er.

»Wir haben sie aber auch nicht gesehen«, bemerkte Eifer nüchtern.

»Aber wir sind gelaufen«, sagte Heldenmut. »Wir haben ein Ziel angesteuert. Sie haben nur hier im Gras gelegen. Als ob sie ihr Territorium gar nicht verteidigen wollten.«

»Kann sein«, sagte Eifer und leckte sich nachdenklich das

Maul. »Aber sie sehen nicht aus, als hätten sie Angst vor uns.«

Die Löwen aus dem versprengten Rudel schlichen um sie herum. Ihre Schultern waren gewölbt, ihre Köpfe bedrohlich gesenkt. Heldenmut fletschte warnend die Zähne.

Mit einem Mal riss sich Quälgeist mit einem freudigen Quäken von Eifer los und stürzte auf die Löwen zu.

»Titanrudel? Dieser Idiot hier sagt, ihr seid das Titanrudel!« Das kleine Löwenjunge zeigte mit seinem Kopf verächtlich auf Heldenmut. »Stimmt das? Wo ist dann mein Vater? Ruft meinen Vater! Ich meine natürlich Titan. Ich bin die Tochter von Titan und Arglist.«

Sie warf herausfordernd ihren Kopf hoch und musterte das ehemalige Titanrudel. »Ich habe gesagt, ihr sollt meinen Vater holen. Dieser Idiot will ihn töten. Dieser Witzbold.«

Die Löwen drehten sich alle gemeinsam zu ihr um.

»Worauf wartet ihr?«, fragte Quälgeist fordernd. »Ist Papi auf der Jagd? Dann könnt ihr Heldenmut auch selbst töten. Hier ist er. Verteidigt die Ehre meines Vaters!«

Schweigen und Stille folgten ihrem Ausbruch, nur eine leichte Brise bewegte das Gras.

Heldenmut sah die kleine Löwin schockiert an. Er hatte Quälgeist nie leiden können, aber so ein Verrat? Das Überraschte selbst ihn. Hinter ihm knurrte Eifer drohend. Heldenmut zog sich neben ihn zurück. Die beiden Freunde standen nun Schulter an Schulter, bereit, um ihr Leben zu kämpfen. Kaltschnauze stellte sich ergeben neben Heldenmut und fauchte sein ehemaliges Rudel an.

Der größte Löwe des Rudels kam auf sie zu und blieb vor ihnen stehen. Heldenmut sah, dass seine Mähne stumpf und strähnig war und seine matten Augen tief eingefallen waren. Der Löwe sah auf Quälgeist hinab, seine Schnurrhaare zitterten verächtlich.

»Das ist nicht das Titanrudel«, knurrte er. »Nicht mehr. Du kennst mich, Gallantbalg. Ich bin Kraftstrotz und dies ist das Kraftstrotzrudel.« Er zeigte mit dem Kopf hinter sich auf die Löwen, die gelangweilte Blicke austauschten.

»Ihr seid das Titanrudel!«, schrie Quälgeist. »Das seid ihr!«

Kraftstrotz zuckte mit den Schultern. »Titan ist verschwunden. Ein Glück, dass wir diesen Irren los sind. Er ließ uns ausgewachsene Elefanten angreifen, dieser verrückte Idiot. Er selbst hat sich aber fein rausgehalten.« Er sah Quälgeist finster an. »Die Ehre von Titan ist uns egal. Er hat viel zu viele von uns in einen gewaltsamen Tod geschickt.«

»Kraftstrotz hat recht«, knurrte Trotzig und trottete an seine Seite. »Wir wollen Titan nicht wiederhaben.«

»Das stimmt«, warf Schlitzohr ein und sah Quälgeist spöttisch an. »Der Name deines Vaters bedeutet nicht einmal so viel wie Rattenkot für uns, du lächerliches Kätzchen.«

Quälgeist sah aus, als hätten die Löwen sie mit ausgefahrenen Krallen ins Gesicht geschlagen.

Doch dann spannten sie sämtliche ihrer kleinen Muskeln an und kreischte: »Verräter! Feiglinge! Was fällt euch ein, meinen Vater zu hintergehen!«

»Genug mit diesem Unsinn, du freches Ding«, knurrte Eifer, packte sie mit den Zähnen am Schwanz und zog sie durch das Gras nach hinten.

Heldenmut sah verwirrt von einem Löwen zum andern. Dann hatten sie ihren verrückten Anführer also entmachtet?

Das war eine gute Nachricht – und eine günstige Gelegenheit …«

Er richtete sich auf, stemmte seine Vorderbeine in den Boden und warf seinen Kopf zurück. »Beim Gesetz unserer Vorfahren, komme ich, Heldenmut vom Heldenmutrudel, um dieses Rudel von Kraftstrotz einzufordern.«

Eifer starrte ihn mit offenem Maul an. Kraftstrotz setzte eine ungläubige, leicht belustigte Miene auf.

Heldenmut räusperte sich und senkte bedrohlich seine Stimme. »Ich fordere dieses Rudel ein! Wenn Kraftstrotz nicht darum kämpfen will, wer dann?«

»Ich«, kreischte Quälgeist wütend und machte einen Satz nach vorn.

Eifer packte ihren Schwanz und zog sie zurück.

»Wer?«, fragte Heldenmut und musterte die Gesichter der Löwen. Er fing dummerweise an, sich albern vorzukommen.

»Ich werde kämpfen«, knurrte Kraftstrotz schließlich. »Ich, Kraftstrotz, werde mein Rudel verteidigen. Und diesem Unsinn ein Ende bereiten.«

Hinter Kraftstrotz war ein verächtliches Schnauben zu hören. »Was heißt hier ›mein Rudel‹«, knurrte ein junger Löwe.

»Ja, das sagen wir schon die ganze Zeit«, sagte Schlitzohr gedehnt. »Wir sind nicht das Kraftstrotzrudel, egal, was du anderen Tieren erzählst.«

»Genau«, sagte eine Löwin, die Heldenmut nicht kannte. »Niemand hat dich zu unserem Rudelführer ernannt, Kraftstrotz.«

»Ich werde trotzdem um dieses Rudel kämpfen«, sagte Heldenmut grimmig. Er trat vor und baute sich vor Kraftstrotz auf.

»Vorsicht, Heldenmut!«, knurrte Eifer hinter ihm.

Heldenmut sah nach hinten. Eifer und Kaltschnauze sahen übertrieben besorgt aus. Heldenmut knurrte abweisend und wandte sich wieder seinem Gegner zu.

Auch wenn die Löwen Kraftstrotz nicht als ihren Anführer anerkannten, waren sie nur zu gern bereit, sich im Kreis aufzustellen und dem Kampf zuzuschauen. Heldenmut betrachtete den schlaksigen Kraftstrotz und schätzte seine Chancen ein, während die beiden umeinander herumschlichen. Der große Löwe war stark und kräftig gewesen – früher einmal. Doch nun war sein Fell stumpf und verfilzt, seine Rippen stachen hervor und über seine Schulter zog sich ein tiefer Schnitt. Die Wunde war schwarz und sah entzündet aus.

Trotzdem war er immer noch schnell. Heldenmut machte einen erschrockenen Satz nach hinten, als Kraftstrotz ihn anfiel. Er duckte sich und rollte zur Seite, sodass Kraftstrotz lediglich gegen seine Flanke prallte.

Beide Löwen rappelten sich wieder auf und starrten sich finster an. Kraftstrotz keuchte rasselnd und seine Beine zitterten.

Heldenmut begriff, dass dieser rasche Erstschlag die einzige Kampfhandlung gewesen war, derer Kraftstrotz fähig war. Heldenmut sprang vor und fuhr mit einer Pranke über Kraftstrotz' Kopf. Der große Löwe schwankte, fauchte wütend und schnappte mit dem Maul nach Heldenmuts Schulter, doch diesem war es ein Leichtes, dem matten Schlag auszuweichen. Heldenmut duckte sich und rammte seinen Kopf und seine Schultern in den Hals seines Gegners. Der große Löwe taumelte.

Heldenmut nutzte seine Chance, sprang auf Kraftstrotz'

Rücken und brachte ihn zu Fall. Er nahm den Hals des großen Löwen zwischen seine Zähne und drückte seinen Kopf in das Gras.

Kraftstrotz rührte sich nicht. Seine Flanken hoben und senkten sich vor Anstrengung, und seine Pranken zuckten, aber Heldenmut wusste, dass der Kampf vorüber war.

»Ergebe dich«, fauchte er zwischen einem Maulvoll haariger Muskeln.

Der Löwe sackte unter ihm zusammen, seufzte tief und rollte sich müde zur Seite. »Gut«, fauchte er, »töte mich. Aber mach schnell, wenn ich bitten darf.«

Heldenmut zögerte und verengte seine Augen. Die Tradition wollte es so.

»Nein«, sagte er schließlich, ließ Kraftvoll frei und zog sich zurück. Er warf den Kopf zurück, als schüttelte er eine Mähne. »Nein, Titan hat bereits zu viele Leben vernichtet. Eine neue Gefahr schwebt über Bravelands und alle Löwen müssen zusammenhalten.« Er ließ seinen Blick über die übrigen Löwen schweifen, die sich unsicher ansahen. »Akzeptiert mich offiziell als euren Anführer, dann lasse ich Kraftstrotz am Leben. Ich werde dieses Rudel stark machen und für seine Sicherheit sorgen, und ich gebe euch mein Wort, dass ich gerecht sein werde. Dies biete ich euch an.«

»Ich bin einverstanden«, sagte Kraftstrotz und erhob sich unbeholfen auf seine Pranken, »und wenn ihr anderen Löwen einen Funken Verstand habt, seid ihr es auch.«

Eine der Löwinnen nickte müde. Es war Würde. Heldenmut erkannte sie aus seiner Zeit beim Titanrudel. »Also gut«, sagte sie und ließ sich wieder ins Gras fallen.

Heldenmut wandte sich nun etwas beunruhigt den anderen zu, sah sie aber mit entschlossener Miene und gefletschten Zähnen an. Jetzt, da er Gelegenheit hatte, die Löwen genauer zu betrachten, erkannte er die meisten von ihnen, trotz ihres heruntergekommenen und halb verhungerten Zustandes …

»Ja«, stimmte Trotzig zu und nickte.

»Mir recht«, sagte Schlitzohr achselzuckend.

Auch die anderen murmelten müde ihr Einverständnis.

»Es ist gut, einen anständigen Anführer zu haben«, knurrte Nobel, »falls du so einer bist.«

»Das verspreche ich«, erklärte Heldenmut feierlich. Er nickte Kraftstrotz respektvoll zu, dann hob er seine Stimme. »Willkommen, Löwen des Heldenmutrudels!«

Sie sahen mürrisch, beinahe gelangweilt aus, aber das machte nichts. Triumphierend betrachtete Heldenmut sein gefügiges Rudel.

Er hatte das Kraftstrotzrudel nahezu kampflos übernommen. Er war wieder ein Rudelführer, der ausgewachsene Löwen befehligte. Sein Triumph wurde noch versüßt, weil es sich um das ehemalige Titanrudel handelte. Es machte nichts, dass er Titan dafür nicht hatte töten müssen. Der Tag der Gerechtigkeit würde für diese Bestie noch kommen – irgendwann. Ihm kam es darauf an, dass er der Erfüllung seines Eids näher gekommen war – und dies sogar, bevor seine Mähne zu sprießen begonnen hatte. Heldenmut musste den Drang unterdrücken, seinen Sieg in ganz Bravelands hinauszubrüllen.

Oh, wie gern würde er Titans Miene sehen, wenn der Tyrann mit der schwarzen Mähne es erfuhr.

Quälgeist stürzte sich zwischen die ausgewachsenen Löwen und wollte sie wütend anbrüllen, bekam aber nur ein hohes, zorniges Quieken heraus.

»Ihr seid ein erbärmlicher Haufen, ihr alle! Wie konntet ihr meinen Vater wegen dieses Idioten verraten? Ihr Feiglinge! Ihr seid alle Feiglinge!« Sie drehte sich um und funkelte Heldenmut an. »Das wirst du büßen. Das wird dir noch leidtun, warte nur!«

Und bevor Eifer herbeieilen und sie wieder festhalten konnte, war Quälgeist schon zwischen Trotzig und Schlitzohr hindurchgeschossen und im hohen Gras verschwunden.

Heldenmut zog genervt die Luft ein. Dann entspannte er sich. Ohne Quälgeist war das Leben immerhin viel leichter.

»Heldenmutrudel«, verkündete er, »es gibt Arbeit für uns.« Er schlug mit der Pranke auf den Boden. »Als Erstes müssen wir den Großen Vater besuchen, Dorn Hochblatt. Ich muss meinem alten Freund zur Seite stehen, wenn wir die Goldenen Wölfe bekämpfen.«

Kraftstrotz nickte. Er schien gewillt, seinem Eroberer zu folgen, wenn er dafür sein Leben geschenkt bekam. Die anderen Löwen peitschten mit ihren Schwänzen und kratzten sich am Bauch, aber auch sie nickten mit den Köpfen.

»Eine seltsame Idee«, bemerkte Würde, eine alte Freundin von Heldenmuts Mutter. »Eigentlich glauben wir doch gar nicht an den Großen Vater. Aber du bist jetzt unser Anführer, also sag uns, wohin es geht.«

»Zum Wald der Langbäume«, rief Heldenmut.

Die Löwen drehten sich einer nach dem anderen um und steuerten auf die offene Savanne zu. Begeistert sah Heldenmut ihnen nach, gleich würde er sie überholen und sich an die Spitze des Triumphzugs setzen. Doch da bemerkte er, dass Eifer sich nicht rührte. Sein junger Freund sah dem abziehenden Rudel mit undurchdringlicher Miene nach.

Heldenmut trottete zu ihm und leckte glücklich sein Ohr. »Das ist doch gut gelaufen. Freust du dich nicht, dass ich gewonnen habe?«

Eifer drehte sich zu ihm um. »Natürlich freue ich mich. Ich bin stolz auf dich, Heldenmut.« Er stellte seine Ohren auf und ging nun doch hinter dem Rudel her. »Es ist gut, wieder zu einem Rudel zu gehören. Ein normales Leben zu führen: jagen, schlafen, ausruhen.« Er deutete mit dem Kopf auf die weite, mit schattigen Dornbäumen übersäte Ebene, dann schweifte sein Blick zu einer Herde Impalas, die in der flimmernden Ferne grasten. »Sieht aus wie ein gutes Territorium, auch wenn man es unseren neuen Löwen nicht ansieht.«

»Sie werden bald wieder richtig jagen können«, stimmte Heldenmut ihm zu und ging stolz neben Eifer her. »Und weißt du, was das Beste von allem ist? Titan wird dadurch komplett isoliert. Er hat kein eigenes Rudel mehr. Sie haben ihn für mich verlassen. Und ich habe endlich die Macht, ihn fertigzumachen! Eine unerwartete Entwicklung, aber ich glaube, das war ein echter Geniestreich von mir.« Im Weitergehen sah er bescheiden auf seine Pranken. »Ich will nicht angeben. Der Sieg über Kraftstrotz war nicht besonders schwierig.«

Er blickte Zustimmung heischend auf. Er wollte irgendwie bestätigt werden, dass er gut gekämpft hatte. Immerhin war Kraftstrotz viel größer als er …

Eifer sah ihn nur von der Seite an. Seine goldenen Augen waren dunkler als sonst und Heldenmut wurde nicht schlau aus ihnen.

»Was ist los?«, fragte Heldenmut und stupste Eifer an.

»Es geht also nur um Titan«, sagte dieser. »Wieder einmal.«

Heldenmut zuckte unsicher mit den Ohren. »Ja, in gewisser Weise. Ich meine, ich habe immer …«

»Titan, Titans Niederlage und Tod. Etwas anderes gibt es für dich nicht. Ich glaube, ich habe mir jetzt erst richtig klargemacht, wie weit das geht.« Eifer sah bekümmert und irgendwie distanziert aus. Ein Frösteln jagte über Heldenmuts Rücken.

»So schlimm ist es auch wieder nicht«, setzte Heldenmut wieder an. »Wie du schon sagtest, wir haben jetzt wieder ein richtiges Rudel.«

»Aber warum?«, seufzte Eifer. »Damit du Titan besser schlagen kannst. Wenn ich sage, dass es für dich nichts anderes gibt, dann meine ich das auch, Heldenmut. Für dich gibt es nur deinen Rachefeldzug.«

Sprachlos sah Heldenmut seinen Freund an. Seine Pfoten gerieten ins Stocken.

»Ich habe genug.« Eifer blieb stehen und sah Heldenmut geradeheraus an. »Es geht zu weit. Ich möchte da nicht mehr mitmachen. Es tut mir leid, Heldenmut.«

»Was … was tut dir leid?«, krächzte Heldenmut.

»Ich gehe. Ich werde mich dem Rudel von Kraftmähne anschließen. Es dürfte nicht lange dauern, sie zu finden. Das wird schon klappen.«

»Nein«, jaulte Heldenmut auf. Er stellte sich Eifer in den Weg, als könnte dies seinen Freund davon abhalten zu gehen. »Das kannst du nicht. Ich brauche dich doch, Eifer!«

»Das bezweifle ich, Heldenmut.« Eifer wölbte seine Schultern. »Du musst Titan töten. Das ist es, was dich tief drinnen antreibt. Und ich will nicht länger Teil dieser Besessenheit sein. Ich will dich nicht länger darin ermutigen. Versuche nicht, mich zurückzuhalten, Heldenmut.« Er sah ihn schief an. »Lass uns in Frieden auseinandergehen, mein Freund.«

Heldenmut brachte kein Wort heraus, konnte nicht einmal Lebe wohl sagen. Er konnte nur zusehen, wie sein bester Freund, der Löwe, der ihm die ganze Zeit zur Seite gestanden hatte, sich umdrehte und über die Ebene davonging. Er wusste nicht, ob er es ertragen würde. Heldenmut sah Eifers kleiner werdender Gestalt nach, bis die Silhouette des jungen Löwen in der flimmernden Hitze verschwand.

Heldenmut schluckte. Das war zu schnell gegangen. Er hatte Eifer nicht vom Weggehen abhalten können. Aber was hätte er tun sollen? Zum ersten Mal schlich sich eine Spur von Zweifel in sein Herz. Hatte Eifer vielleicht recht? Was hatte sein Rachefeldzug gegen Titan ihm denn gebracht?

Er hatte seine Schwester Wagemut und sein erstes eigenes Rudel verloren. Nun hatte seine Besessenheit ihn den besten Freund gekostet, Eifer Heldenmutrudel.

Jetzt Eifer Kraftmähnerudel.

Er musste Titan finden und ihn töten. Das gebot ihm seine Ehre. Nur durch Titans Vernichtung würde der Tod seines Adoptivvaters, Gallant, und seines wahren Vaters, Loyal, gesühnt werden.

Aber wenn Titan dann tot zu seinen Pranken läge und die Schuld gesühnt wäre – was bliebe ihm dann?

20. KAPITEL

DORN KLAMMERTE SICH AN DEN HÖCHSTEN AST des Mahagonibaums, dessen Spitze in der leichten Brise hin und her schwankte. Dann reckte er seinen Kopf und erhob sich auf seine Hinterbeine. Von dieser Höhe überblickten er und Spinne die ganze Savanne, sie sahen die Flussläufe und in der Ferne dunkle Schlieren, wo die Wälder begannen. Die Turakoschar flatterte und schnatterte um die Köpfe der beiden Paviane.

»Dorn!«, schrie ein Turakoweibchen. »Dort! Siehst du es!«

Dorn kniff die Augen zusammen. Am hintersten Rand des Waldes stieg eine graue Wolke auf und verteilte sich über das Grasland. Über den Baumkronen ballte sich eine dicke Schicht zusammen. Regenwolken verhielten sich gewöhnlich anders, wunderte sich Dorn. Hier stimmte etwas nicht. Sein Fell sträubte sich und ein kalter Schauer lief über seinen Rücken.

»Sieh nur!«, rief Spinne. »Die Blumen!«

Dorn sah ihn von der Seite an. Wie konnte Spinne aus dieser Entfernung Blumen erkennen?

Er spähte wieder zum fernen Wald hinüber. Spinne hatte sich nicht getäuscht. Orangefarbene Blüten flackerten gierig züngelnd in der Wolke auf und verschwanden wieder. Und mitten im dunklen Wald leuchtete etwas. Aber Blumen leuchteten doch nicht wie die Sonne? Über ihm krächzten und gackerten die Turakos in Not.

»Es gab so viele Früchte in diesem Wald!«

»Gute Bäume. Gute Büsche. So viele Beeren.«

»Alles kaputt, alles weg!«

Das Getöse war fürchterlich. Dorn schüttelte abwehrend den Kopf und beugte sich weiter vor. Er war zu weit entfernt, um viel zu erkennen, aber der flackernde Glanz hatte etwas Schreckliches und gleichzeitig Faszinierendes an sich. Was ist das? Wenn er sich noch weiter vorbeugen wollte, musste er seinen Griff ein wenig lockern ...

Jemand packte ihn am Arm und riss ihn mit aller Kraft zurück, sodass er gegen den dünnen Stamm prallte. Spinne beugte sich über ihn und wackelte mit einem Finger.

»Nicht runterfallen, Dorn-Freund!«

»Nein, ich doch nicht«, protestierte Dorn.

»Doch, fast.« Spinne nickte bestimmt.

Vielleicht hat Spinne recht, dachte Dorn, als er den dünnen Ast betrachtete, an dem er sich festhielt.

»Diese Wolke wird Rauch genannt«, erklärte Spinne und wedelte mit der Pfote zu der dunklen, wogenden Wolke hin. »Sie wirft weiße Federn ab, die Asche heißen.«

Dorn sah Spinne bestürzt an. »Das ist schlecht. Glaubst du, dass diese Feuerpflanze auch Ranke und ihren Trupp überfallen hat?«

Spinne nickte. »Spinne denkt das.«

»Das ist die heiße Blume!«, krächzte ein Turako mit rot blitzenden Unterfedern. »Die heiße Blume, die alles tötet!«

Spinne sah zu dem Vogel hoch und ahmte seinen Schrei

nach. »Huruu, huruu! Ruh!« Der Vogel sah ihn verblüfft an, dann segelte er davon.

»Seit die Feuerpflanze Rankes Trupp überfallen hat, hat sie viel Zeit gehabt, um größer zu werden«, sagte Dorn bestürzt. »Ich wusste nicht, dass diese Blumen so lange blühen!«

»Oh, sie können ewig blühen«, erklärte ihm Spinne kenntnisreich. »Ihre Hitze wird größer, und sie wachsen, indem sie Zweige und trockenes Laub entfachen. Dies hier sieht nach einer Katastrophe aus, wenn du Spinnes Meinung hören willst.«

»Spinne weiß viel mehr über Feuer als Dorn«, erwiderte Dorn grimmig. »Ich glaube dir und habe genug gesehen. Wir müssen uns beeilen!«

Mit hämmerndem Herzen kletterte er am Mahagonibaum hinab und rannte zwischen den Bäumen hindurch direkt in die Richtung, aus der der Rauch kam. Hinter sich hörte er das laute Knirschen von Spinnes Pfoten im Unterholz.

»Was hat Dorn vor?«, rief Spinne. »Ich weiß nicht, was du tun kannst.«

»Ich auch nicht«, murmelte Dorn. »Aber ich muss dorthin.«

Wenigstens war sein Geist schneller als seine rennenden Pfoten. Aus dem Wald schoss eine Kreatur hervor und flüchtete auf das Grasland. Dorn suchte sie mit seinem Geist und verband sich mit ihrem Bewusstsein, bevor ihm klar wurde, um was für ein Tier es sich handelte: ein kleines Dikdik. Er fühlte seine panische Verzweiflung, die Hitze des Feuers auf seinem Leib, einen scharfen, kratzenden Schmerz, als Rauch in seine Kehle drang. Funken sprühten und entflammten die trockenen Grashalme, die sich zusammenkräuselten und schwarz wurden. Sein kleines Antilopenherz hämmerte wild.

Dorn riss sich von dem Dikdik los, biss seine Zähne zusammen und rannte noch schneller zwischen den Bäumen hindurch. Das Feuer, das er im Geist gesehen hatte, war grauenvoll, und er wusste nicht, wie viele Tiere sich tatsächlich bei den Feuerblumen im Wald befanden.

Dann schoss er über eine Lichtung, kämpfte sich durch ein Dickicht aus Wandelröschen und sah das Ausmaß der Katastrophe plötzlich viel deutlicher vor sich. Die roten Feuerblumen wucherten unkontrolliert, sie züngelten an den Bäumen und verschlangen jedes Blatt, das sie berührten. Selbst Blätter, die nur in der Nähe waren, schrumpelten unter der Hitze zusammen und verkohlten. Der Rauch, der zwischen den Bäumen hervorquoll, sah massiv wie ein lebendiges Tier aus. Das Feuer brüllte wie ein Löwe, dem nie die Luft ausging, und je näher Dorn kam, desto ohrenbetäubender wurde das Brüllen. Durch das Getöse hörte er die Todesschreie kleiner, gefangener Tiere.

Größere Tiere rannten in donnerndem Galopp aus dem Wald, stampften in ihrer panischen Flucht übereinander. Ein Buschbock rannte Dorn fast nieder und wich erst im letzten Moment aus, die Augen vor Entsetzen weit aufgerissen.

Schwer keuchend stoppte Dorn seinen Lauf. Rauch biss in seine Lungen und er spuckte den bitteren Geschmack aus. Aber er war der Großer Vater und die Tiere von Bravelands saßen in der Falle und starben! Er musste etwas gegen die Flammen unternehmen.

Er kniff die Augen zusammen und stürzte vorwärts. Aber kaum war er in die Rauchwolke eingetaucht, brachte er die Augen kaum noch auf, so sehr biss und brannte sie. Es war fast, als würden seine Augäpfel verschrumpeln. Die Luft war schwarz und heißer als jedes natürliche Wetter. Plötzlich spürte er noch etwas anderes auf seinem Gesicht. Es waren riesige schwarze Flügel, die ihn zurückwarfen.

»Zurück!«, schrie Windreiter. Hinter ihr war ihre ganze flügelschlagende Geierschar. »Geh zurück, Großer Vater!«

»Ich kann nicht«, schrie Dorn verbissen und versuchte vergeblich, sie wegzustoßen. »Lasst mich durch!«

Die breiten Geierflügel schlugen gegen Blätter und verkohlte Äste. »Du könntest sterben«, krächzte Windreiter.

»Ich muss es riskieren.« Dorn duckte sich und rannte an ihr vorbei.

Plötzlich loderten vor seinen Pfoten Flammen auf, er wich aus, aber schon brach daneben ein neues Feuer aus, das in einem einzigen Augenblick ein ganzes Grasbüschel verschlang. Ein umgestürzter Baumstamm schwelte und loderte plötzlich auf. Dorn taumelte zurück und schnappte in dem dichten, die Lungen versengenden Rauch nach Luft. Das Feuer bemächtigte sich eines nahen Feigenbaums und schlängelte sich durch seine knorrigen Äste.

Spinne packte ihn von hinten am Arm. »Wir sollten da lieber nicht hinein!«

»Aber ich muss!«

»Dann wird Spinne das Feuer löschen.« Spinne versuchte, eine der flackernden Blüten zu zerdrücken.

»Nein!« Diesmal war es Dorn, der Spinne wegzog. »Spinne kann daran sterben – das weißt du genau! Und ich brauche doch deine Hilfe!«

Aus dem brennenden Wald stürmten nun immer mehr Tiere in panischer Angst an ihnen vorbei. Dorn duckte sich weg und zog Spinne mit sich.

»Wir sollten auch diese Richtung nehmen«, meinte Spinne, der den ins offene Grasland fliehenden Tieren hinterhersah.

»Nein.« Dorn fasste all seinen Mut und seine Entschlossenheit zusammen und rannte durch die rauchenden Baumstämme in den Wald hinein. Spinne seufzte resigniert und folgte ihm auf den Fersen.

Auf einer kleinen Lichtung trafen sie auf eine Familie von Zebras, die panisch kreischend im Kreis liefen, buckelten, sich aufbäumten und mit den Hufen auf dem Boden scharrten. Dorn raste zu ihnen und kam vor der größten Stute schlitternd zum Stehen.

»Da hinaus!«, rief er und zeigte in Richtung Grasland. »Bleibt erst stehen, wenn ihr die Bäume hinter euch gelassen habt!«

Die Stute konnte vor Angst nicht sprechen. Sie wieherte ihrer Herde zu und führte sie in einem Wahnsinnsgalopp in die Richtung, die Dorn ihr gewiesen hatte. Ratten, Erdhörnchen, Mäuse – sie alle flitzten und huschten hinter den Zebras her und blieben nicht einmal stehen, wenn einer ihrer Kameraden von den stampfenden Hufen zerquetscht wurde.

Eine Äffin stürzte vor Dorn aus einem Gebüsch. Ihr Schwanz und ihr Fell schwelten und knisterten unter den gierigen Flammen, ihr Blick war wahnsinnig vor Angst und Schmerzen. Dorn warf sich auf die entsetzte Kreatur, um sie zum Stehen zu bringen.

»Spinne!«, schrie er und versuchte, die Äffin festzuhalten, ohne selbst von den Flammen berührt zu werden. »Was sollen wir tun?«

»Hau sie um!«, schrie Spinne.

Ein Vorschlag, der Dorn unsinnig erschien, aber er hatte

keine Zeit zu argumentieren. Er sprang auf den Rücken der kreischenden und um sich schlagenden Äffin und rang sie zu Boden. Spinne hüpfte ihm zur Seite, seine Pfoten waren voll bepackt mit feuchter Erde, die er nun in das brennende Fell des Tieres schmierte. Er hob immer mehr Erdklumpen auf und machte damit weiter.

Es hatte den Anschein, als würden die Flammen davon erstickt werden. Dorn machte es Spinne nach und grub grasige Erdklumpen aus, die er auf das Fell der Äffin drückte, bis nur noch ein paar Rauchspuren übrig waren.

Dorn rollte von ihr ab. »Geh!«, schrie er. »Geh hinter den Zebras her!« Sie sprang auf und raste mit einem schrillen Schrei davon.

»Dorn?« Spinne blickte ängstlich in die Richtung, wo das Feuer am stärksten war. »Was ist das?«

Dorn hörte es auch, selbst durch das Brüllen des Feuers: das Donnern und Stampfen riesiger Füße. Und bevor er noch einmal Luft geholt hatte, krachte ein Elefant aus den brennenden Bäumen hervor.

Dorn erkannte ihn sofort. Es war Fels! Der Verlobte von Aurora, der Elefant, der mit der Großen Herde gegen Stachel und Titan gekämpft hatte. Doch für Überraschung war jetzt keine Zeit, keine Zeit, Fels zu fragen, was ihn hierhergeführt hatte. Der starke, dunkle Elefantenbulle hielt behutsam ein Dikdik zwischen Stoßzähnen und Rüssel. *Es ist dasselbe, in dessen Bewusstsein ich eingedrungen bin*, stellte Dorn erstaunt fest. *Ich bin mir ganz sicher!* Das Feuer musste es fast erreicht haben, bevor Fels kam und es rettete.

Das Dikdik keuchte mit heraushängender Zunge, doch als Fels es sanft zu Boden ließ, sprang es auf und floh.

»Großer Vater. Verzeih mir, aber ich kann nicht bleiben. Weitere Tiere brauchen meine Hilfe.« Er drehte sich um, und Dorn sah, dass seine Flanken und sein Hinterteil mit roten Brandwunden übersät waren.

»Fels! Warte!« Dorn rannte ihm nach. Er sah sich hektisch zwischen den Bäumen um. Das Wachstum dieser schrecklichen Feuerblume geschah nicht zufällig, und er meinte nun zu erkennen, nach welchem Muster es funktionierte.

»Was ist?«, fragte Fels und blickte ungeduldig in den Wald. »Ich meine, es tut mir leid. Aber ich muss weiter!«

»Die Flammen«, sagte Dorn hastig und nickte, als er sah, wie das Feuer von einem Baum zum nächsten sprang. »Sie wandern – sieh doch. Sie folgen einem Weg. Sie müssen etwas berühren und können dann wachsen!«

»Und?«, fragte Fels.

»Wir müssen ihnen den Weg versperren«, schrie Dorn und klatschte seine Pfoten zusammen. »Ich glaube, wir können die Wanderung des Feuers aufhalten. Mit deiner Hilfe!«

Fels blinzelte und schüttelte seine Ohren. Dann nickte er. »Ja. Könnte sein. Es klingt ganz vernünftig, was du sagst. Aber wohin wandert es als Nächstes? Woher sollen wir das wissen?«

»Siehst du die Bäume? Es folgt den Bäumen.« Dorn zeigte auf die Flammen, die durch die Äste krochen und die Blätter verschlangen. »Wenn du genug davon niederreißt – eine ganze Reihe oder nein, besser einen Kreis! – dann kann es nirgendwo weiter.«

»Den Flammenweg unterbrechen?« Fels schlackerte hoffnungsvoll mit den Ohren. »Es wäre einen Versuch wert, Großer Vater!«

»Aber selbst du schaffst das nicht allein«, sagte Dorn. »Aurora und ihre Herde – ich weiß, dass sie auf ihrer Wanderung sind. Aber weißt du, wo sie sich gerade aufhalten, Fels? Sind sie in der Nähe?«

Fels hatte bereits seinen riesigen Kopf an einen Baum gelegt und drückte mit aller Kraft. Auf der Suche nach einem besseren Halt gruben seine Füße Rillen in den Erdboden. »Ich weiß genau, wo sie sind«, knurrte er. »Im Land der Herzen. Es liegt unterhalb des Pavianberges, im Süden.«

»Ich habe sie im Geist gesehen, bei einem Berg, der wie ein Pavian aussah!«, rief Dorn. »Ich werde nach ihnen schicken!«

»Aber das wird zu lange dauern!« Fels sah mit weit aufgerissenen Augen auf das Feuer.

»Nicht nach meiner Methode«, knurrte Dorn. Er drehte sich um und rannte, über brennende Äste und rauchende Grasbüschel setzend, zum Waldrand zurück.

»Windreiter!«, schrie er.

Die alte Geierdame schoss sogleich herab und kam hüpfend neben ihm zum Stehen. Sie neigte ihren Kopf zur Seite und beäugte ihn – mit Missbilligung, wie Dorn wusste. Die Geier hatten nicht gewollt, dass er überhaupt in die Nähe des brennenden Waldes kam.

»Ich habe jetzt keine Zeit für Vorwürfe, Windreiter«, sagte er. »Ich brauche deine Hilfe – Bravelands braucht deine Hilfe. Ruft die Elefanten der Wandererfamilie herbei!«

21. KAPITEL

»ICH WOLLTE ES GAR NICHT WISSEN«, erzählte Aurora den versammelten Elefantenherden. »Ich wollte gar nicht erfahren, was Fluss Trekker genau zugestoßen war. Aber jetzt bin ich froh, dass ich es herausgefunden habe. Es war ein schrecklicher Unfall – eine furchtbare Tragödie, aber ein Unfall. Sie wurde nicht von einem Elefanten getötet, auch nicht im Rausch.« Sie senkte traurig ihren Kopf. »Das ist die Wahrheit.«

Die Sonne brannte heiß auf die Herden herab, die Auroras Erzählung lauschten, aber niemand klagte oder eilte in den Schatten der Felswände. Nur manchmal zuckten sie mit ihren Schwänzen, verjagten Fliegen oder fächelten sich mit den Ohren kühle Luft zu, ansonsten hörten sie ernst und regungslos zu, ihre dunklen Augen aufmerksam und versonnen.

Eine große, langbeinige Matriarchin löste sich aus der lauschenden Menge. »Ich bin Mahagoni Trekker«, sprach sie zu den anderen Herden. »Ihr wisst, dass Fluss eine von uns war.« Und zu Aurora gewandt: »Ich kannte sie, seitdem sie ein Kälbchen war. Ich spreche für meine ganze Familie, wenn ich dir meinen Dank ausspreche. Wir wissen jetzt, was Fluss zugestoßen ist, und wir kennen den Ort, wo sie ruht. Wir werden ihre Gebeine dort einsammeln, wo die Geparden sie gefunden haben, auch wenn das für uns sehr schwierig werden wird. Wir werden Fluss in das Land der Ahnen bringen, wo sie hingehört.«

Aurora neigte ihren Kopf. »Ich weiß, dass sie sehr froh darüber wäre«, sagte sie leise. »Ihr Geist erwartet euch.«

Links von Aurora entstand eine Unruhe. Elefanten traten zur Seite, um Brocken Platz zu machen, der nun mit gesenktem Blick vortrat.

»Und auch ich spreche für meine Herde«, polterte er. »Es tut uns leid, wie wir Fels behandelt haben, Aurora. Wir hatten unrecht. Gerade ich hätte es wissen müssen.«

Ja. Das hättest du. Aurora versuchte, ihren Zorn zu unterdrücken. Brocken sah so reuevoll aus. Jetzt war nicht der Zeitpunkt, ihm Vorhaltungen zu machen.

»Du warst in den Klauen des Rausches, Bruder«, sagte Aurora heiser. »Ich habe gesehen, was passiert ist. Weder du noch Fels konntet klar denken. Ich behaupte sogar, dass es selbst im günstigsten Fall geradezu unmöglich gewesen wäre, sich an Einzelheiten zu erinnern.«

»Trotzdem, ich habe Fels übereilt verurteilt, ebenso meine Brüder.« Brocken stupste Aurora sanft mit dem Rüssel an. »Es tut uns leid. Wir haben dir – und Fels – unnötiges Herzensleid verursacht.« Er hob seinen Kopf und streckte seine Ohren nach der Familie von Fluss aus. »Auch euch, Mahagoni, möchten wir um Verzeihung bitten. Ich erkläre hier vor allen Herden, dass es mir leidtut, der Trekker-Familie Schmerz zugefügt zu haben, wenn auch ohne Absicht. Meine Schwester Aurora irrt nur in einem Punkt: Auch ich trage einen Teil der Schuld. Ich werde damit leben und Fluss niemals vergessen.«

Mahagoni nickte. »Wir nehmen deine Entschuldigung an,

Brocken. Aber es war tatsächlich ein schrecklicher Unfall. Die Ursache für ihren Tod war allein diese Schlucht.«

Die Elefanten zerstreuten sich bedrückt. Nur Brocken verweilte an Auroras Seite. Sie spürte sein Unbehagen, es schien ihm schwerzufallen, die richtigen Worte zu finden. Er öffnete sein Maul, brachte aber nur ein gequältes Stöhnen heraus. Er brauchte mehrere Anläufe, bis er etwas sagen konnte.

»Aurora, ich … also, ich«, sagte er schließlich stockend, »ich hätte dich und Fels niemals auseinanderbringen dürfen. Ich wusste zu wenig und vermutete zu viel.«

Innerlich war sie zerrissen zwischen Mitleid für ihren Bruder und Verbitterung über ihre zerbrochene Beziehung mit Fels. Sie musste etwas sagen. »Du hast in Wahrheit gar nicht gewusst, wie Fluss ums Leben gekommen ist.« Aurora holte tief Luft. »Allerdings hast du gewusst, dass du im Rausch gefangen warst, dass du dich nicht genau erinnern konntest! Warum hast du mir gegenüber dann behauptet, dass Fels Fluss umgebracht habe?«

»Ich wollte dich beschützen«, murmelte er.

»Ich kann mich selbst beschützen. Habe ich das nicht oft genug bewiesen? Ich brauche dich nicht zu meiner Verteidigung!« Aurora atmete zitternd ein, versuchte, den Zorn in ihrer Stimme zu bändigen. »Und es ist nicht nötig, dass du für mich entscheidest.«

»Ich gebe dir mein Wort, dass das nicht wieder vorkommt.« Er senkte seinen Kopf. »Bist du wirklich böse mit mir?«

Aurora trat einen Schritt zurück. »Wegen dir habe ich Fels verloren. Wegen dem, was du gesagt hast, habe ich ihn verstoßen. Ich habe ihn geliebt und nun ist er fort. Ja, deshalb bin ich böse auf dich, Bruder.«

»Könnte ich das nur ungeschehen machen. Könnte ich nur alles zurücknehmen, was ich gesagt habe.« Er scharrte mit einem Fuß auf dem Boden.

Sie zögerte und suchte nach Worten. Aber sie konnte Brocken nicht vergeben, noch nicht. Sie hatte ihm vorerst nichts mehr zu sagen.

Aus dem Augenwinkel nahm sie hoch oben am Himmel einen schwarzen Fleck wahr. Sie blinzelte ins Sonnenlicht. Aus dem einen Fleck wurden viele. Sie fielen nach unten und wurden zu großen, fliegenden Gestalten. Eine Vogelschar … schon erkannte sie Flügel. Die Geier schossen nach unten und öffneten ihre Flugfedern für die Landung.

Aurora ließ Brocken stehen und trottete beunruhigt zu ihnen. Der größte unter ihnen war ein eleganter Vogel mit besonders breiten Schwingen und edlen, alten Gesichtszügen. Seine schwarzen Augen waren unverwandt auf Aurora gerichtet.

»Windreiter!«

Die Krallen der großen Geierdame berührten nun den Boden, sie klappte ihre Flügel zusammen und hüpfte herbei. Im Schnabel hielt sie einen dünnen, geschwärzten Knochen. Sie ließ ihn vor Auroras Füße fallen.

Aurora erschrak. Sie beugte sich vor, betrachtete den Knochen und schnüffelte daran. Er roch bitter und scharf. Sie sah hoch und traf Windreiters Blick. Die Geierdame nickte kurz.

Aurora holte tief Luft und kringelte ihren Rüssel um die verkohlte Oberfläche des Knochens.

Sie war ein Warzenschwein, ein verängstigtes, verzweifeltes Warzenschwein. Panik schwirrte wie ein Moskitoschwarm durch seine Adern und es flüchtete quiekend vor einer schrecklichen Gefahr. Sein Körper war zu schwer, seine Beine zu kurz, es konnte nicht schnell genug wegrennen. Aber was sollte es tun? *Rennen! Immer weiterrennen!*

Aber wohin? Hinter ihm quoll eine unheimliche schwarze Wolke auf und vor ihm leckten hungrige, sengend heiße gelbe Zungen an seinen Hufen. Es stolperte und kreischte vor Entsetzen. Eine Hitzewelle prallte an seinen Körper, versengte sein Fleisch und fraß sein borstiges Fell. Wohin sollte es fliehen? Es gab keinen Ausweg –

Aurora riss sich entsetzt von der Vision los, taumelte und sank fast in die Knie. Keuchend stieß sie den Knochen beiseite. Sie hatte immer noch den Geschmack von Asche und Rauch im Mund, spürte immer noch den unerträglichen, brennenden Schmerz in ihrer ausgedörrten Kehle.

»Was bedeutet das?«, keuchte sie. Ihre Stimme war schrill vor Angst. Hätte sie doch nur die Himmelszunge verstanden.

Windreiter sah sie mit ihren schwarzen Augen nur unverwandt an.

»Großer Vater«, rief Aurora. »Weiß er es? Natürlich weiß er es! Braucht er meine Hilfe?«

Windreiter neigte kurz ihren Kopf.

»Nein!«, schrie Aurora. »Ich bin zu lange fort gewesen. Ich hätte ihn niemals verlassen dürfen!«

Windreiter antwortete nicht. Aurora galoppierte so schnell sie konnte zu den Herden zurück. Sie reckte ihren Rüssel und trompetete die Elefanten zusammen.

Köpfe erhoben sich, Ohren stellten sich nach vorn. Erschrocken drehten sich die Elefanten nacheinander zu ihr um.

»Ein Feuer«, verkündete sie mit zitternder Stimme. »Ein Feuer ist über Bravelands gekommen!«

Mahagoni ging zu ihr, Flint und ein anderer großer Elefantenbulle schlossen sich an.

»Ein Feuer?«, fragte Mahagoni. »Aurora Wanderer, du bist noch sehr jung. Du hast noch nie ein Feuer gesehen.«

»Tu das nicht einfach ab, Mahagoni«, polterte Flint. »Aurora ist für ihr Alter sehr weise.«

»Und ich habe von Feuern gehört«, sagte Aurora. »Große Mutter hat sie mir beschrieben und mich vor ihren Gefahren gewarnt. Feuer ist tödlich, oder nicht? Und es kann nicht besiegt werden.«

»Das stimmt«, sagte Flint und nickte. »Den Tieren bleibt nur die Flucht.«

»Ein Feuer hat sich in Bravelands ausgebreitet«, sagte Aurora und reckte flehend den Kopf. Sie mussten ihr glauben! »Der Große Vater braucht unsere Hilfe.«

Die älteren Elefanten wechselten skeptische Blicke und Mahagoni sagte unschlüssig: »Was Flint sagt, ist wahr. Feuer kann nicht bekämpft werden.«

»Allein der Versuch wäre zu gefährlich«, fiel eine andere Matriarchin ein und wackelte mit den Ohren.

»Außerdem ist der Große Vater kein Elefant«, polterte ein junger Bulle. »Wir sind einem Pavian nicht so stark verpflichtet. Es ist nicht unsere Aufgabe, Bravelands zu schützen – das ist die Sache von Dorn Hochblatt.«

»Das stimmt nicht!«, rief Aurora. »Die Elefanten waren schon immer die Beschützer von Bravelands. Auch wenn der Große Vater kein Elefant ist, so wohnt doch der Große Geist in Dorn, wie er auch in Großer Mutter wohnte! Unsere Loyalität und unsere Pflicht gelten dem Großen Geist und der wohnt in Dorn.«

»Aurora hat recht.« Zu ihrer Überraschung stellte sich Brocken an ihre Seite und sprach zu den Herden. »Meine Schwester – sie hat den Großen Geist über Monde und Jahreszeiten in sich getragen! Wenn jemand weiß, was wir dem Großen Geist schuldig sind, dann sie!«

Die Elefanten wechselten betretene Blicke. Ein paar starrten auf den Boden, andere nickten feierlich.

»Nun gut. Wenn du es so ausdrückst, muss ich dir recht geben, Brocken«, sagte Mahagoni.

»Wir müssen Aurora folgen«, wandte sich Flint streng an alle. »Was den Großen Geist betrifft, weiß sie am besten Bescheid.«

»Ich kenne Aurora seit ihrer Geburt«, sagte nun Komet und trat vor. »Großer Geist hin oder her, sie ist in der Tat für ihr Alter sehr weise. Ich vertraue ihr.«

Aurora sah ihre Matriarchin an und hoffte, dass sie die tiefe Dankbarkeit in ihrem Blick erkannte. »Danke, Komet«, flüsterte sie.

»Also abgemacht. Wir werden mitkommen.« Eine große, dunkelhäutige Elefantenkuh nickte. »Meine ganze Herde.«

»Und meine«, sagte eine andere Matriarchin.

»Wir halten zu dir!«

»Wir gehen mit Aurora mit!«

Von allen Seiten erschollen Rufe, alle Herden boten Aurora ihre Hilfe im Kampf gegen diese neue, tödliche Gefahr an.

»Die Läufer-Bullen folgen Aurora Wanderer«, brüllte zuletzt ein alter Elefantenbulle. »Was sollen wir tun?«

Aurora wurde schwach vor Erleichterung. »Ich danke euch«, sagte sie. »Ich danke euch allen.«

Dann reckte sie ihren Rüssel und verkündete mit einem

Trompetenstoß, der von den Felswänden widerhallte: »Folgt mir. Wir müssen uns beeilen. Wir werden dem Großen Vater zu Hilfe kommen!«

22. KAPITEL

DER ANBLICK WAR ATEMBERAUBEND. Aurora und die übrigen Elefanten starrten entsetzt in die Flammen, die durch den Wald wüteten und Bäume in schwarze Gerippe verwandelten, mit Gewalt Buschwerk niederbrannten und dicke schwarze Rauchsäulen gen Himmel sandten, die sogar die Sonne verdunkelten. Ascheflocken und verkohlte Holzstückchen rieselten auf Auroras Ohren und Schultern und selbst aus einiger Entfernung spürte sie die Wucht der Hitze auf ihrer Haut. Ihre Augen tränten, und ihre Kehle brannte, obwohl sie sich am Rand des Graslands befanden. Wie musste es erst im Wald sein?

Hinter ihr liefen die Elefanten unruhig hin und her und trompeteten verzweifelt.

»Wir können nichts tun!«, brüllte ein alter Bulle. »Es ist ein hoffnungsloses Unterfangen.«

»Reiner Wahnsinn«, pflichtete ihm eine Elefantenkuh bei und zog ihr Kalb enger an sich heran.

Aurora hörte noch mehr verängstigte Reden.

»Wir sollten gehen.«

»Jetzt gleich.«

»Nicht einmal die Elefanten können dem Großen Vater helfen. Nicht in dieser Feuersbrunst.«

Aurora schluckte. Sie machte ihren Kameraden keinen Vorwurf. Sie hatte noch nie zuvor Feuer gesehen, und dieser Anblick hielt auch sie davon ab, näher zu gehen. Tief in ihrem Inneren rührte sich ein Urinstinkt, der ihr unmissverständlich befahl: *Lauf. Lauf weg, so schnell du kannst.*

Doch sie schlug mit den Ohren und reckte ihren Rüssel. »Nein. Wir müssen weiter. Folgt mir.«

Eine kleine braune Gestalt rannte über das von Asche übersäte Grasland auf sie zu. »Aurora! Dem Großen Geist sei Dank! Ihr seid gekommen!«

»Dorn!« Sie streckte ihren Rüssel nach ihm aus, doch er drückte ihn nur flüchtig und schob ihn sanft weg.

»Mir geht es gut soweit«, erzählte er. Aber wir brauchen dringend die Elefanten. Ich habe einen Plan, der funktionieren könnte.«

»Wirklich?« Aurora blinzelte und schluckte. Dorns Optimismus war erstaunlich, doch selbst er konnte nicht ernsthaft hoffen, diesen Feind zu besiegen? Auroras Herz klopfte verzagt.

»Ich möchte den Feuerweg frei machen«, sagte Dorn.

»Den Feuerweg?«, fragte Aurora verwirrt.

»Ja. Das Feuer ist eine fressende Blume. Spinne, erkläre den Elefanten unseren Plan!«

Spinne hüpfte an Dorns Seite und knetete nervös seine Pfoten. »Wir denken …«, sagte er. »Spinne und Dorn, also … wir glauben, dass, wenn das Feuer nichts mehr zu fressen hat, es auch nicht mehr weiterläuft. Wenn wir also Dinge wegschaffen, hat es nichts mehr zu fressen. Und dann stirbt es.« Er reckte seinen Kopf. »Aber es darf wirklich gar nichts mehr zu fressen finden.«

»Wird es nicht von allein aufhören, wenn es die Ebene erreicht hat?«, fragte Komet unsicher.

Spinne schüttelte den Kopf und pulte sich etwas Asche aus einem Ohr. »Nee. Es frisst das Gras und die Blumen und die ganze Savanne. Es frisst alles auf. Wir müssen seinen Weg stoppen. Eine Feuerblockade!«

»Der Große Vater hat recht, was die Wege des Feuers betrifft«, bestätigte Flint. »Ich habe das selbst schon gesehen. Aber den Weg frei machen, darauf wäre ich nie gekommen.«

»Ein interessanter Gedanke«, polterte Brocken, »falls sich das Feuer wirklich so weiterfrisst, wie Dorn und Spinne vermuten. Lasst uns an die Arbeit gehen!«

»Gut.« Jetzt, wo es etwas zu tun gab, schöpfte Aurora neuen Mut. »Mahagoni und Flint – ihr nehmt jeder ein paar starke und ein paar schwächere Elefanten mit. Wenn der Plan aufgehen soll, muss meiner Meinung nach die Nahrung des Feuers rund um den Wald, wo es seinen Ursprung genommen hat, gleichmäßig entfernt werden.«

Spinne nickte. »Sonst ändert es einfach seine Richtung und frisst sich woanders fort. Dann nimmt es einen Weg, wo es etwas zu fressen findet. Spinne weiß das. Er hat es selbst erlebt.«

»Brocken und ich werden hierbleiben.« Ein Gefühl der Hoffnung und der Begeisterung ergriff Aurora. »Wir werden versuchen, das Feuer auf dieser Seite des Waldes auszuhungern.«

Aurora überließ die weitere Organisation den anderen Elefanten und trottete zum Waldrand. Sie reckte ihren Rüssel, um Witterung aufzunehmen, aber sogleich verstopften dicke Rauchschwaden ihre Atemwege, und die Asche versengte das empfindliche Innere ihres Rüssels. Sie spürte mit Schaudern die Hitze an ihren Füßen, denn selbst der Erdboden war glühend heiß.

Wir müssen das Feuer besiegen!

Sie wählte einen Baum aus und legte ihren Kopf an den Stamm. Ihre Füße rutschten auf dem aufgewühlten Erdboden aus, aber dann fand sie Halt und drückte mit aller Kraft. Mit ihren Ohren schlug sie die heißen Ascheflocken weg und versuchte, ihre Angst zu unterdrücken. Es war die gleiche Arbeit wie die Rodung der Lichtung des Großen Vaters, redete sie sich ein.

Nur dass jetzt tödliche Flammen auf uns zukommen …

Plötzlich lösten sich die Wurzeln des Dornbaumes aus der Erde, Lehmbrocken und tote Blätter stoben auf. Aurora wälzte den gefällten Baum fort und schob ihn möglichst weit von seinen Nachbarn weg. Dann suchte sie sich den nächsten aus. Ganz in der Nähe machte sich Brocken schon an seinen dritten Baum.

»Für den alten Kigeliabaum müssen wir zu zweit sein«, trompetete er. »Komm her!«

Aurora wusste, dass sie sich keine Pause erlauben durfte, egal, wie sehr Brust und Beine schmerzten. Sie biss die Zähne zusammen und rannte Brocken zu Hilfe. Schulter an Schulter drückten sie mit aller Kraft gegen den Baum.

Während der Arbeit hatte sie kaum Zeit, auf Dorn zu achten. Sie nahm nur am Rande wahr, dass er und Spinne ständig in den Wald hinein- und wieder hinausrannten, Tiere in Sicherheit brachten und sie zur Eile antrieben. Immer hatten sie irgendein kleines Wesen dabei: eine Maus in der hohlen Pfote, ein Erdhörnchen, das im Schulterfell kauerte. Dorns Kräfte schienen nie nachzulassen.

Und meine auch nicht, ermahnte sie sich.

Ihr Herz hämmerte, ihr Rüssel und ihre Schultern schmerzten. Alles tat ihr weh. Ihre gereizte Kehle war ausgetrocknet und brannte und die weiche Innenhaut ihres Rüssels war wie versengt. Aber der Anblick von Dorn, der unablässig immer und immer wieder in den Wald rannte, gab ihr Mut und Hoffnung. Selbst die schreckensstarren Tiere, die er rettete, schienen sich von seiner Entschlossenheit anstecken zu lassen. Ihre Augen leuchteten dankbar, und manche rannten mit ihm zurück, sobald sie selbst wieder bei Kräften waren, um anderen zu helfen.

Sie sah ihren Bruder an, ihre Blicke begegneten sich, und Aurora merkte, dass er dasselbe empfand. Von den Elefanten auf der anderen Seite des Waldes bekam sie zwar nichts mit, aber sie war überzeugt, dass sie noch dort waren und genauso verzweifelt wie sie für Bravelands kämpften.

Unermüdlich schoben, zogen und rissen sie und Brocken einen Baum nach dem anderen heraus.

Direkt vor Aurora kam Dorn aus einem Gebüsch und ging kurz in die Hocke, um Atem zu schöpfen. Er sah zu ihr hoch.

»Ich glaube, soweit läuft alles gut, Aurora«, keuchte er.

Aurora schnaufte und legte nun doch eine kurze Pause ein. Sie musterte den umliegenden Wald. Die Erde war aufgewühlt, das Gras zerstampft und die Bäume, alte wie junge, niedergerissen. Morgen würde ein Tag der Trauer sein, vor allem für die Tiere, die hier ihr Zuhause gehabt oder Verwandte und Freunde verloren hatten.

Doch im Augenblick sah die Zerstörung des Waldes aus wie der Beginn einer siegreichen Schlacht.

»Dorn, woher wusstest du eigentlich, wo du uns findest?«,

fragte Aurora. Sie unterbrach erneut ihre Arbeit an einigen jungen Schösslingen. »Die Elefanten, meine ich. In deiner Vision hast du den Berg gesehen, der wie ein Pavian aussieht, aber du wusstest doch nicht einmal, wo er ist.«

»Von deinem Freund«, sagte Dorn.

»Meinem Freund?«

Dorn sah sie aufmerksam an. »Fels.«

»Fels?« Ihr Herz blieb beinahe stehen. »Fels war hier?«

Dorn nickte und tätschelte ihren Rüssel. »Er hat viele Tiere gerettet und ist immer wieder zurückgegangen. Ich habe ihm gesagt, er sollte nicht so weit in den Wald hineingehen, aber er ließ sich nicht davon abhalten. Das letzte Mal, als ich ihn sah …« Dorn zögerte. »Er ging zurück, um eine Affenfamilie zu suchen, die im Feuer gefangen war.«

»Und …« Aurora räusperte sich. Es fühlte sich unerträglich heiß und kratzig an und sie brachte die Worte kaum heraus. »Du … du hast ihn seither nicht mehr gesehen?«

Dorn schüttelte den Kopf. »Es tut mir leid, Aurora. Das ist schon eine ganze Weile her. Es tut mir so leid.«

»Nein!« Aurora fand ihre Stimme wieder und trompetete ihre Verzweiflung heraus. »Nein!«

Brocken legte seinen Rüssel um ihre Schulter und streichelte sie krampfhaft. »Ach, Aurora …«

Sie schüttelte sich und wich vor ihrem Bruder zurück. »Zum Trauern ist keine Zeit«, sagte sie heiser. »Wir müssen weiterarbeiten.«

Der Rauch wurde immer schlimmer, aber Aurora kümmerte das nicht mehr. Ihre Augen flossen über und sie zog und schob ungestüm an den Bäumen. Sie nahm die großen Umrisse der anderen Elefanten kaum war, die zu ihrer Linken auftauchten, je mehr Bäume und Büsche weggeschafft wurden. Sie konzentrierte sich nur auf ihre Aufgabe. Wie besessen riss sie Baumstämme und Äste nieder und versuchte, an nichts anderes zu denken als an ihre Arbeit: dem Feuer ein Ende zu setzen, das offenbar auch ihren geliebten Fels getötet hatte.

Doch dann drang durch das Chaos und ihren Kummer ein Ton: der tiefe Trompetenstoß eines Elefantenbullen in Not.

Auroras Kopf fuhr hoch, ihre Ohren klappten nach vorn. Er war es.

Fels!

23. KAPITEL

AURORA HOLTE TIEF LUFT und rannte in den Wald. Hinter ihr trompetete Brocken besorgt: »Aurora, nicht!«

»Ich muss!«, schrie sie. »Brocken! Bitte bleib hier. Ich muss ihn suchen!« Ohne seine Antwort abzuwarten, stürzte sie zwischen die Bäume. Augenblicklich spürte sie die sengende Hitze des Feuers auf ihrer Haut und den erstickenden Rauch in ihrer Kehle.

Vor Angst zitternd, stürmte sie weiter. Es war Wahnsinn. Es konnte ihr Tod sein. Nein, so durfte sie es nicht sehen. Wenn es eine Möglichkeit gab, ihn zu retten, musste sie weiter. Sie durfte ihn nicht noch einmal verlieren, nicht, solange noch ein Funken Leben in ihr war. Keuchend reckte sie ihren Rüssel und trompetete ein ums andere Mal Fels' Namen. Schwelende Schösslinge blockierten ihren Weg, Blätterhaufen loderten auf. Mit schwingenden Stoßzähnen fegte sie sie beiseite. Rauchschwaden rankten um ihre Beine.

»Fels! Wo bist du?«

Über sich hörte sie ein Krachen und wich gerade noch rechtzeitig einem herabstürzenden brennenden Ast aus. Sie keuchte, drehte sich hierhin und dorthin und blinzelte heftig hustend in den dicken Rauch.

»Fels!«

Noch mehr Flammen und Rauch. Sie wusste, dass sie nah am Herzen der Feuersbrunst sein musste. Die Hitze auf ihrer Haut war schier unerträglich. Sie spürte beinahe, wie die Haut unter der Hitze schrumpelte und verkohlte und Maul und Rüssel sich mit Ruß füllten.

Über ihr war ein lautes Knacksen, dann kam ein Ascheregen auf sie nieder. Sie sah gerade noch rechtzeitig, dass ein riesiger, lichterloh brennender Ast genau auf sie herabfiel. Sie wich schlingernd zur Seite aus, war aber nicht schnell genug. Der Ast krachte mit voller Gewalt auf ihren Rücken. Ihre Knie knicken ein, sie taumelte durch einen Ascheregen, krachte in einen brennenden Lantanabusch und stürzte seitlich zu Boden.

Sie lag gekrümmt in der Mitte einer zerstörten Lichtung. Überall waren wabernde Rauchschwaden und züngelnde Flammen. Sie versuchte aufzustehen, aber ihre Beine hatten keine Kraft mehr. Genau wie in ihrer Vision vom Kometen war sie schwach wie ein neugeborenes Kalb und sah zu dem von Ast zu Ast springenden Feuer empor, das die Blätter der Bäume schwarz färbte.

Mit der Hitze wuchs auch Auroras Verzweiflung. Es gab keinen Ausweg für sie, nichts, was sie hätte tun können. Ihr blieb nur die Hoffnung, dass der Rauch sie erstickte, bevor das schreckliche Feuer sie fraß. Sie dachte an ihre Herde, an Horizont und Brise, Komet und die anderen. Sie dachte an Flint und Brocken und die anderen Bullen. Ob sie in der erkalteten Asche nach ihr suchen würden? Nur noch verkohlte Knochen würden von ihr übrig sein, die irgendwann zu Staub zerfielen, weit fort vom Land der Ahnen, der Ruhestätte der

Elefanten. Am schlimmsten aber war, dass sie Fels nicht gefunden hatte. Nicht mehr mit ihm hatte sprechen können. Würden sich ihre Seelen jemals begegnen? Würde sie jemals ihren Fehler wiedergutmachen können?

Der Boden unter ihr begann zu vibrieren, es war ein regelmäßiges Stampfen, das sich beinahe wie der Herzschlag von Bravelands anfühlte. Es kam näher, bis die Erschütterung ihren ganzen Körper erfasste. Aurora sah blinzelnd in die sengende Hitze. Sie atmete, aber es war mehr Rauch als Luft. *Ist dies das Ende? Großer Geist – nimm mich …*

Das Stampfen brach ab und plötzlich fiel ein Schatten über sie. Etwas berührte sie an der Seite und dicht an ihrem Ohr dröhnte eine krächzende Stimme. »Aurora! Bist du das? Aurora?«

Mühsam drehte sie ihren Kopf, aber sie begriff erst, als sie sah, wer gesprochen hatte. Fels' mächtiger Kopf war über sie gebeugt – sein Rüssel berührte sanft ihren Rüsselansatz.

Nein, das kann nicht sein …

Es musste sich um eine letzte verzweifelte Sinnestäuschung handeln – ihr Geist spielte ihr einen Streich, bevor sie aus dem Leben schied. In ihrem Kopf drehte sich alles. Es war eine seltsame Vision.

Auf Fels' Schulter kauerte eine Affenfamilie. Sie klammerten sich verzweifelt an seine versengten, angerissenen Ohren. Und in seinem Rüssel hielt der Elefantenbulle einen winzigen Pavian, dessen große, helle Augen vor Entsetzen weit aufgerissen waren. Er war vielleicht auch vom Feuer gebissen worden. Von seinem Kopf stand ein wildes schwarzes Fellbüschel ab, das wie ein Baobabblatt aussah.

»Aurora, du musst aufstehen«, sagte Fels und stupste sie.

»Zu schwach«, murmelte sie.

»Nein. Du bist der stärkste Elefant, den ich kenne.«

Sie spürte, wie er seinen Rüssel unter ihr Vorderbein schob und sie ein wenig anhob. Sie schaffte es, einen Fuß auf den Boden zu stellen. Links von ihr knackte es und ein Baum stürzte um. Eine starke Hitzewelle schwappte über sie, gefolgt von einer schwarzen, undurchdringlichen Rauchwolke.

»Auf die Beine!«, sagte Fels etwas energischer, aber auch verzweifelt und beunruhigt. Er stemmte sie mit seinem Rüssel hoch, sie zwang sich auf die Füße, wäre aber gleich wieder umgefallen, hätte er sie nicht aufgefangen und abgestützt.

Aurora nahm kaum die Lichtung wahr, auf der sie sich befanden. Das Feuer versperrte ihnen nach allen Seiten den Weg. Auf der verkohlten Erde lagen überall schwarze Äste, Stöcke und Baumstämme. Sie machte ein paar Schritte, fürchtete, dass jeder ihr letzter sein könnte. Wenn sie jetzt umfiele, würde kein Zuspruch sie wiederaufrichten können.

»Ich führe dich!«, sagte Fels.

Aurora blieb mit ihrem Rüssel in ständigem Kontakt mit seiner Schulter, als er sie durch das schwarze, verräucherte Chaos führte. Sie musste heftig husten, Panik schnürte ihre Kehle zu und ihr war schwindelig. Sie hatte den Eindruck, dass sie noch tiefer in das Herz der Flammen hineingingen.

Da trat vor ihnen eine Gestalt aus dem brennenden Chaos. Aurora stockte der Atem. Sie hatte nicht geglaubt, dass sie noch größeres Entsetzen empfinden könnte, aber bei dieser grausigen Erscheinung blieb sie wie angewurzelt stehen.

Es war ein Wolf, so viel erkannte sie. Aber sein goldenes Fell war verschwunden, es war bis auf die schwarze, verkohlte Haut verbrannt. Der Wolf starrte Aurora an.

Er war doch nicht wirklich lebendig?

Der Wolf sperrte ohne Hast seine Schnauze auf. In seinem schwarzen, verkohlten Rachen glitzerten die Fangzähne unheimlich weiß. Unerträglich weit öffnete sich die grauenvolle Schnauze und Aurora sah noch etwas darin: ein goldglitzerndes Fell.

Aber es war kein Wolfsfell, natürlich nicht. Selbst das Feuer konnte Tiere nicht von außen nach innen stülpen, sagte sie sich. Ihr Herz zog sich vor Grauen zusammen. Nein. Es war das Gesicht eines Löwen, dessen dunkle Augen verführerisch glitzerten.

So schnell, wie er erschienen war, verschwand der Löwe wieder. Und ebenso der Wolf.

»Aurora! Beeil dich! Es ist nicht mehr weit«, rief Fels.

Aurora starrte entgeistert auf die leere Stelle. Es war eine Vision gewesen!

Dort, wo der Wolf gestanden hatte, sah die Luft dünner und klarer aus. Aurora sah die knorrigen Umrisse von Bäumen und Büschen, die ihr bekannt vorkamen.

Fels drängte sie mit seinem Rüssel zum Weitergehen. Aurora nahm ihre letzten Kräfte zusammen und wankte dorthin, wo die Luft reiner war.

Verschwommen nahm sie große Gestalten wahr, die ihr entgegeneilten: Komet, Stern, Brise. Sie konnte sie nicht begrüßen, sie konnte sich nicht mehr länger auf den Beinen halten.

»Fels?« Aurora hatte einen bitteren, rauchigen Geschmack im Maul, und ihr Rachen tat weh, als sie seinen Namen rief. Aber sie musste wissen, ob es stimmte, was sie gesehen hatte.

Ein Rüssel streichelte ihren Kopf und sie hörte Komets tröstende Stimme. »Es geht ihm gut, Aurora. Du hast es geschafft. Du hast ihn gefunden.«

»Nein«, murmelte sie. »Er hat mich gefunden.«

Ihre Sicht war verschwommen, von Asche getrübt. Sie wusste nicht, wie lang sie in einem Nebel aus Schmerzen und Entkräftung dagelegen hatte, aber es konnte nicht lang gewesen sein. Hinter ihr wütete und krachte das Feuer und die Hitze schlug glühend heiß gegen ihren Körper.

Mit schier übermächtiger Anstrengung hob Aurora ihren Kopf. In der Nähe sah sie Horizont, die zitternd zwischen den Beinen ihrer Mutter stand. Ihre Haut war von der Asche ganz fahl, und ihre Wimpern waren versengt, doch sonst schien sie unverletzt zu sein. Fels wartete in einigem Abstand, umringt von anderen Elefanten. Ja, er war wirklich da. Seine Haut war bleich und von roten, schwarz geränderten Wunden entstellt. Ein Ohr war stark eingerissen. Der kleine Pavian lag schlafend auf seinem Rücken und hatte alle viere von sich gestreckt.

Danke, Großer Geist – er lebt!

Langsam, unter Schmerzen kam Aurora auf die Füße. Sie schwankte, zu beiden Seiten von Komet und Brise gestützt.

Diese langen Stoßzähne. Diese grünen Augen, in denen Schrecken und Entschiedenheit leuchteten. Seine Haut war dunkelgrau, aber nun fahl von der Asche. Aurora torkelte auf ihren Gefährten zu.

Fels' grüne Augen öffneten sich weit. Erst zögerte er und wiegte sich ein wenig hin und her, doch dann streckte er seinen Rüssel aus und schlang ihn um ihren Rüssel. Schier unerträgliche Freude strömte durch ihren Körper. Sie presste ihren Kopf an Fels, suchte verzweifelt seinen festen, warmen Körper.

»Du bist es wirklich!«

»Aurora«, sagte er leise. Seine Stimme klang so matt, sie hörte sie kaum, aber er hatte ihren Namen voller Liebe ausgesprochen.

»Fels, es tut mir leid. Ich weiß jetzt, dass der Tod von Fluss ein Unfall war. Ich habe gesehen, wie es passiert ist. Es tut mir so leid. Es tut mir so sehr leid …«

»Schhh«, krächzte er. »Schon gut.«

»Nein«, stöhnte sie. »Kannst du mir verzeihen, Fels? Kannst du mein Lebensgefährte sein wie zuvor? Können wir noch einmal von vorn beginnen? Bitte.«

Hilflos rieb er seinen Kopf an dem ihren.

»Nur das wünsche ich mir, Aurora. Nichts anderes habe ich je gewollt.«

Das Glücksgefühl vertrieb Schmerzen und Erschöpfung. Aurora lehnte ihren Kopf an ihn und dachte: *Ich werde dich nie mehr verlassen, nie mehr an dir zweifeln.*

Brocken trottete herbei und sie lösten sich ein Stück voneinander.

»Wir sind fertig!«, polterte er. »Wir haben es geschafft, Aurora, wir alle zusammen. Wir haben rund um das Feuer eine Schneise geschlagen.« Er blickte unruhig zum Wald und der dichten schwarzen Rauchdecke, die sich über ihn gelegt hatte. »Jetzt können wir nur noch warten. Und hoffen, dass der Plan des Großen Vaters aufgeht.«

Aurora stand mit zitternden Beinen neben ihrem Bruder und Fels und beobachtete das Feuer. Ihre Kehle war wie zugeschnürt. Auch die anderen Elefanten kamen zusammen. Die baumlose Schneise, die den Wald umgab, war eine Brache aus zertrampelten, kleinen Zweigen, umgewühlten roten

Erdklumpen und tiefen Furchen und Kratern, wo die Elefanten sich beim Roden mit den Füßen abgestemmt hatten. Die gefällten Bäume waren zur Seite gerollt worden und lagen außerhalb der verwüsteten Schneise. Ihre Blätter waren verschrumpelt und verkohlt. Unter anderen Umständen wäre dies ein herzzerreißender Anblick gewesen, aber jetzt war er Anlass für Hoffnung. Aurora stellte sich neben Brocken, ihr Herz klopfte unruhig.

Auf der anderen Seite der Verwüstung wüteten die Flammen, als wären sie lebendig – zornige, enttäuschte Kreaturen, die alles verschlangen, was sie noch zu fassen bekamen. Aurora hielt den Atem an. Wenn das Feuer die Linie zum Brachland überspränge, wäre alles umsonst gewesen.

Aber es hielt. Ein paar Funken entzündeten sich an den herumliegenden Zweiglein, brannten aber schnell wieder aus. Aus einem brennenden Feigenbaum löste sich brüllend eine Feuerfontäne, als wollte sie Halt bei einem Nachbarbaum finden, aber sie griff ins Leere und verging zischend.

Innerhalb der Feuerblockade der Elefanten loderte und brannte der Wald, aber die Flammen konnten noch so sehr wüten, sie kamen nicht über die Schneise. Aurora schloss ihre Augen und ließ erschöpft und erleichtert ihre Schultern herabhängen.

»Es hat funktioniert«, flüsterte Brocken.

»So viele Tiere mussten sterben«, sagte Komet traurig.

»Wir haben getan, was wir konnten«, erwiderte Brocken.

Der kleine Pavian auf Fels' Rücken hob kurz den Kopf, dann fiel er wieder in Schlaf.

Bei der Erwähnung der armen, im Feuer gefangenen Tiere kam Aurora wieder ihre Vision von dem verbrannten Geisterwolf in den Sinn. Es war, als hätte er ihr den Ausweg gezeigt – ein gespenstischer Lotse, der sie aus dem Wald geführt hatte. Doch als sie nun darüber nachdachte, erschauderte sie, als ahnte sie neues Unheil. Ein Löwe, der aus einem Wolf hervorstürzt. Das war mehr als seltsam...

Plötzlich wurde Aurora von einem schrecklichen Grauen gepackt, denn sie wusste genau, was es bedeutete.

»Nein ...«, stammelte sie.

»Was ist?«, fragte Fels. »Was ist los, Aurora?«

Sie drehte sich zu ihrem Geliebten um und suchte nach Worten, mit denen sie dem Grauen in ihrem Herzen Ausdruck verleihen konnte.

24. KAPITEL

ETWAS KÜHLES PLATSCHTE AUF DORNS FELL und er sah hoch. Noch ein Tropfen und dann noch einer trafen seine Schnauze und rannen an seiner Schnauze herab. Und schon wurde aus dem Sprühregen ein stetiger Regenguss. Beglückt öffnete er seine Schnauze, fing das frische Wasser mit seiner Zunge auf und ließ es in seine ausgedörrte Kehle rinnen. Doch dann traf ihn ein schrecklicher Gedanke.

»Regen! Er wird die Feuerpflanze wässern!«, keuchte er. »Sie wird wieder wachsen …«

»Nein!«, schrie Nuss und klopfte mit seinen Pfoten vergnügt auf den Boden. »Sieh nur – dort – er tötet die Feuerpflanze!« Er zeigte auf den zerstörten Wald.

Dorn sah und staunte, denn dort, wo der Regen niederprasselte, spritzten und spuckten die Feuerblumen und verkümmerten zu feuchten Rauchkringeln.

Der scharfe Gestank nach verkohltem Holz war immer noch übermächtig, aber die Feuerblumen starben schnell. Dorn hörte ihr wütendes Zischen, als der Regen die Ödnis aus verbrannten Bäumen durchnässte. Über der Gegend hing noch eine schwere Rauchwolke, aber auch sie verflüchtigte sich allmählich und wurde von der aufkommenden frischen

Brise zerfleddert. Der Rauch, dachte Dorn erleichtert, sah viel weniger bedrohlich aus, wenn über ihm schwarze Sturmwolken über den Himmel rasten.

Entkräftete Tiere sammelten sich um ihn. Eine große Elefantenkuh taumelte hin und her und wurde von ihrem Gefährten gestützt. Durchnässte Tiere mit grauem, schmuddeligem Fell drängten sich in Grüppchen zusammen. Dorn sah Paviane, Affen und ein paar Zebras. Viele von ihnen hatten entzündete Stellen und frische Brandwunden, aber alle sahen stolz und glücklich aus. Dorn war bewusst, dass viele in den Flammen umgekommen waren – er hatte ihre verkohlten Körper zwischen den Bäumen gesehen –, aber viele waren auch gerettet worden, und viele waren in die schreckliche Feuersbrunst zurückgegangen, um andere zu retten. Es war ein schrecklicher Tag für Bravelands gewesen, aber auch ein ermutigender Tag.

»Großer Vater hat uns gerettet!«, wieherte ein Zebra und scharrte auf dem verkohlten Erdboden.

»Ja! Wir danken dir, Dorn!«, rief eine Gruppe von Pavianen im Chor.

»Gelobt sei der Große Vater«, flüsterte erschöpft eine Meerkatze. Sie kauerte auf dem Boden, und ihre Beine hingen schlaff herab, als wäre sie zu müde, um aufrecht zu stehen. »Wäre Dorn nicht gewesen, wären noch mehr von uns gestorben.«

»Und die Elefanten«, ergänzte ein Nashorn, dessen fahle Lederhaut unter der Asche fast weiß aussah. Es nickte ehrerbietig zu Brocken, Komet und den anderen Elefanten hin. »Ohne ihre Kraft wäre dieser Feuersturm nie eingedämmt worden.«

»Ja!«, verkündete Dorn und erhob sich auf seine Hinterbeine. Ihm tat alles weh, aber das kümmerte ihn nicht. Sein Plan war aufgegangen. »Den Elefanten gehört unser ewiger Dank – aber ihr alle habt dazu beigetragen. Alle Tiere von Bravelands haben im Angesicht dieser Katastrophe zusammengearbeitet und ich bin allen von euch unendlich dankbar.«

Nuss ging näher zu Dorn und auch Spinne sprang durch die freudig erregte Menge zu ihm. »Es war dein Plan, Dorn«, sagte Nuss leise. »Ich weiß, du willst die Ehre teilen, aber das war einfach großartig von dir. Richtig gut.«

»Spinne findet das auch«, erklärte Spinne. Er ging in die Hocke und wischte sich Asche aus den Ohren. »Dorn ist ein sehr kluger Großer Vater.«

Nuss stupste Dorn an und grinste. »Du kannst ruhig ein bisschen mehr an dich glauben.«

»Nuss hat recht«, ertönte eine Stimme.

Dorn sah sich um. Über ihm stand Aurora und sah mit sanften Augen auf ihn herab. Sie lächelte. Dicht neben ihr stand ein Elefantenbulle und stützte sie. Seine Augen waren dunkelgrün, und dort, wo der Regen die graue Asche von der schwarzen Haut gewaschen hatte, war er eigenartig grauschwarz gesprenkelt. *Es ist Fels*, stellte Dorn erleichtert fest.

Aurora strich mit ihrem Rüssel sanft über Dorns Schulter. »Du hast heute gute Entscheidungen getroffen«, sagte sie leise. »Du hast viele gerettet und Bravelands beschützt. Ich bin sicher, dass du einer unserer besten Großen Anführer sein wirst. Der Große Geist wohnt wahrhaftig in dir, Dorn. Zweifle nie daran.«

Dorn meinte, in ihrer Stimme und ihren dunklen Augen noch etwas anderes zu lesen … Erleichterung? Aurora hatte ihn immer unterstützt, war ein starker, fester Baum gewesen, an den er sich hatte lehnen können, obwohl es für sie vielleicht schwierig gewesen war, sich einen Pavian als Großen Vater vorzustellen.

»Ich versuche es.« Er lachte heiser. Aber trotzt des Sieges nagte eine unerklärliche Angst in seinem Gedärm. Er sah sich suchend um. »Aber wo ist Beere? Und Matsch? Sie sollten längst zurück sein.«

»Es geht ihnen bestimmt gut.« Nuss klopfte ihm auf die Schulter.

Dorn wünschte, er wäre auch so zuversichtlich. Natürlich ging es Matsch und Beere gut, natürlich ging es ihnen ... Überall herrschte noch Chaos und viele Tiere hatten sich noch nicht eingefunden. Seinem Freund und seiner Gefährtin ging es gut. Jeden Moment würden sie auftauchen, erschöpft, aber lächelnd ...

Nur, dass er ein ungutes Gefühl hatte, und wenn er in der letzten Zeit eins gelernt hatte, dann, seinem Instinkt zu vertrauen. Er holte nervös Luft, schob sich durch die aufgeregten Tiere und rannte zu den schwelenden Überresten des Waldes zurück.

Dorn blieb stehen und lehnte sich an einen verkohlten Stamm, der sich immer noch warm anfühlte. Er schloss seine Augen und suchte ihren Geist.

Beere ... wo bist du ...?

Er kniff seine Augen zusammen und konzentrierte sich mit aller Kraft. Der Wald war groß, aber er wusste, dass er sie finden würde. Er kannte ihre Seele, ihr sanftes, freundliches und manchmal so ernstes Wesen. Benommen flackerte sein Bewusstsein durch den zerstörten Wald. Er legte die Stirn in

Falten, seine Augen waren immer noch geschlossen. Sie war nicht in diesem Teil des Waldes. Dorn zwang sich, ruhig zu atmen, und dehnte seine Sinne noch weiter aus, dorthin, wo der Wald noch intakt war, zu dem Fluss hinter dem Wald und den Ebenen, die ihn umgaben, immer weiter öffnete er seine Sinne und suchte …

Dann atmete er erleichtert auf und blinzelte. Dort war sie. Beere, seine Liebe. Dorn tauchte in ihren Geist ein, als wäre das die normalste Sache der Welt, als wäre sein Gehirn vom Großen Geist dafür geschaffen worden, sich mit ihr zu verbinden. Wie starke Wurzeln im tiefen, fruchtbaren Erdreich.

Er stand auf der Lichtung des Großen Vaters. Warum um alles in der Welt war Beere hierhergekommen? Suchte sie ihn? Aber sie wusste doch, wo Dorn gerade war, warum also …

Und dann sah er die Wölfe, die aus den Bäumen herbeischlichen.

Beere, dachte er mit dem Teil von ihm, der immer noch Dorn war. Schnell weg!

»Wo ist er denn, dein Großer Vater?« Ein magerer Wolf kam auf sie zu. »Großer Vater von Bravelands. Dorn, der Pavian mit seinem mächtigen, großen Herzen! Wo hast du ihn versteckt, hm?«

»Idioten!«, fauchte Beere voller Verachtung. »Ihr glaubt, dass Dorn Hochblatt der Große Vater ist? Er hat euch ausgetrickst. Wir alle haben euch ausgetrickst!«

»Was?«, knurrte der Wolf.

Was?, wiederholte Dorn in ihrem Kopf. Was sagte sie da?

Beere holte tief Luft.

Der Wolf legte seine Ohren an und wechselte verdutzte Blicke mit seinem Rudel. »Was erzählst du uns da, Äffchen?«

»Dorn? Das meint ihr doch nicht wirklich!« Beere richtete sich auf und sah die Wölfe geringschätzig an. »Dorn war nicht einmal ein richtiger Hochblatt-Pavian, von einem Großen Anführer ganz zu schweigen. Und ihr dachtet – hahaha!«

Ihr Lachen klang angespannt und falsch, schien die fauchenden Wölfe aber zu überzeugen. Wütender Geifer tropfte von ihren Lefzen.

»Ihr habt keine Ahnung, wie schlau wir Paviane sind«, fuhr Beere fort. »Dorn war nur der Lockvogel. Nur ein Helfer, ein Trugbild, um eure Aufmerksamkeit vom wahren Großen Anführer abzulenken. Zugegeben, kein besonders pfiffiger Lockvogel, aber er hat seine Rolle ganz gut gespielt.«

Dorn hätte sich am liebsten die Ohren zugehalten. Aber es waren nicht seine Pfoten, nicht sein Körper. Er musste ihr weiter zuhören. Bitte hör auf, Beere. Bitte hör auf. Warum sagst du so etwas?

»Und wer ist dann der echte Große Anführer?«, säuselte der Wolf.

Dorn nahm den beißenden Gestank der Bestie wahr.

»Wieso, ich natürlich«, sagte Beere. »Ich, so wahr ich hier stehe! Beere, Kronblatt des Trupps der Morgenröte. Tochter von Stachel, dem schlausten Pavian aller Zeiten. Wen sonst hätte der Große Geist auswählen können?«

Endlich begriff er, zu spät. Dorn wollte Beere die Schnauze zuhalten. Aber er besaß keine Macht über den Körper, in den er eingetaucht war, und keine Macht über dessen Geist. Ihm blieb nichts anderes übrig, als weiter zuzusehen.

»Du bist der Große Anführer?« Der große Wolf stellte seine Ohren auf. »Dann wird unser Alpha dein Herz fressen und stark sein! Und wir auch, denn wir sind er!«

Nein. Nein. Nein. Beere. Nein! Dorn spürte ihre Angst. Ihre große Angst. Sie muss wegrennen, wegrennen!

Beeres Herz hämmerte wie wahnsinnig vor Angst. Dorn fühlte sich einer Ohmacht nahe.

»Ihr jämmerlichen Wölfe werdet mein Herz nicht bekommen«, spottete Beere. Wieder lachte sie. »Der Große Geist wohnt in mir und wird mich beschützen.«

»Das werden wir sehen«, knurrte der Wolf. »Wir alle wir. Wir werden sehen. Wir werden es schmecken.«

Die Reihen der Wölfe teilten sich und hervor schritt der Alpha: Er musste es sein. Er war nur ein Schatten und trotzdem groß und bedrohlich. Seine Augen waren deutlich zu erkennen, sie glühten machthungrig und gewaltbereit.

Dorn hielt es nicht länger aus. Er musste etwas tun. Mit einem gewaltigen Ruck verließ er Beeres Geist und stürzte durch den Wald in Richtung der Lichtung des Großen Vaters. Er rannte so schnell, wie er noch nie gerannt war. Eine große, dunkle Wolke hüllte ganz Bravelands ein. Der Regen stürzte flutartig vom Himmel, durchnässte ihn in kürzester Zeit, weichte sein Fell auf und rann in seine Augen. Die verkohlten Baumgerippe boten keinen Schutz, aber selbst als er den unbeschädigten Wald erreichte, trommelte der Regen so stark herab, als befände er sich im offenen Grasland.

Dorns Herz hämmerte wild, und es kam ihm vor, als renne er durch dicken Morast, er konnte seine Glieder nicht schnell genug bewegen. Seine Pfoten schlitterten und rutschen über nasses Gras und glitschige Blätter. Es war wie ein Traum, ein schrecklicher Albtraum.

Nur, dass es kein Traum war. Er hatte alles gesehen.

Beere, ich komme.

Nun sah er die Bäume seines eigenen Waldstücks vor sich. Dorn erkannte einzelne Stämme und Äste, einen Feigenbaum. Er tauchte in vertrautes Waldgebiet ein, rannte, raste, flog, das Herz klopfte ihm bis zum Hals.

Ich muss es schaffen. Ich muss.

Noch ein letzter Holzstamm war zu überwinden, dann stolperte er rutschend auf die Lichtung, sah sich nach Luft ringend fieberhaft um.

Die Stille war fürchterlich. Die Wölfe waren verschwunden. Nur sein Freund Matsch kauerte in der Mitte der Lichtung über einem formlosen Etwas.

Dorn atmete scharf und hörbar ein. Matsch drehte sich um. Die Augen des kleinen Pavians waren noch größer als sonst und sein Gesicht war von Trauer und Schmerz gezeichnet.

Dorn fühlte sich eigenartig kalt und unbeteiligt. Seine Glieder waren wie in Trance, als er zu Matsch hinübertaumelte.

Er wollte nicht hinsehen. Aber er musste. Dorn löste mühsam seinen Blick von seinem Freund und zwang sich, auf das am Boden liegende Etwas zu sehen: schlaffes, zerfetztes Fleisch, zerrissenes Fell. Das war unmöglich seine Gefährtin, seine Liebste. Unmöglich.

Er war Großer Vater … so etwas würde er niemals zulassen. Ja, der Große Geist persönlich würde so etwas nicht zulassen.

Beere.

Nein, das konnte nicht sein. Dieses Pavianweibchen war ganz leblos. Es war schon ganz kalt. Ihre Augen, die Augen, die so warm und golden und voller Liebe waren, leuchteten gar nicht mehr. Sie starrten weit offen und fast friedlich zum Rand der Lichtung hin.

»Nein. Nein. Nein.« Dorns Beine trugen ihn nicht länger. Er brach zusammen und hockte gekrümmt im wolkenbruchartigen Regen.

Matsch schwieg, er schien die Sprache verloren zu haben. Er hatte Blumen auf den Leichnam gehäuft – aber nur auf Beeres Brust. Ihr ganzer Brustkorb war mit Blüten überhäuft, rote, gelbe, grüne, goldene. Aber nur auf ihrer Brust. Und plötzlich – mit unsäglichem Schmerz – begriff Dorn auch, warum das so war.

Sie hatten ihr Herz gestohlen. Die Wölfe hatten Beeres Herz, ihre Seele, ihr ganzes Sein gestohlen.

»Ich wollte sie aufhalten.« Endlich sprach Matsch wieder, aber seine Stimme war ein einziges Wehklagen. »Ich habe es versucht, Dorn. Aber sie hörte nicht auf mich. Sie sagte, nur das könnte dich retten. Sie sagte, wenn die Wölfe das Herz eines falschen Großen Anführers nähmen, würden sie dich verschonen.«

Dorn wollte seinen Freund trösten, aber es ging nicht. Die Stimme versagte ihm. Er empfand nur einen rasenden, pochenden Schmerz, der schlimmer war als die Flammen, die den Wald zerstört hatten. Und doch schien der Schmerz zu einem anderen Pavian zu gehören, als gehörte sein Körper nicht mehr zu ihm.

Dorn kauerte neben Beere nieder und nahm sie in seine Arme. Er schob die Blüten beiseite und entblößte ihre geschändete Brust. Matsch hatte es gut gemeint, dass er ihm den Anblick ersparen wollte, aber Dorn musste es mit eigenen Augen sehen. Er musste wissen, was sie erlitten hatte, nachdem er sich von ihrem mutigen und angsterfüllten Geist losgerissen hatte.

Er drückte sie an sich und streichelte ihr schönes goldenes Fell. Er konnte sie nicht verlassen. Sie war gestorben, um ihn zu retten. Er wollte bei ihr bleiben und ihren toten Körper halten, bis der Tod auch zu ihm käme.

So sehr hat sie mich geliebt. Und jetzt würde er ihr nicht mehr sagen können, wie sehr er sie geliebt hatte. Könnte er doch die Zeit zurückdrehen, könnte er mit ihr doch wieder in der Schlucht sein, wo sie sich heimlich bei Dunkelheit getroffen hatten und so glücklich miteinander waren. Er könnte sich bei den drei Hochtaten für sie hervortun und beim Trupp die Anerkennung erringen, ihr Gefährte zu werden. Er könnte wieder im Langbaumlager leben, das einst sein Zuhause gewesen war, und sehen, wie ihre braunen Augen golden aufleuchteten, wenn er ihr schüchtern eine Mango reichte.

Aber ihre Augen würden nie mehr leuchten. Diese Augen, die er so liebte, waren tot und starr, und ihre Seele war verschwunden. Eine neue Welle von Schmerz übermannte ihn. Die Wölfe hatten ihre Seele gestohlen. Beere würde niemals zwischen den Sternen wandern und die Bäume mit den goldenen Früchten erklimmen können, die nach dem Tod auf die Paviane warteten. Wenn Dorn starb, würde sie nicht da sein und ihn erwarten, kein Sternenlicht würde auf ihrem von goldenen Strähnen durchzogenen Fell glitzern, und das Mondlicht würde sich nicht in ihren warmen, liebevollen Augen widerspiegeln.

Was nützte es, Großer Vater zu sein, wenn er die Zeit nicht zurückdrehen konnte? Dorn vergrub sein Gesicht in ihrem Fell, klammerte sich verzweifelt an ihren geliebten Duft. Aber selbst dieser war vom Gestank der Wölfe vergiftet.

… Und da war noch etwas anderes. Am Rande seines untröstlichen Bewusstseins nahm Dorn noch einen anderen Geruch wahr.

Einen Geruch, den er kannte, fürchtete und hasste.

Einen Geruch aus Erde, Blut und Dunkelheit.

25. KAPITEL

HELDENMUT WAR SO HOFFNUNGSVOLL wie schon lange nicht mehr, als er über das weite goldene Grasland in Richtung Wasserstelle trottete. Die anderen Löwen folgten ihm gehorsam, alle hielten an diesem wolkenlosen Morgen mit ihm Schritt. Keiner fiel zurück, keiner lahmte und jammerte, keiner beschwerte sich und brüllte vor Erschöpfung und Hunger. Seitdem er das Kommando übernommen hatte, hatten die ehemaligen Löwen des Titanrudels genug Zeit zum Ausruhen, Jagen und reichlichen Fressen bekommen. Heldenmut triumphierte und empfand eine tiefe Zufriedenheit, die beinahe die nagende Pein in seinem Herzen besänftigte. Aber nur beinahe.

Zu seiner Linken trottete Kaltschnauze, loyal wie immer. Zu seiner Rechten jedoch, dort, wo Eifer hätte sein sollen, war niemand. Wieder einmal drückte quälende Reue seinen Magen.

Hoffentlich hatte Eifer das Rudel von Kraftmähne wohlbehalten gefunden und hoffentlich hatten sie ihn freundlich wiederaufgenommen. Aber Heldenmut vermisste seinen treuen, umsichtigen Kameraden. Nicht einmal mehr ein Hauch von Eifers Geruch war ihm geblieben …

Heldenmut blieb stehen. Er hob seinen Kopf und blähte die Nüstern. Seine Augen verengten sich.

Es war ein Geruch, den er nicht kannte. Aus dem vor ihm liegenden Wald kam ein dunkler, scharfer Gestank. *Das ist der Wald von Dorn.*

Über und in den Bäumen lag eine dicke, dunkle Wolke. Heldenmuts Fell sträubte sich. Er spürte eine Angst, die aus seinem tiefsten Inneren zu kommen schien.

Er sah sich zu seinem Rudel um. Auch die anderen Löwen waren stehen geblieben und blickten ihn erwartungsvoll an.

»Ich weiß nicht, was da vorne los ist«, knurrte er, »aber wir sollten nachsehen.«

Die Löwen nickten und wechselten nicht einmal einen Blick. Keiner stellte Heldenmuts Entscheidung infrage. Er hätte sich darüber freuen sollen, doch seltsamerweise wankte seine Zuversicht. Was für ein Anführer war er, wenn er die bedrohliche Wolke weder erklären noch bekämpfen konnte?

Aber er hatte seine Entscheidung getroffen. Er straffte seine Schultern, biss die Zähne zusammen und steuerte auf den Wald zu.

Instinktiv verlangsamte er seine Schritte, als er näher kam. Seine angespannten Kiefer lösten sich. Die Bäume waren kaum noch als Bäume zu erkennen. Die Löwen hinter ihm waren ganz still, und als er sich nach ihnen umsah, sah er, dass sie ihre Augen vor Schreck weit aufgerissen hatten.

Heldenmut konnte einen Mahagonibaum nicht mehr von einem Feigenbaum unterscheiden, einen Kigeliabaum nicht von seinem Splintholz. Die Bäume waren nur noch verkohlte Gerippe ohne Blätter. Selbst die Erde war schwarz, Buschwerk und Gras waren verschwunden. Ein unheimlich säuselnder

Wind trieb graue Schwaden durch die verkohlten Geäste. Eine weiche Flocke landete auf Heldenmuts Nase, er schüttelte sich heftig, um sie wieder loszuwerden. Grausen packte ihn, das ihn bis ins Innerste erschütterte.

»Was ist hier passiert?«, knurrte er verunsichert.

Seine Pranken zitterten ein wenig, als er bis zum Waldrand vorging. Sein Rudel folgte ihm zaghaft.

Welches Wesen tat so etwas einem ganzen Wald an? Und hatte irgendjemand den Angriff überlebt?

Heldenmut ging in Lauerstellung. Ja. Etwas hatte überlebt.

Aus den Schatten der Bäume lösten sich dünne, unheimliche Schatten. Ihre Augen tränten vom ätzenden Gestank des verwüsteten Waldes. Heldenmut blinzelte und versuchte, mehr zu erkennen.

Das Blut gefror in seinen Adern. Die Schatten waren von einem fahlen Gold und hatten schmale Schnauzen und buschige Schwänze. Gelbe Augen sahen ihn bösartig an.

Das Wolfsrudel.

An ihrer Spitze schritt ein großer Wolf, über dessen einem Auge eine Narbe verlief. Er sah Heldenmut auf eine beunruhigende Art von der Seite an und öffnete seine blutgetränkte Schnauze zu einem heimtückischen Grinsen.

Und dann trat der Wolf zur Seite.

Ein weiteres Tier trat aus dem Schatten der Bäume hervor, seine riesigen Pranken knirschten auf der verbrannten Erde. Und obwohl die Wölfe erwartungsvoll und bewundernd zu ihm aufsahen, war dieses Wesen kein Wolf. Heldenmut stockte der Atem.

Über die schwarze Mähne verliefen Strähnen aus Asche und Blut, das vernarbte Maul war von selbigem verkrustet.

Der Blick, der Heldenmut traf, war so wahnsinnig, wie er ihn in Erinnerung hatte. Vielleicht war sogar noch mehr Wahnsinn in sie eingetreten.

Heldenmuts Todfeind. Der Mörder von Gallant und Loyal. Der Löwe, den er von ganzem Herzen hasste.

Titan.

EPILOG

Windreiter

DAS TIEFBLAUE HIMMELSGEWÖLBE war hinter strudelnden Sturmwolken verschwunden. Am Rand der Lichtung des Großen Vaters hockten Windreiter und ihre Schar auf den Ästen des triefenden Mahagonibaums, die Schultern über die Köpfe gezogen. Sie hatten keine Eile wegzufliegen. Solange der graue Regen das Gras niederpeitschte und die Erde in roten Schlamm verwandelte, solange die schwarze Wolkenbank den Horizont verdeckte, machte es keine Freude, die Flügel zu spreizen und über die Weiten der Savanne zu segeln.

Schweigend beobachteten die Vögel den Großen Vater. Er hatte sich schon sehr lange nicht mehr gerührt. Seit Tagesanbruch kauerte er über dem Körper seiner Gefährtin. Den Regen, der sein Fell durchnässte und in Bächen zu Boden rann, schien er nicht zu spüren.

In der Ferne zuckten Blitze und Donner grollte durch den dichten Wald. Windreiter schüttelte Wasser von ihren Federn und strich dabei leicht über die Blätter, dann faltete sie ihre Flügel wieder zusammen. Sie legte ihren Kopf auf die Seite. Ein jüngerer Geier schob sich am Ast entlang in ihre Nähe.

»Dieser Sturm, Windreiter …«, krächzte er mit einem unruhigen Blick zum Himmel. »Ist das normal? Ich habe noch nie einen so heftigen Sturm erlebt.«

Sie klappte den Schnabel auf und wollte mit ihm schimpfen, doch dann fiel ihr ein, dass der junge Schwarzfeder gerade erst flügge geworden war, zumindest, wenn sie ihn mit sich verglich.

Windreiter nickte stumm. »Aber ich. Es geschieht, wenn der Große Geist zürnt.«

»Der Große Geist hat schon einmal gezürnt«, sagte er zaudernd. »Auch schon zu meiner Zeit.«

Sie drehte sich zu Schwarzfeder um. »Ja. Aber Bravelands musste noch nie mit einem Feind wie Titan fertigwerden. Die Löwen folgen keinem Großen Anführer, aber sie achten das Gesetz. Wie alle Tiere, bis auf wenige Ausnahmen. Allen voran Titan. Dieser Löwe hat sich schon vor langer Zeit davon losgesagt – doch was jetzt geschieht, ist neu und lebensbedrohlich. Er versinkt immer tiefer in das Böse. Er führt das Wolfsrudel an und überschreitet damit die Grenze zwischen Tieren, die niemals miteinander jagen dürften.«

»Aber das hat es doch schon gegeben«, meinte Schwarzfeder. »Der Löwe Heldenmut und die Paviane. Und die junge Elefantenkuh Aurora …«

»Aber alle haben zum Wohl von Bravelands zusammengearbeitet«, unterbrach ihn Windreiter. »Das ist nicht dasselbe. Titan arbeitet mit den Wölfen *gegen* alle anderen Tiere. Er bedroht alles, was wir kennen, alles, was wir lieben.«

Schwarzfeder wollte gerade antworten, als ihm etwas ins Auge fiel. Er streckte nervös seinen Hals und sah zu Dorn Hochblatt hinunter. »Sieh nur«, flüsterte er.

Windreiter wandte ihr Augenmerk wieder auf den Großen Vater. Der junge Pavian hatte sich auf seine Pfoten erhoben. Einen langen Augenblick betrachtete er gequält er den Leichnam seiner Geliebten.

Dann drehte er sich um und rannte in den Wald hinein.

»Wohin geht er?«, fragte Schwarzflügel von einem oberen Ast herab.

»Wer weiß?«, krächzte Flinkflug.

»Ich weiß es.« Windreiters Herz zog sich ängstlich zusammen. »Und ich muss ihm folgen.«

Ohne ein weiteres Wort breitete sie die Flügel aus, stürzte sich vom Ast und segelte mit starken Flügelschlägen über die Lichtung.

Sie war für einen Flug zwischen Bäumen nicht geschaffen. Sie musste ihre Flügel anwinkeln, um einem Kigeliabaum und seinen schweren Früchten auszuweichen. Dann duckte sie sich unter den Ästen eines Mangobaums hinweg und kniff die Augen zusammen, als die Blätter ihr ins Gesicht peitschten. Mehrere Male musste sie sich ruckartig zur Seite neigen, um zwischen Baumstämmen hindurchzusteuern.

Eine nie gekannte Verzweiflung ergriff sie, als sie ins Trudeln kam, sich wieder stabilisierte und weitersegelte. Ihre Schar, dachte sie, hätte ihre besonnene und ernste Anführerin nicht wiedererkannt – aber sie musste den Großen Vater einholen. *Ich muss ihn aufhalten –*

Und dort war er, eine verschwommene braune Gestalt, die sehr schnell durch die verregnete, trübe Landschaft rannte. Windreiter beeilte sich, duckte sich noch unter einem vorspringenden Ast weg und machte dann eine Kehrtwende auf den Pavian zu.

Sie spreizte ihre Flügel und kam rutschend und stolpernd direkt vor Dorn zum Stehen. Dieser schlitterte erschrocken über die nassen Blätter und hielt keuchend an. Er sah Windreiter böse an.

»Geh mir aus dem Weg, Vogel«, knurrte er. Er machte einen Satz und schob sie beiseite.

Windreiter kam kurz ins Taumeln und ruderte mit den Flügeln. Dann hatte sie ihr Gleichgewicht wiedergefunden, erhob sich in die Luft und ließ sich ein Stück weiter wieder vor ihm herab. Sie breitete ihre Flügel weit aus, fegte dabei das feuchte Laub zur Seite und versperrte ihm den Weg.

Dorn schlug mit beiden Vorderpfoten auf den aufgeweichten Boden, dass Wasser aufspritzte. Er kreischte: »Lass mich gefälligst in Ruhe!«

Der Große Geist hätte Dorn ermahnen müssen, nicht zweimal dieselbe List anzuwenden, dachte Windreiter. Als er einen Satz nach vorn machte, flatterte Windreiter hoch, streckte ihre schuppigen Füße aus und stürzte auf ihn herab. Ihre Krallen prallten mit ganzer Kraft gegen seine Schultern und er fiel der Länge nach in den Matsch.

Er sah erschrocken aus, aber für Windreiter sah es aus, als sei sein Erschrecken nur äußerlich, denn in seinen goldbraunen Augen lag vor allem tiefe Trauer.

Dorn rappelte sich mühsam auf dem glitschigen Untergrund auf. Wasser rann in Strömen von seinem Gesicht und tropfte von Ohren und Schwanz.

»Titan und die Wölfe. Sie haben Beere ermordet«, krächzte er. »Lass mich gehen. Ich werde sie rächen.«

»Nein, das wirst du nicht.« Windreiter hielt ihn mit den Krallen fest und drückte ihn nach unten. »Titan wird dafür bezahlen. Und es wird für Beere Kronblatt Gerechtigkeit geben. Aber nicht heute, Großer Vater Dorn.«

»Aber –« Er krächzte und atmete schwer. »Titan hat sie getötet. Er und seine Wölfe.«

»Du kannst Titan nicht im Kampf besiegen«, unterbrach ihn Windreiter barsch. »Sei kein Narr, Großer Vater.«

»Es ist mir gleich, ob ich lebe oder sterbe«, fauchte Dorn, »solange er mit mir stirbt.«

»Sei kein Narr«, fuhr Windreiter ihn an. Dann sagte sie etwas freundlicher: »Wie soll Beere Gerechtigkeit widerfahren, wenn du tot bist, Großer Vater? Titan hätte euch beide umgebracht. Und er wird deine Seele stehlen und mit ihr die Macht des Großen Vaters.«

»Das ist mir egal.« Aber Dorns Stimme war beinahe ein Schluchzen und unter ihrem starken Griff sackte er in dem sintflutartigen Regen zusammen.

»Das darf dir nicht egal sein! Weiß du nicht, was passiert wäre, wenn dein Plan, dich zu opfern, aufgegangen wäre? Der Große Geist hätte nach deinem Tod nicht fliehen können ... die Wölfe wären in seinen Besitz gekommen!«

Er zitterte und sagte lange nichts. Offenbar begriff er zum ersten Mal, welches Unheil er beinahe ausgelöst hätte.

»Du bist klug«, murmelte Windreiter schließlich. »Dein Verstand ist deine Stärke, also nutze ihn. Du bist wütend, und du bist voller Trauer, aber wenn du dich rächen willst, musst du Ruhe bewahren. Lass ab von deiner Wahnsinnswut, Großer Vater Dorn. Mach einen Plan.«

Dorn atmete schwer und schloss die Augen. Seine Schultern fielen herab und er hockte wie ein Häufchen Elend am Boden.

»Du hast recht, ich weiß«, sagte er.

Zögernd löste Windreiter ihre Krallen und ließ ihn los. Er sprang nicht hoch und versuchte auch nicht, an ihr vorbeizurennen. Alle Kraft und alle Leidenschaft schienen aus seinem Körper in die nasse Erde von Bravelands geflossen zu sein.

Über ihnen in den Bäumen war das Knacken und Rascheln von Zweigen und Blättern zu hören. Windreiter legte den Kopf nach hinten und sah zu ihrer Geierschar hoch. Schwarze Gestalten flatterten unbeholfen durch den Wald auf sie zu und dann landeten die Geier einer nach dem anderen, bildeten um Dorn einen Kreis, schüttelten ihre Flügel und traten von einer Klaue auf die andere. Sie beäugten ihn mit einer Art gleichgültigem Bedauern.

Windreiter gab Schwarzflügel ein Zeichen. Sie breitete ihre Flügel aus, hob ihren Kopf und begann zu singen. Schwarzflügel, der sie nicht aus den Augen ließ, fiel in den Gesang ein. Und dann erhoben auch die anderen Geier ihre krächzenden, unheimlichen Stimmen zu einem Chor.

Es war eine seltsame Eingebung, dachte Windreiter. Der Gesang war ohne ihr Zutun in ihre Kehle gekommen. Sie hatte ihn sich weder ausgedacht, noch ihn ausgewählt. Vielleicht hatte der Große Geist ihn gesandt. Sie hatte nicht gewusst, dass sie diese alte Weise der Himmelszunge kannte. Für den Großen Vater musste sie besonders fremdartig klingen, denn er sah die Geier erschrocken und verwundert an.

Aber tief in ihrem Inneren schien Windreiter den Gesang genau zu kennen. Er hatte eine Ewigkeit in ihr geschlummert, und sie wusste, was er bedeutete.

Seine Worte waren stark, leidenschaftlich und wild, es war ein Lied des Kampfes.

Mehr von den BRAVELANDS
findest du auf den folgenden Seiten …

Erin Hunter

BRAVELANDS

Ein Löwe, der aus seinem Rudel vertrieben wurde

Ein Elefant, der aus den Knochen der Toten lesen kann

Ein Pavian, der sich gegen sein Schicksal erhebt

Nur zu dritt können sie die Savanne retten

In der glühenden Hitze der Savanne Afrikas eröffnet sich eine mystische und faszinierende Welt: die Bravelands. Hier leben die Tiere in friedlicher Gemeinschaft und folgen dem Gesetz der Savanne. Als einige von ihnen das Gesetz brechen, entflammt ein Kampf um Herrschaft und Macht, dem sich die drei Helden tapfer stellen.

Band 1:
Der Außenseiter
Gebunden, 350 Seiten.
ISBN 978-3-407-82363-2

Band 2:
Das Gesetz der Savanne
Gebunden, 398 Seiten.
ISBN 978-3-407-75446-2

Band 3:
Zeichen der Gebeine
Gebunden, 336 Seiten.
ISBN 978-3-407-81244-5

Band 4:
Jagende Schatten
Gebunden, 360 Seiten.
ISBN 978-3-407-75467-7

Band 5:
Goldene Wölfe
Gebunden, 328 Seiten.
ISBN 978-3-407-75557-5

Alle Bände auch als E-Book

N
W
O
S
Schlucht
BRAVELANDS